한반도
시간 여행

한반도 시간 여행

발행일   2016년 06월 10일

지은이   고 충 녕
펴낸이   손 형 국
펴낸곳   (주)북랩
편집인   선일영   편집   김향인, 서대종, 권유선, 김예지, 김송이
디자인   이현수, 신혜림, 윤미리내, 임혜수   제작   박기성, 황동현, 구성우
마케팅   김회란, 박진관, 김아름
출판등록   2004. 12. 1(제2012-000051호)
주소   서울시 금천구 가산디지털 1로 168, 우림라이온스밸리 B동 B113, 114호
홈페이지   www.book.co.kr
전화번호   (02)2026-5777   팩스   (02)2026-5747

ISBN   979-11-5987-069-9 03810(종이책)   979-11-5987-070-5 05810(전자책)

이 도서의 국립중앙도서관 출판예정도서목록(CIP)은 서지정보유통지원시스템 홈페이지(http://seoji.nl.go.kr)와
국가자료공동목록시스템(http://www.nl.go.kr/kolisnet)에서 이용하실 수 있습니다.
(CIP제어번호: CIP2016013864)

성공한 사람들은 예외없이 기개가 남다르다고 합니다.
어려움에도 꺾이지 않았던 당신의 의기를 책에 담아보지 않으시렵니까?
책으로 펴내고 싶은 원고를 메일(book@book.co.kr)로 보내주세요.
성공출판의 파트너 북랩이 함께하겠습니다.

SF 역사교양 소설

한반도
시간 여행

남들은 다 아는데 우리만 모르는
한국사, 뒤집기 한판

고충녕 지음

북랩 book Lab

차례

강혁은 전동크레인의 기동스위치를 넣었다. '위잉' 윈치가 돌아가면서 건물 3층 아래 바닥에 묶여있던 원형의 타임머신이 움찔거렸다. 수평 로드 끝에 매달린 강철 와이어 두 줄의 평형 자세도 괜찮아 보였고, 티타늄 몸체의 검은색 타임머신도 건강해 보였다. 혁은 이번엔 손에 들고 있던 조절기의 연속스위치를 넣었다. 드디어 총 무게 5톤짜리 머신이 대지를 떠나 공중으로 서서히 들려지기 시작했다. 편의상 1층 제작실에서 제작된 머신이 이제 밖으로 나와 동작 시험을 위해 3층 옥상으로 오르는 순간이었다. 드디어 옥상 위로 머신 전체가 들어 올려졌다. 윈치를 정지시킨 다음 전동크레인을 뒤로 후퇴시키기 시작했다. '우르릉' 레일 위를 구르며 전동크레인 몸체가 뒤로 밀려나기 시작했다. 크레인 끝에 매달린 머신이 느릿하게 따라왔다.

타임머신은 더할 바 없이 귀중한 두 사람의 목숨과 바꾼 절대 비밀기기였다. 혁이의 아버지와 형이 그들이었으니 머신을 단지 쳐다보는 것만으로도 여간 조심스럽지 않을 수가 없었다.

시대를 막론하고 열린 발상의 소유자가 늘 그렇듯 부친은 미친 사람이란 소리를 들으면서도 자기 소신을 굽히지 않던 탁월한 발상의 물리학자였다. 미래는 어려워도 과거로의 시간 여행은 가능하단 연구 성과를 구습과 편견에 깊이 젖어있던 현상의 물리학계엔 내지 말았어야 옳았다. 학계의 경고에도 불구하고 소신 발언을 굽히지 않자 결국 학교는 물론 책임감이 중요한 과학자로서 정신상태가 의심스럽다는 이유로 학계에서조차 밀려난 뒤, 속된 세상과의 모든 인연을 정리하고 충청도 깊고 한적한 산중으로 아예 거처와 개인 연구실을 옮겼던 것이다.

부친의 영향력으로 같은 물리학자가 된 형도 초기엔 기성 학계의 의견과 같았다. 하매 아버지를 극력 말리는 편이었으나, 일련의 실험 끝에 부친의 논리가 전적으로 옳다는 판단이 서자 되레 제 편에서 비밀을 유지하자며 강의하던 학교도 뛰쳐나와 일생의 작업인 타임머신의 설계와 제작에 용약 뛰어들었던 것이다. 막내 혁이 역시 물리학으로 진로를 잡은 것은 다분히 윗대 두 분의 영향력 때문이란 사실을 부인하지 못한다.

충청도 내륙 깊은 산속으로 연구소를 옮긴 뒤 어언 15년 정도의 시간이 흐르고 드디어 완성을 얼마 앞둔 시점, 휴일도 명절도 모두 반납한 채 연일연시 연구에 몰두하시던 부친이 먼저 과로로 쓰러져 곧 돌아가신 뒤엔 당연한 듯 형이 전권을 맡아 행사했고, 당시 대학원생이던 혁이는 그저 보조 역할이나마 뒤늦게 참여를 했다. 특히 자동제어시스템 컨트롤 프로그래밍은 마침 혁이의 전공분야라서 한참 뒤늦게 참여를 했으면서도 머신의 모든 작동 시퀀스를 속속들이 이해할 수 있었음은 그중 다행이었다.

긴장이 풀렸기 때문일까? 머신의 완성 즈음에 이르러 의지하던 형마저 뇌출혈로 쓰러진 뒤 거의 식물인간이 되어 무기력하게 자리나 보전하는 처지로 떨어졌으니, 한 과학자 가문 필생의 과업은 이제 모두 막내 혁이의 두 어깨 위에 얹히고 말았던 것이다.

중간단계마다 크고 작은 시험을 거치며 수정에 수정을 가했으니 머신의 작동에 새삼 의구심은 없었다. 혹여 실패를 해 차마 몹쓸 꼴을 당한다 해도 먼저 희생되신 두 분을 생각하자면 어떤 유감이나 미련이라도 한 톨인들 있을 리가 없었다.

머신은 이미 설치된 원점신호기 위로 다가왔다. 원점신호기란 변하지 않을 든든한 장소에 영구 고정되어 자기위치 시그널인 비컨을 끊임없이 송신하는 무한 신호선 발생기로서 평평한 노즐만 바깥으로 내놓은 채 이곳 3층 건물 옥상 바닥 콘크리트 속에 단단히 거치되어 있었다. 머신보다 소형이라도 같은 구조의 작은 플루토늄 원자력 이온발전기가 중앙 전력에너지 발생기로 작동하도록 만들어졌으니, 이론적으론 외부로부터 원료공급 없이 최소한 일세기 백 년은 너끈히 작동하도록 제작되어져 있었다.

머신은 서서히 비컨 원점신호기 위로 다가왔다. 몇 차례나 정확하게 원점신호기 노즐 수직 위에 놓였는지를 확인 또 확인하고 난 뒤

위치에 옳다는 확신이 서자 검은색 몸체의 둥근 타임머신이 서서히 내려졌다.

코발트합금 선체에다 티타늄 분말을 증착시켜 가공한 도료까지 도포된 온통 시커먼 머신은 직경 5미터, 높이 3미터 가량으로 두터운 원반의 모난 곳 없는 둥근 바둑돌 모양을 띠고 있었다. 전체 무게 5톤 중 음양이온 발생과 함께 막대한 양의 전력을 생산하기 위한 플루토늄 원자로와 주변장치가 근 4톤이나 됐으니 나머지 1톤이 조종석과 생명유지공간인 셈이었다. 선체가 무거울수록 당연히 실패위험도가 증대될 것이니 운항과 안정에 필요한 필수장치만 빼곤 최소한의 간략화 설계는 당연했다.

적당한 높이에 위치하자 혁은 손목에 찬 외부 조종기의 작동 터치 스위치를 미리 정해진 대로 빠르게 더블클릭을 했다. 머신 중앙부에서 착륙용 다리 4개와 원통형 엘리베이터가 동시에 내려오고 이내 회전 도어가 열렸다. 한 번 더 머신이 원점신호기 위에 안전하게 정지했는지 주위를 빙 돌아가며 확인하고 그제야 아직껏 머신을 꽉 붙들고 있던 전동크레인 윈치의 강철 와이어 볼트를 선체로부터 차례로 이탈시켰다. 전동크레인의 팔도 접어 뒤편으로 안전하게 후퇴 대피시켰다. 이제 타임머신 선체는 저 홀로 서 있게 됐다. 온몸엔 잔잔한 흥분감이 짜릿한 전율이 되어 흐르고 있었다.

혁은 마지막으로 유니폼 안에서 기록용 전자수첩 한 권을 꺼내 옆에 고정 거치된 보관용 선반에 넣었다. 만약 어떤 불의의 사고가 발생해 시간 여행에서 돌아오지 못하게 될 경우를 상정해 그동안 누적된 저간의 세세한 사항들을 기록해 놓은 제작노트와 머신의 세부 설계도가 들어있는 기록장치 메모리가 함께 들어있었다.

혁은 깊은 심호흡과 함께 하늘을 올려다봤다. 눈부시게 맑고 푸른 하늘엔 희디흰 뭉게구름 두어 뭉치가 둥실 떠 있었다. 새삼스러웠다. 기막히게 아름다운 지구촌의 코발트빛 하늘이었다.

꿈속이건 실상에서건 수도 없이 진행해온 도상연습이었지만, 잠시 미지에 대한 두려움이 도둑고양이처럼 살그머니 밀려오기도 했다.

굳게 맘먹은 듯 한차례 깊은 심호흡과 함께 혁은 허리를 숙이고 열린 슬라이딩 도어를 통해 엘리베이터 안으로 들어갔다. 내부 승강 스위치를 누르자 회전 도어가 닫히고 '위잉' 세정용 환기 팬이 돌아가며 몸에 남아있을 수도 있는 외부의 잔재를 마저 털어낸 다음 엘리베이터가 상승을 했다. 외부로 열린 창이란 조종석 앞에 특수 강화유리로 된 비좁은 것 하나가 있을 뿐, 사방을 조망하는 것은 외부 카메라가 주로 담당을 했다. 조절판 모니터와 다른 기초적인 장치들을 가동시키기 위해 주 전원 스위치를 넣었다.

잠시 예열에 필요한 시간이 수 분 정도 흐르고 우선 규정에 정해진 대로 관련기기들을 점검했다. 그동안 연습에 연습을 거듭하느라 내부동력 디스플레이 모니터에 수치가 다소 낮게 나왔다. 혁은 망설임 없이 플루토늄 원자력 발전기 가동스위치를 넣었다. 뒤에서 작게 '윙'하는 소리와 동시에 메인 모니터에 원자로의 가동상태가 표시되고 이온 챔버와 전력선 콘덴서 챔버에 에너지가 충전되는 그래프가

착착 상승곡선을 그리기 시작했다. 4대의 360도 전망카메라는 지금의 바깥상황을 각기의 해당된 평면모니터에 있는 그대로를 보여주고 있었다. 드디어 머지않아 그래프와 함께 전체 충전이 완료됐다는 조종실 한복판 청색 시그널 램프가 점등됐다. '윙' 하던 원자로의 진동음도 서서히 사라졌다. 이내 실내는 잔소리 하나 없이 정적으로 가득했다.

혁은 눈을 감았다. 먼저 가신 부친과 오늘도 병상에 누워있는 형의 얼굴이 겹쳐 떠올랐다. 프로그램에도 여행 스케줄에도 없는 간구, 시키지 않아도 간절한 기도문 한 소절 절로 새어 나왔다.

"아름다운 지구를 지키시는 모신이시여, 이 용렬하고 미욱한 자가 살아서 다시 모태의 품으로 돌아올 수 있도록 긴한 가호를 당부 드리나이다."

기도는 효과가 있었다. 일말의 미온적인 두려움이 사라지고 모종의 확신이 대신 자리를 채웠다. 점검의 마지막으로 비상용 액체산소 탱크의 충전 상태를 살폈다. 그래프는 완전표식인 청색으로 표시가 됐다. 말릴 수 없이 가슴이 뛰었다. 혁은 드디어 메인모니터 상단 운항 시퀀스 아이콘에 커서를 옮기고 중지 손끝으로 더블클릭을 했다. 메인모니터 화면이 몇몇 수치와 함께 정적 상태확인용에서 동적 선체 운항용으로 전환됐다. 곧이어 '우-웅' 강력한 전력이 총동원되는 진동음이 실내를 떠돌았다. 테슬라 전자발진기가 본격적으로 초고전압을 만들어 내느라 선체가 미세하게 떨리는 느낌도 분명하게 감지됐다. 플루토늄 원자로가 본격적으로 열을 받는지 '우르르' 선체를 잘게 뒤흔드는 진동도 차츰 거세졌다.

선체 외부 중앙에 둥글게 솟아 오른 원반부로부터 가늘고 파란빛 전격 작은 번개가 머신의 둥근 겉 표면을 타고 흐르기 시작했다. 외부 감시 스피커에서 '빠직, 우지직' 초고압의 전격이 퍼지며 대기의 절연을 무너뜨리는 소리가 날카롭게 들렸다.

모니터 수치는 어느덧 3천만 볼트의 전격전압을 표시하고 있었고, 멈춤 없이 서서히 상승하고 있었다. 전압이 높아질수록 선체에 가해지는 진동과 소리의 높이도 따라서 변하고 있었다. 전격이 5천만 볼트를 넘어 8천만 볼트에 이르자 소리도 진동도 오히려 줄어들고 외부 티타늄 표면을 어지러이 흐르던 파란 빛 전계광선이 안개처럼 퍼지며 고르게 덮었다. 거기서 더 올라 전격이 1억 볼트에 이르자 머신 표면에 푸른 빛 전계안개는 고르게 두터워졌고, 드디어 선체의 모습이 푸른빛 안개 속에 조금씩 감춰들기 시작했다. 아울러 옥상 주변과 건너편 산록 등 또렷하게 보이던 사물의 윤곽선이 조금씩 흐려지기 시작했다. 그랬다, 현상의 시공간을 주관하는 대기의 이온과 선체가 지금 유리遊離되는 중이었다. 서서히 오르던 머신 선체의 표면 온도가 600도를 넘어섰다는 수치가 기록계에 표시됐다. 여기서부턴 연구실에서 도상연습 할 때 겪어보지 못한 또 다른 차원의 세상이었다. 사방을 비추는 외부 현상의 윤곽선이 아주 희미해졌다. 현상의 시공간선과 머신의 선체가 드디어 온전히 유리됐다는 증빙이었다. 그렇지 않아도 비좁은 선체 내부의 실내 온도가 35도를 넘어서자 이젠 견디기 답답할 정도가 됐고 호흡도 약간은 가빠졌다. 혁은 컨디선 자동조절 스위치를 넣었다. 머리 위에서 작게 내리 부는 바람의 흐름을 느낄 수 있었으니, 반도체 실내 냉각기 겸 공기세정기가 작동을 시작한 모양이었다. 이때부터 파르르 떨리던 메인모니터의 중력 저울 수치가 움직이기 시작했다. 이승에서 저승으로 차원이 유리됐으니 이젠 선체에 미치는 지구 중력이 지워질 차례인 것이다. 4.9톤, 4.8톤, 4.7톤…. 선체의 무게를 측정하는 중력 저울의 눈금 수치가 점차 감소되기 시작했다. 바깥은 드디어 어둠이 짙어지기 시작했다. 0.2톤, 0.1톤에 이르자 바깥은 결국 암흑천지로 변했다. 참으로 조용한 너무나도 완벽한 정적이었다.

시공간이 먼저 유리됐고, 지구 중력도 이기고 실체의 무게도 거의 사라진 지금, 드디어 시간 여행을 떠나기에 가능한 조건은 모두 갖춰졌다. 떠나기 전에 먼저 정지 위치를 약간 상승시킬 필요가 있었다. 도달할 과거 시간대의 시공간에 어떤 의외의 상황이 기다리고 있을지 알 수 없었기로 선체에 보다 안전을 기하기 위해 고려된 운항방법이었다. 원통의 고속 이온 팬이 '씨잉' 돌아가고 거의 무게를 버린 선체가 어둠 속에서도 공중으로 '부웅' 떠오르는 느낌이 들었다.

혁은 잠시 망설였다. 이제야말로 이승의 시간대를 떠날 차례인 것이다. 혁이 과학자로서의 엄중한 의무에 일점의 망설임도 의구심도 없을지언정, 처음이었지 일반화된 시간 여행이 아닌 바에야 이제 떠나면 다시 돌아오지 못할 확률 또한 작지 않았으니 생명을 가진 인간으로서 일시의 망설임도 당연했다.

잠시 상황판과 메인모니터를 살피고 모든 상황에 이상이 없음을 확인하곤 이내 마음을 다져 먹고 음양이온 쳄버의 시간선택 레버를 마이너스 음이온 쪽으로 자신 있게 밀어 올렸다.

그랬다. 지금의 타임머신은 마이너스 즉 과거로의 여행만이 가능할 따름이었다. 결국 아직 도래하지 않아 살아보지 못한 세상의 대기 또는 대지에 희미하나마 기억 즉 과거이온의 흔적이 남아있지 않다면 어차피 이동할 수가 없었으니, 과거로 갔다가 현상으로 되돌아올 순 있어도, 처음 시작부터 있지도 않은 미래로의 여행은 논리적 과학적으로 불가능했다. 지금의 시간 여행은 과거가 됐든 현재가 됐든 현상이 이온으로 여기된 지구공간에 남아있기에 가능한 분명한 과학적인 일이었지 존재하지 않았던 미래, 단순 몽상 속에서나 가능한 관념상의 상상여행은 정녕 아니었던 것이다.

외기흡수펌프가 연신 대기를 빨아들여 수소와 헬륨이온의 변동비율을 검출하고 있었으니, 이야말로 타임머신의 가장 핵심적인 부분이었다.

기왕에 자아소멸을 각오하고 떠나는 시간 여행, 혁인 망설임 없이 -1만 년이라고 목적 시간을 타이핑 해 넣었고, 시간선택 스위치 레버를 과감하게 밀어 올렸다. 온통 암흑 상태에서 오직 모니터에 시간 카운트용 수치만 느리게 움직이기 시작했다. -10초, -11초, -12초, -13초…, 이온 쳄버에 경험과 측정데이터가 누적되자 퇴행하는 시간의 주기가 점차 빨라지기 시작했다. 초 단위로 계수하던 시계가 분 단위로 계수하기 시작했다. -11분, -12분, -13분…. 모든 조화가 잘 숙성돼 머신이 충일 상태에 이르자 드디어 월 단위를 거쳐 다시 년 단위로 타임카운트는 완만하게 흐르기 시작했다. -11년, -12년, -13년….

시공간과 중력장을 지속적으로 이겨내느라 총력을 기울이는 플루토늄 원자로가 약간 과열됐는지 들리지 않던 '쉬익-쉭' 숨 가빠하는 심음이 들리기 시작했다. 오히려 다행이었다. 너무도 완벽한 정적에 취해 행동과 판단력의 의지조차 잃는다면 그것은 자칫 의식적 공황이란 위기 상황이 연출될 수도 있기 때문이었다.

게다가 지난 20세기 중반 하마 격렬했던 제2차 세계대전이 종결에 가까울 무렵 지구촌 곳곳에서 원자폭탄과 수소폭탄 등 무기용 핵실험이 무분별하게 시행된 덕분에 지구대기의 이온 상태가 한동안 교란된 시점이 있었다. 머신이 그런 어지러운 시간대를 지날 땐 이온 챔버의 비율계산에 가벼운 혼선을 가져오기도 했으니, 그에 따른 이온검출을 몇 차례 건 다시 반복하고 시대계산에 교정도 가하느라 모니터가 누 차례씩 덜컹거리며 제자리걸음하는 모습도 어실했다. 아닌 게 아니라 지구촌의 대기에 그 같이 철 잃은 혼돈과 교란의 시점이 불가피 발생한 탓에 우라늄을 소재로 한 고대유물 연대측정용 원자시계는 딱히 그 시점 대에 한해선 사용이 불가능하게 됐음은 이미 잘 알려진 사실이었다.

이미 현상의 시공간 즉 이승을 떠난 지 한참은 됐으니 지금이야말로 역사 속 곧 절반의 저승이랄 수 있었다. 다만 분명하게 살아있다는 증좌로 플루토늄 원자로 엔진과 이온 챔버의 숨찬 소리를 살아있음의 위로로 들으며 피곤해진 눈을 감고 이동완료 시그널을 기다릴 따름이었다. 만약의 움직임, 불필요한 동작 때문에 혹여 조절판이나

키보드, 터치화면 등에 자칫 엉뚱한 행위가 가해질 것에 대비해 일단 조종석 의자에 몸과 두 팔을 안전벨트와 하네스로 고정시켰다.

긴장도가 극심하기도 했을 것이다. 자주 덜컹거리며 시간대 오류를 자체수정하려 애쓰던 이온 쳄버와 제어용 컴퓨터가 안정된 흐름이 갖춰짐을 확인하고, 안도 속에 상체를 조종석 등받이 깊숙이 기울이자 모르는 새 깜박 잠결에라도 빠져든 모양이었다.

'징 징 지잉' 컴퓨터의 알람이 울리는 소리를 듣고서 퍼뜩 혁은 몽환 중에서 깨어났다. 온몸이 축축한 게 잠든 새 진땀이 조금쯤 흘렀다는 느낌이 들었다. 바깥은 여전히 깜깜한 암흑천지에 파묻혀있었고, 이면의 플루토늄 엔진은 계속 '쉬익 쉭' 거친 숨결을 토해내고 있었다. 얼핏 머리 위에 현상계 시계를 봤다. 멈춤 없이 흐르는 이승에서의 시계는 그새 6시간이 지나있었고, 모니터 화면에 역사시대는 정확하게 -1만 년에 멈춰있었다. 바라보니 음양 이온 쳄버의 시간선택 스위치 레버는 제자리로 되돌아가 있었다. 머신은 드디어 목적지 아닌 목적시간대에 도달한 것이다.

이젠 역 조절 단계, 타임머신의 현신 준비에 들어가야 한다.
혁은 우선 신체를 결박하고 있던 안전벨트를 풀고 잃어버린 중력을 되찾기 위해 메인모니터의 다운사이징 패턴을 더블클릭했다. 화면은 머신의 현신을 위한 그래프로 바뀌고 콘덴싱 쳄버의 모습이 표시됐다.

테슬라 초고압 발진기의 전압을 떨어뜨리기 위해 연동하는 주변기기들의 연계상황 그래픽이 메인모니터에 표시됐다. 줄곧 1억 볼트를 유지하던 전압계가 느릿하게 아래로 떨어지기 시작했다. 8천만 볼트에 이르자 칠흑처럼 어두웠던 바깥이 조금씩 밝아오기 시작했다. 혁은 긴장도를 높이고 바깥 정경을 비추는 모니터에 눈길을 고정시켰다. 중력저울도 멈춰있던 눈금이 다시 움직이기 시작했다.

그러던 중 갑자기 흐릿하게 현신 중이던 선체에 뭔가 스치는지 약간 덜컹거렸다. 동시에 적색 위험경고 신호가 점멸하며 '삣, 삣, 삣' 단속 경보음이 함께 터져 나왔다. '아차!' 혁은 깜짝 놀라며 다급하게 메인모니터의 긴급 프로그램을 클릭 가동시켰다. '우웅' 플루토늄 엔진에 다시 긴장도가 오르는지 조종석 의자 후방에서 진동과 소리가 급하게 높아졌다. 밝아지려던 바깥도 다시 빠르게 어둠으로 덮였고, 늘어가던 중력계의 수치도 떨어졌다. 변화된 시간대에 선체가 머물러 있던 시공간에 뭔가 적극적인 변동이 있었던 모양이었다. 콘덴싱 챔버의 전계는 1억 2천만 볼트까지 전압이 다시 급상승을 했다. 이처럼 비상한 상태에서 오래 버틸 순 없었다. 이미 시간 여행의 수순에 깊이 든 상태라 이내 중력저울이 거의 제로를 가리켰다. 수직의 원통에 든 고속이온 팬이 돌아가고 그에 맞춰 가벼워진 선체도 급상승을 했다. 일단 알 수 없는 위기, 미지의 재난은 피하고 봐야 했다. 비상 프로그램이 정지되고 선체는 다시 조용한 대기상태로 들어갔다.

그랬었다. 해당 위치에 만일 거대한 바위라도 놓여있었다면, 하필 그와 중첩되는 머신의 선체가 안전할 순 없었다. 무게를 거의 내려놓은 바람에 안개처럼 가볍고 나약한 형태의 선체가 한순간에 박살이나 대기 중에 연기처럼 산산이 흩어질 것은 당연했다.

　유감스럽게도 이제의 타임머신은 사방을 자유자재로 움직이며 이동을 할 수 없는 단순 구조를 가지고 있었다. 제자리 회전도 하고 근거리 같으면 좌우 이동도 조금씩은 가능은 하다지만, 기본적으로 비행기나 선박처럼 원하는 아무 방향으로나 자유로운 운행은 불가능했다. 부득이 떠 있는 자리를 이동하려면 정도껏 중력무게를 되찾은 뒤 높이 고도를 선택해 마침 만나지는 바람에 선체를 실려서 수동적으로 움직일 수밖에 없었다. 마치 무동력 비행선의 운항방법과 같았다. 물론 기술적으로야 비행기처럼 유유히 공중을 나는 게 그리 어려울 리 없었다. 하지만 그 모든 구성을 다 갖추려면 머신이 지나치게 대형이고 무거워져 늘어나는 선체의 크기와 복잡도에 따라 급격히 증대되는 제작비용은 물론 에너지를 감당할 수 없었으므로 타임머신 제작은 실패할 확률이 높았기 때문이었다. 때문에 콘덴싱 챔버의 전압을 변동시켜 중력저울의 수치 즉 무게를 가볍도록 해 고속 이온 팬으로 이온화된 대기 안에서 마치 잠수함처럼 선체를 수직으로 상승하강시킴으로서 대기의 고도변화에 따라 방향이 달라지는 바람을 만나는 방법을 택할 수밖에 없었던 것이다. 지구가 자전을 멈추지 않을 바에야 바람은 있을 것이고, 레이저 광선을 수직으로 발사해 그에 간섭되는 양태를 분석하면 고도에 따라 각기 다른 방향으로 부는 바람은 반드시 찾을 수 있었다. 용케도 제트기류를 만날 수만 있다면 초고속 대류이동도 문제는 없었을 만큼, 머신 본체에 중가되는 무게와 함께 기하급수적으로 늘어나는 설계부담은 가능한 피하고자 했던 것이다.

혁은 다시 조심스럽게 현신 과정으로 들어갔다. 콘덴싱 챔버의 전압이 다시 천천히 하강했다. 중력저울의 수치도 늘기 시작했다. 1억 볼트에서 8천만 볼트로 내려가자 사위가 조금씩 밝아져왔다. 중력저울의 수치도 킬로그램 단위로 접어들었다. 흐릿하게 보이는 아래쪽 세상엔 역시나 까마득하게 높고 덩치조차 거대한 나무가 자라고 있었다. 선체는 그의 상단부 꼭대기에 잠깐 스쳤던 모양이었다.

마침 바람이 불어왔다. 머신은 바람을 타고 한편으로 조용히 밀려갔다. 콘덴싱 챔버 전압은 자꾸 떨어져 갔고 그에 반비례해 중력저울의 수치는 늘어갔다. 전압이 5천만 볼트에 이르자 선체는 늘어난 무게에 의해 아래로 하강하는 속도를 높였다. 대책 없이 더 내려가선 안 되는 일이었으니 혁은 이온 팬을 가동시켜 공중에 머물도록 조절했다. 사위는 충분히 분간이 가능할 정도로 확연해졌고, 그때 중력저울의 무게는 10킬로그램중이었다. 원점신호기에 나타난 위치좌표는 시작점에서 약 1Km 정도 오른편으로 이동됐음을 나타냈다.

내려다보이는 아래 세상이 마침 평평한 돌밭이었다. 하지만 위에서 수직으로 내려다보이는 것으로 땅바닥이 온전한 지는 정확하게 알 수가 없었다. 착륙해도 이상이 없을지 자동측정 장치에게 판단을 맡겼다. 5도 정도의 비탈임에도 착륙엔 문제가 없을 듯 계속 청색 신호를 발했다. 혁은 측정 수치를 믿고 콘덴싱 챔버의 전압을 더 내렸다. 사위는 완전히 또렷해졌고, 중력저울은 50킬로그램 가량을 나타냈다. 머신 선체는 제 무게로 느릿하게 하강을 하다가 프로그램에 맞춰진 높이 3미터 정도에서 착륙용 실린더 다리 네 개가 자동으로 내려졌다. 드디어 '덜커덩' 하는 작은 충격과 함께 머신은 1만 년 전의 옛 대지에 발을 딛고 설 수 있게 됐다.

뭣보다 우선은 안전이었다. 혁은 선체를 한 바퀴 빙글 돌리며 조망창으로 사방을 두루 살폈다. 카메라에 비치는 사방의 정경에도 함께 주의를 기울였다. 주변은 모두 산천이었고 멀고 가까운 거리엔 크고 작은 나무들만 무성했을 뿐, 생물이라곤 온통 식물이외엔 보이지 않았다.

가장 먼저 여러 시간 동안 최대의 작동을 해준 플루토늄 엔진과 전력용 콘덴싱과 이온 두 곳의 챔버를 잠시나마 쉬게 할 필요가 있었다. 시스템을 상시감시체제로 돌렸다. 메인모니터엔 적외선과 움직임 이중 감지 센서가 연동으로 돌려졌다는 안전모드 그래픽 화면으로 바뀌었다.

콘덴싱 챔버의 전압이 낮아지며 선체 외부를 빼곡히 감싸고 있던 푸른빛 전격들이 가늘게 바뀌다 드디어 사라졌다. 그와 함께 600도 정도로 가열됐던 선체 표면 온도도 빠르게 내려가기 시작했다. 윤곽선이 완전히 또렷해진 모니터엔 아직 주위를 감싸고 있던 뿌얀 안개 같은 수증기가 피어오르는 모습이 보였고, 그도 빠르게 잦아들고 있었다.

드디어 머신은 안정과 제 무게를 되찾았다. 온 힘을 다하느라 많이 비워져 있던 챔버에도 다시 충전 상태로 들어간다는 신호 램프가 들어왔다. 플루토늄 엔진도 숨 가쁜 소리를 낮추며 안전운전 상태에 들어갔다. 상시 감시 장치엔 아무런 위험신호도 입력되지 않았다. 주위 1Km 정도 측정거리 안엔 어떠한 움직임도, 체온이 있는 온혈동물의 자취도 없다는 증거였다.

안전을 확신한 혁은 허리를 굽히고 뒤편 엘리베이터 안으로 몸을 욱여넣었다. 엘리베이터가 내려가고 회전도어가 열렸다. 먼저 시원하고 맑은 바람이 확 끼쳐 들었다. 덕분에 첫 느낌이 상쾌했으니 다행이었다.

조심스럽게 주위를 살피며 혁은 걸음을 옮겨 머신으로부터 10미터 정도로 거리를 띄웠다. 아직 덜 식은 머신의 피부에선 뜨거운 열기가 계속 퍼져나가 주위는 온통 열기가 만들어낸 수증기로 둘러쌓여있었다.

여러 시간 굽어 있어 뻣뻣한 허리를 모처럼 곧게 펴고 바라보는 태양이 뉘엿하게 이울기 시작하는 오후의 하늘은 푸르렀고, 주위를 형성하는 산천과 구릉들의 형태는 제법 눈에 익숙한 모습이었다. 그도 그럴 것이 여행 이전의 현상계 연구소에서 공간상 그리 멀리 떨어지지 않았으니 지형과 산천의 형태에서 풍화작용 탓에 높이야 낮아짐이 당연했겠지만, 전반적으론 크게 달라지진 않았던 것이다. 단지 멀리 내려다보이는 개울 하나만은 전혀 다른 방향으로 흐르고 있었으니, 물 흐름에 그동안 숱한 변동이 없을 수 없었을 것이다. 신기하기도 생경스럽기도 했다.

현실계로부터 약 1만 년 전, 컴퓨터 계산상 가능한 오차는 앞뒤로 약 150년을 넘지 않을 것이다. 그렇다. 지금 이곳이야 말로 유사이전 구석기 시대 말엽의 한반도 옛 땅이었다. 혁은 그제야 마음에 여유를 찾아 왼편 가슴에 달려 있는 디지털 카메라의 셔터를 눌러 몇 장이든 눈에 띄는 정경을 사방으로 돌아가며 차례로 담았다.

01
상고시대

 1만 년이라는 유사이전 한반도 상고시대를 논하기에 앞서 우선 문명과 문화의 차이를 구분하고 넘어갈 필요는 있다.

 20세기 석학 아놀드 토인비의 주장과 같이 자고로 문명이란 자연과 인간의 상호교호관계 즉 '도전과 응전'으로부터 발생하기 마련임은 사실이다. 그도 인간 우선이 아닌 철저히 자연계 기상상태와 그의 변화에 의존함이랄 수 있으니, 머무는 곳 입지조건에 계절변화가 무쌍할수록 그에 적응 생존하려는 인간의식의 발동과 경험의 누적 전승이 곧 문명의 태동인 것이다. 그것이 어떤 불가피한 여건에 의해 이동을 해야만 할 경우 인간의 인위적인 조치가 필요하고 이것이 곧 문화랄 수 있다.

 새뮤얼 헌팅턴은 '문명의 충돌'이라고 용약 설파했지만, 위와 같은 이유로 문명이 아닌 문화의 충돌이라 교정해야 옳을 것으로 사료된다. 즉 문명은 자연계 상태조건이 절대우선인 자리를 뜰 수 없는 고정적 현상이고, 문화야말로 이동은 물론 유행도 얼마든지 반복할 수 있는 인간에 의한, 인간을 위한 유동적 현상이란 점이다.

다만 이동형 문화가 당도하는 지역에 마침 진전된 문명이 이미 존재한다면 문제는 또한 달라질 수 있겠다. 곳이 내부 각축이 심하지 않은 열린 문명이라면 도래의 문화 즉 신지식을 수용할 가능성이 높아질 테지만, 사회 정치적으로 불안정한 입장에 놓여 있다면 역시 반목이 능사일 뿐 조화는 어렵달 수 있으니, 이 경우에 한해서 자체 문명과 도래문화는 상호 충돌할 수도 있을 것이다.

지구상엔 최초이자 유일한 문명이 약 1만 년 전에 존재했었으니 지금의 시베리아 바이칼 호수 인근으로 인지된다. 기후가 지금과 같지 않았던 고위도지역 그곳은 기온의 연교차 변화가 무척 혹심하기에 그에 적응하며 살려는 거주인간의 필사적인 노력은 충분히 짐작이 가고도 남을 일이다. 그런 지역에서 나오는 자기 소산으로 먹고 입고 주거형태 또한 독특하게 형성되기 마련이니, 제 자연바탕에서 인간 생존을 위한 모든 현상이 곧 문명의 발단이자 필연의 이유랄 수 있다. 당시엔 그래도 매머드라는 거대초식동물이 번성할 정도로 기상 상태가 원만한 수준이었을 것이나, 그것이 어떤 충격적 사건에 의해 급속한 변혁을 가져왔으니, 과학자들은 그를 소행성의 시베리아 스침 때문이라고 생각했다.

거대 소행성이 지구 상단부 시베리아 북해 인근을 어슷하게 빗겨 지나는 홉인력으로 오늘날과 같이 지구축이 23.5도로 기울어진 요인이 됐고, 덕분에 지축과 자축이 지금과 같이 틀어지는 요인이 됐다. 이와 같은 지축기울기로 말미암아 지구표면에 도달하는 태양의 각도가 달라지고 드디어 봄, 여름, 가을, 겨울이란 4계절의 뚜렷한 구분이 발생했으니, 수수만년을 안정되게 살아온 매머드가 급거 멸종하고만 이유라고 생각했다. 아닌 게 아니라 얼마나 기상변화가 급속했으면 현재 그곳 시베리아 툰드라 영구동토지대(Tundra climate)에서 발굴되는 거대초식동물 매머드 사체의 다수가 미처 쓰러지지도 못하고 곧게 선 채로 두꺼운 얼음 속에 갇혀 굶거나 혹은 얼어 죽었겠는가, 게다가 소행성의 돌입각도 즉 수직각이 좀 더 컸다면, 그래서 소혹성이 스쳐 지나가는 것이 아니라, 차라리 직접 충돌함으로서 지구가 통째로 파괴되어 화성과 목성 사이에 있는 소행성대처럼 산산이 흩어졌을 가능성도 배제할 순 없는 일이다. 이처럼 지구는 깡그리 파괴가 되어 태양계의 한갓진 파편 군락으로 존재조차 사라질 뻔한 절체절명의 위기를, 오히려 찬연한 지구문명의 태동과 인류발전의 기회로 삼아 오늘과 같이 위대한 시대로까지 이를 수가 있었다. 하긴 별들의 삶과 죽음에 관한 우주천문계의 지엄한 흐름과 이치에 대해 뉘라서 감히 짐작이라도 할 수 있을 것인가, 까짓 지구 하나쯤 파괴되었기로서니 태양계 내부라면 몰라도 대우주의 측면에서 어디 털끝만큼이라도 표가 나겠는가 말이다.

　결국 약간의 지구 축 회전이동은 위도상의 변화를 그만큼 불러왔으니, 이동 축과 같은 연장선상에 놓인 지역이면 기상변화가 가장 극심했을 테고, 한반도처럼 연장 위도선을 피해 옆구리 회전축 가까이에 붙어있는 경우는 그래도 변화가 작거나 거의 없었을 것으로 사료된다. 변동 이전 원래의 북극은 회전각을 역산하면 지금의 캐나다 퀘벡 부근이었을 것이며, 주위산지가 온통 빙식곡으로 구성된 미국 뉴욕이 그때까진 두터운 빙하 밑에 깊숙이 파묻혔던 증좌는 오늘날

진전된 과학적 지리관측으로 이미 판명된 바 있다. 그런즉 시베리아가 지금처럼 툰드라 영구동토지대가 아닌 타이가 기후(Taiga climate)에 가까운 삼림지대 또는 팜파스(Pampas) 대초원이었을 것이며, 무수한 거대초식동물 매머드 화석과 함께 언 땅속에 남아있는 식물들의 흔적 또한 이를 증명한다.

거대초식동물 매머드의 멸종으로 대변되는 기상상태의 급속한 변화는 아무리 지능형 인간이라고 해도 쉽게 견딜 수 없었을 것이다. 변화에 적응하기도 전에 우선 삶에 밀접한 식생이 일거에 멸절했고, 기온 또한 이제처럼 연교차가 무려 섭씨 70도를 상회할 정도로 극심하게 달라졌다. 당연히 상태적응이 어려웠고 살아남기 위해선 필시 지구적 대이동이 불가피했을 것이다. 해당 지역 기상여건을 바탕으로 만들어진 고유한 문명이 대규모로 움직이려면 불가피 이동이 용이한 문화로 탈바꿈을 해야 하고, 그렇게 발현된 인류 최초의 고도 문명은 따뜻한 남쪽 지방을 향해 속속 남하하기 시작했다. 남하 이동에는 순록과 말 등 한랭지 평원에 익숙한 가축들이 모는 썰매 위주로 활용됐을 것은 자명하다.

소행성 내습으로 말미암은 매머드, 공식적 마지막 공룡의 멸망 시점이 불과 기원전 약 1만 년 이내랄 수 있으니, 바이칼 호수 인근에서 급거 남하한 최초의 유목민족 고등문화인들은 몽골 북만주를 거쳐 따뜻한 남쪽 한반도에까지 도달한다. 이로부터 한반도는 물론 당시엔 연결된 육지였을 지금의 베링해협 건너 북, 남미대륙에까지 진출했을 것이란다.

인류 최초의 문명국이랄 수 있는 고조선의 강역은 요하지역과 요
동반도 등 중국대륙 동쪽 산둥반도 인근의 기름진 평야지대와 서해
바다를 중심으로 한반도를 포괄하는 북만주의 북부여라 이르는 광
대한 극동지역이었다. 고조선은 한반도 거류민인 농본 위주 모계사
회 배달민족과는 원만한 융합이 이뤄졌고, 이같이 평화롭고 조화로
운 덕성으로 말미암아 공자 같은 성인들도 찾아가 살기를 흠모하는
해동성국이라 칭한 이유가 됐다. 그에 비해 중국 대륙 내부 무수한
소수민족들이야말로 부계중심 남성적 힘의 논리가 지배하는 약탈문
명기였기에 유목기마민족 도래 문명인들과의 순조로운 조화는 애당
초 어려웠다. 하매 소수민족들이 제각기 패권주의를 능사로 여기는
이른바 춘추전국시대를 방불케 하는 중국으로 들어간 고조선의 위
정자들은 한반도에서처럼 그저 평안과 안정만을 추구할 순 없었다.
중국 소수민족들의 패권주의에 맞서 그 앞선 문명으로 온 대륙을 활
보하며 숱한 전설과 신화를 만들어냈으니, 오늘날 중국이 거꾸로 중
국문명의 원류로 삼으며 오히려 바깥에 드러냄으로서 저들의 긴 역
사와 역동성을 자랑하고자 함을 우린 안다. 바로 이같이 배타적인
관계인연 때문에 아비 족의 상징이랄 수 있는 엉덩이 몽고반점이 한
반도 배달민족 대부분에겐 흔하나 중국인들 사이에선 20%가 채 안
될 정도로 드문 이유가 됐다.
한 예를 들자면 중국에 국가가 최초로 세워진 연도는 자타가 공
인하듯 BC 2205년 하夏나라로부터이다. 그에 비해 한창 꾸미기에 열

중하는 치우천제의 치세는 그로부터 5백 년이나 뒤로 물러나는 BC 2700년경인 것이다. 이는 저들이 반목과 대결적 자세로 대하던 환웅시대 고조선 동이족까지 흡수하지 않으면 도저히 정당화될 수 없는 결정적 시대모순으로, 환웅시대 이전 환인시대부터 이어지는 고조선의 적통을 순조롭게 이어받고 있는 우리 배달민족으로서 중국이 앞으로 이 같은 시대모순을 어떻게 감당할지 두 눈 바짝 부릅뜨고 지켜볼 일이다.

초기 제1차 환인시대가 지나 또 다른 요인에 의해 제2차 유목민족의 이동이 발생, 한반도는 석기시대로부터 비로소 고온의 불을 다룰 수 있어야 가능한 청동기 즉 금석병용기 시대를 맞게 되고, 곧 2기 환웅시대의 진정한 개막이랄 수 있다. 이의 동기는 북방기마민족에 밀어닥친 변고 즉 여러 해에 걸친 대 한발旱魃과 수년씩 대평원을 뒤덮는 초대형화재에 기인함이 아닐까 짐작할 뿐이다. 어쨌든 모계사회 농본정착민족 한반도는 비로소 소수 씨족 집단으로부터 좀 더 진전된 부족국가의 형태를 띠우게 되고, 뒤이어 단군신화의 발현과 함께 선사시대가 종막을 고하고 드디어 3기 단군조선 역사시대로 진입하게 된다.

대륙이동에 얼마든지 능하기 마련인 유목민족이야말로 양력을 비롯해 문자와 셈본 천문지리 등 고등한 문명문화의 소유자들이라 역시 하늘에서 강림한 신으로 추앙받기에 모자람이 없었고, 우리네 순박한 농본민족 모계사회와 순탄한 순치결합을 이룰 수 있었다. 기원전 2천3백여 년 단군시대가 열리는 이 지점에서 바로 한반도 배달민족이 하늘의 자손 즉 천손사상天孫思想을 갖게 되는 근거가 됐다.

　지금도 여전히 유용하듯 농사와 어로 활동 등 물이 삶의 근거가 되는 한반도 정착성 모계사회 원주민들은 음력에 절대적으로 의지할 수밖에 없었다. 게다가 겨우 30세 전후에 그쳤던 남성의 평균수명에 비해 여성은 배 이상이나 수명이 길었으니 가문의 대소 정보는 물론 삶에 긴요한 지혜를 거의 독점했을 테고, 책력도 마침 여성의 월경주기와도 정확히 일치하는 음력인지라 농본사회의 운영 또한 모계바탕이 자연스러웠던 것이다. 이에 비해 바다가 없는 북반부 아비세상, 막막한 대평원을 긴 기간 떠돌아야 하는 기마유목민족들에게 막상 음력陰曆, Lunar calendar은 줘도 전혀 쓸모가 없으니, 오직 양력陽曆, Solar calendar만이 유일한 방안인 것이다. 이 같은 정황을 살필 때 환웅桓雄의 웅자가 하필 수컷 '웅雄'자 임은 그저 우연히 결정된 건 아니란 말이다.

　여기서 한 가지 신중하게 유념할 일이란 연도 수를 셈하는 방법에 있으니, 북방 기마민족으로부터 양력이 도입되기 전까진 1년의 단위가 달랐다. 즉 농본모계사회 한반도의 책력은 분명 음력이었으니, 바로 이 점이 단군세기 이전 환인환웅시대 아비 족의 도래와 통치 기간의 수치를 엄청나게 늘려놓는 바람에 스스로 전설 또는 허구를 표방한 요인이 됐던 것이다. 결국 진위를 의심케 하는 숱한 역사서에 나오듯 한반도 상고사 1만 년 중 많은 부분은 양력으로 바꿔서 환산해야 후대의 계산방식에서 옳다는 생각이다.

　주지하듯 달의 운행을 추종하는 음력은 약 29.53일 즉 달이 한번 차고 기우는 1삭망월朔望月, Synodic month을 1년으로 계산하기 마련인 즉, 한반도에서 삶의 근간은 분명한 농본어로 위주의 모계사회인지라 삶을 주도하는 책력 역시 아직은 음력을 주관하는 안사람의 몫이기 마련이었다. 그에 북방도래 아비 족이 무던히 참고 인내한 지 약 1천8백여 년 만에 바깥사람, 도래인의 위치를 벗고 가문의 가장으로 뿌리내리기에 성공한 제1대 거발한 환웅시대부터 비로소 태양력을 병용하기 시작했다.

제1기 7대 환인조상에 의한 초기 환인시대 음력 3301년을 양력으로 환산한 275년, 제2기 18대 환웅시대 양력 1565년에, 제3기 47대 단군시대 2333년에다 기원후 년도를 마저 더하면 약 6,190여 년으로 한반도 역사 반만년이란 수치는 비교적 넉넉한 연도가 된다. 그럴 경우 단군세기 이전 환인환웅시대 조상 3신(복희씨, 신농씨, 치우씨)도 비로소 황당한 숫자의 난처함을 벗고 실질적 존재가치가 회복될 수 있을 것이며, 안정된 모계사회에서 능률이 좋은 부계사회로의 이전과 함께 절기변동의 표기는 아비의 신 태양력을, 농업 어로활동 등에 필요한 세시풍속은 어미의 전통 태음력을 사용하는 이원적 혼선이 불가피 발생하게 됐다. 그에 태양력 1년(365일)과 태음력 1년(354일)에서 발생하는 날짜 차이 약 11일이란 오차가 누적됨에 따라 해가 지날수록 크게 달라지는 계절상의 오차를 바로잡기 위해 중기가 들지 않는 무중월에 윤달을 끼워 절기에 맞춰주는 무중치윤법無中置閏法을 채용한 보다 정교한 한반도 고유의 태음태양력이 완성되어 조선조 말까지 약 6천 년 가까이 이어져 내려왔다. 하긴 21세기 지금도 농촌용 음양력 병용 달력에선 엄연히 윤달이 존속을 넘어 매우 중요하게 여겨

지고 있으니, 쓸모는 작아졌어도 그저 옛날 일이라고만 간단히 생각할 일은 아닌 것이다.

　참고로 입춘으로부터 동지까지 양력 1년 동안 12번의 절기가 있고, 그 사이에 보름 차이를 두고 다시 12번의 중기가 있는바 이를 다 해서 24절기라 통칭한다. 하지만 태양주위를 타원형으로 운행하는 지구의 특성상 한 달 안에 절기와 중기가 함께 들지 못하는 빠른 달이 있기 마련이니, 이때를 무중월이라 한다. 통상 1년에 약 11일, 3년에 약 1달가량이란 오차가 누적되기 마련이니, 바로 이 계절과 음력 간에 모자라는 약 1달 차이를 채워주기 위해 평균 3년에 1회 정도 작은 음력에 윤달이 더해지는 이유인 것이다. 그렇지 않을 경우 몇 년 가지 않아서 12월에 해수욕을 한다든가, 6월에 때 아닌 눈이 온다든지, 하는 절기상의 불일치가 발생하게 되니 말이다.

　눈부시게 발전한 최신 과학적 수단을 동원해 전문가들이 밝혀낸 사실에 의하면 생각보다 가까운 약 6천 년 전에 마지막 매머드가 멸종됐다는 학계의 믿을 수 있는 보고가 있다. 어쩐지 시베리아 툰드라지대 얼음동굴 속에서 화석이 아닌 냉동상태로 발견된 신선한 매머드 사체에 배고픈 시베리안 허스키 개가 달려들어 뜯어 먹으려 한 덕분에 일본탐험대가 겨우 이를 제지했다는 에피소드도 곁들여졌다. 그런즉 마지막 공룡이랄 수 있는 싱싱한 매머드의 체액과 유전자 확보에도 성공, 유사한 종류인 현대 코끼리 암컷에 접목해 오늘에 다시 부활시키려는 시도도 시료 보유국 러시아와 선진기술을 확보하고 있는 한국의 협력 아래 계획되고 있단다. 그러나 유사할 것 같은 매머드와 코끼리의 형질적, 유전적 차이가 생각보다 커서 목표수행에 상당한 어려움을 겪고 있는 줄로 안다.

그렇다. 서양에선 BC 45년경 로마제국 집정관 줄리어스 시저에 의해 이집트 원정 시 양력을 도입했으나, 바다가 없어 음력이 소용되지 못하매 광대한 대륙의 벌판을 종횡으로 횡행했던 우리네 북방기마 유목 아비 족은 그 훨씬 이전에 이미 정교한 양력을 구현했던 것이다. 저간의 연대기를 볼 때 기실 이집트, 수메르 문명의 양력도 우리와 같은 북방 스키타이 문명의 영향을 받았을 것이란 심증도 있기는 있다.

우수한 도래 민족도 한반도 토종의 농본민족도 서로의 존속과 종족발전을 위해 거리낌 없이 상대방의 전통을 인정하고 받아들인 결과는 순탄 이상으로 이상적이었다. 물론 가장 아쉬운 점을 서로가 능히 채울 수 있는 부계와 모계라는 비경쟁사회의 구조적 특질이 그의 주요한 동기가 됐으리란 생각은 있다. 그중 다행스런 점이란 완력을 앞세우는 부계사회라 해서 토착 모계사회 배달민족에게 자신들의 특질을 무조건 힘으로 강제하진 않았다는 점을 들어야 하겠다.

기왕에 배달민족 모계사회를 주관하고 있던 토착 애니미즘(Animism), 토테미즘(Totemism)으로 말미암아, 뒤에 곰과 호랑이라는 의인화된 모습으로 단군신화 속에 자리를 잡았고, 북방 유목민족으로부터 유래한 샤머니즘(Shamanism)이 모계사회의 제사장과 생리적으로 유독 잘 통하는 바람에 서로 적절히 융합하며 조화를 갖춰나갔다. 덕분에 돌무지, 바위, 냇물, 수호목 등 우선 마을을 방어할 수 있고 지역경계를 이루는 다분히 실용적인 의지의 토속신앙 애니미즘(만류정령설)은 그의 연혁이 오랠 수가 없었으며, 중규모도 아닌 소규모의 족벌단위까진 유효할 수 있어도, 조직사회가 비대해짐에 반비례해 효율성은 갈수록 떨어져 갔으니, 이처럼 가장 원시적인 종교랄 수 있는 애니미즘이 쇠퇴한 사유는 전 세계적으로 공통사항이라 하겠다.

무생물이 주를 이루는 자연물 숭배 사상인 애니미즘과 토테미즘이야 그럴 수 있다 쳐도, 조상숭배가 본위인 샤머니즘처럼 다분히 이질적인 의식이 함께 공존하고 동시에 건국의 신화로까지 발전되는 경우란 상당히 체계적인 사고력이 아니곤 구성되기 어려운 형태임은 사실이라 하겠다. 이 역시 전설이 될 만한 위대한 인물을 조상으로 삼은 여러 후손들의 확고한 구심점 덕분이랄까, 고지능 아비 족의 열린 사고방식 덕택이랄까, 어쨌든 이방인이란 손님의 입장을 잊지 않고 넉넉한 인내심을 바탕으로 오랜 세월 철저히 현지화 함으로서 현지적응력을 높이려는 의도는 훌륭했다.

그러나 위대한 인간과 여타 자연물에까지 함께 신성을 부여함에다, 북방의 외래 사조인 조상숭배 샤머니즘까지 수용한 배려가 오히려 형체와 역할이 분명했던 한반도 원본의 천손사상을 가리는 모습으로 작용해 그의 실체가 오늘날 모호하게 숨어버린 점이야말로 지극히 안타까운 일이 아닐 수 없다. 정착성 농경사회가 운동성 기마유목민족을 받아들임 즉 안정을 요망하는 수동형 모계사회가 힘의 논리에 의존하는 능동형 부계사회를 혼입함으로서 벌어진 피치 못할 자기주체성의 퇴락이었다. 사회조직이 점차 비대해지면서 강력한 힘의 논리를 앞세운 남성의 도전적 기상이 그만큼 사회조직운용능률에서 앞섰던 것으로, 농본사회운용방식이 어느덧 한계점에 이른 바, 비대해진 다중사회 주도방법에 진화가 불가피했던 것이다.

천하의 자유인 기마유목민족 북방 노마드(Nomad)에게 있어 모태이자 생명인 대지를 함부로 재단하고, 소유하고, 심지어 사고판다는 개념은 감히 상상도 못할 일이었다. 이의 수용을 위해선 상당 기간 기다리고 설복하는 인내와 슬기가 필요했다. 죽은 조상의 장례조차도 묘지를 만들지 않은 채 천장天葬: 풍장, 조장 잘해야 화장이 일반적이었던 떠돌이 북방 아비 족속에게 그 같은 대지에 대한 갈등이 양해되기 위해선 상당히 오랜 적응 기간이 필요했을 것이란 점은 쉽게 이해될 수 있는 일이다. 그러는 사이에 재래전통의 순수했던 자연물 숭배 사상은 가벼운 흔적과 몇 구절의 전설만 남긴 채 한반도에서 차차로 사라져 갔다. 농본사회에서 부족 간의 경계로 삼기 위해 관할지의 한복판 또는 경계에 표지석 또는 제단으로 세워두던 제사장의 지석묘支石墓, dolmen인 고인돌, 상고대 2기 환웅세기의 도래와 금석병용기가 시작되는 때와 한반도 안에서 북방식 널무덤 매장제도가 자리 잡음과 함께, 전통적 고인돌 문화가 쇠퇴하는 시기는 거의 일치한다. 해서 고인돌의 정수리에 새겨 넣던 북두칠성을 본 따, 고인을 누이는 널무덤의 나무판을 칠성판이라고 호칭하며, 이는 요즘도 고스란히 적용되고 있어서 배달민족이 북두칠성을 숭배하는 북방식 천신(한울님, 하나님)의 자손 즉 천손임을 표방하는 주요한 증빙이

되고 있다. 무거운 육신은 모태의 종착지인 대지에 다시 돌려지되, 가벼운 영혼은 할아버지와 아비의 본향인 북두칠성 곁으로 귀천한 다는 다분히 상징적인 행사인 것이다. 축문 또는 제문을 불태우는 소지행위와 제향을 사르는 분향행위의 근거가 모두 이로부터 기인한 다고 봐도 무방하다. 바로 이와 같이 북두칠성을 함께 섬기는 동류 의식으로 말미암아 양쪽 샤머니즘의 화합이 보다 원활 했을 것이다. 그런 뒤 조상숭배가 근본인 아비 족의 샤머니즘이 토속 애니미즘을 밀치며 받아들여진 것도 지극히 순조로운 일이었다.

2기 환웅시대 14대 자우지(치우)천제의 상징(천하대장군)이며 토속 신 웅녀의 화신(지하여장군)인 장승, 언제나 한 쌍으로 눈을 크게 부릅뜨고 마을 입구에 나란히 지키고 서서 외부의 사악한 기운의 침입을 방비 하는 등 마을의 무사안녕을 지키는 존재처럼 일부 샤머니즘과 토테 미즘의 혼합 형태로 오늘날까지 지워지지 않고 존속하고 있음이다. 용맹한 군신 치우천제의 주된 활동무대가 오늘날 중국의 수도 북경 을 포함한 대륙 중앙부인 것을 알면 우리의 고개는 크게 끄덕여진다. 치우천제의 모습 또한 장승과 함께 기와(Roofing tile)의 마구리 와당에 남아있듯, 우린 일본사학계의 주장을 받아들여 도깨비 형상의 귀면 와鬼面瓦라고 가볍게 표현하고 있으나, 기실 한눈에 봐도 호랑이와 사 람이 하나로 표명된 명백한 치우천제의 상징적 메타포인 것이다. 또 한 굳건한 돌하르방의 모습으로 누구나 소원하는 장생을 지향하는 가하면, 생전에 수고한 이의 유택 앞에선 무신의 모습으로 망자의 영 원한 안식을 지켜주는 파수꾼 역할도 마다치 않는다. 이처럼 해동성국 배달민족의 생사관에서 뗄 수 없는 동반자, 우리에게 몇 안 되는 상고대의 현실적 유산이 되어있다. 자생적 토테미즘의 상징 고인돌이 도래 샤머니즘의 표상 장승으로 극적인 변신을 이룬 셈이다.

이 같은 마을 입구 장승이란 습속도 기실 우랄산맥 언저리와 바이칼 호수 인근이 본향인 부계사회에서 도래한 것이지만, 천하대장군 옆에 반드시 동반하는 지하여장군은 북국엔 존재치 않는, 다만 우리네 웅녀사상이란 토착성 샤먼이 원만하게 결합된 징표랄 수 있으니, 그로서 남성이 주도했던 북방형 샤먼의 역할을 한반도에선 여성 제사장 무녀가 주로 감당했으며, 비로소 제사와 정치가 분리됨과 함께 제2기 환웅시대가 막을 내리고, 그 사이에 태어난 민족의 시조 단군왕검으로부터 드디어 제3기 단군조선이 기원전 2333년 개천한다.

이처럼 북국으로부터 도래한 씩씩한 남성적 기상과, 안정을 보다 중시하는 여성성 사이에 우호를 바탕으로 형성된 일련의 사랑과 연애, 밀당은 인간 이지理智의 눈을 살짝 멀게 하는 역할, 약간의 악마성이 있음은 고금을 통해 언제든 변치 않는 사실인 모양이었다.

▼

혁은 엘리베이터를 통해 선체로 들어와 조종석에 앉았다. 침착하게 먼저 머신의 컨디션을 살폈다. 그새 이온 쳄버 두 개는 거의 완전한 에너지 충전 상태에 놓여있었다. 이제야말로 크게 수고한 플루토늄 원자로 엔진도 한숨을 놓고 쉬게 할 즈음이었다. 혁은 최소한의 선체유지기능만 남겨놓고 주 전원을 껐다.

그제야 혁인 약간의 시장기를 느꼈다. 메인모니터 화면에 선택 아이콘을 클릭했다. 진공 보관고의 내용물 잔량과 메뉴가 펼쳐졌다. 이미 어렵지 않게 구할 수 있는 미국 우주항공국의 이른바 레토르트 형태의 공인된 우주식단이었다. 그중 한국식 비빔밥을 선택 해 클릭을 했다. 뒤편 보관고 램프가 점등되고, 밀폐 진공 포장된 비빔밥이 오븐에 들어가고 곧 전자오븐이 작동되는 모양이었다. 2-3분이 지나자 '덜커덩' 하며 데워진 포장물과 음료수가 함께 열린 출구로 내려왔다.

여기에도 시간 여행자에겐 반드시 지켜야 할 엄중한 원칙 하나가 있었다. 즉 외부의 어느 것이든 안전한 것으로 판명이 되면 먹어도 상관은 없으나, 저쪽 현실 미래세상에서 가져온 것은 그게 뭐든 바깥으로 한 점이라도 내버려선 안 된다는 철칙이 그것이었다. 만일 미래의 물질로 옛 세상이 오염이라도 되고 나아가 전염병처럼 파급이라도 된다면, 그는 후대의 역사와 삶의 질서를 일거에 뒤흔드는 일대 사건사고가 될 수도 있기에 그러했다. 배설물이라고 예외는 아니었다. 소변 한 방울이라도 바깥에 남겨선 결코 안 되는 지극히 위험한 금기사항이었다.

음식이라고 맛을 음미하며 섭취할 여유로운 계제는 물론 아니었다. 그저 신체가 요구하니 넣어줌으로서 중차대한 시간 여행이란 업무수행에 지장이 없도록 체력유지를 생각해 경구투약처럼 복용할 따름이었다. 그나마 우주식으로 공식 채용된 한국식 매콤한 비빔밥은 우주인들에겐 별단의 특식이랄 만큼 인기가 높은 품목이었다. 우주식이란 어련하겠는가, 필수영양소에 칼로리, 장기보관까지 감안해 전문가들이 알아서 처방한 이른바 레토르트 식품이었다. 대부분 치약처럼 짜서 마시는 게 당연시 될 정도로 부드러운 유동식이 일반화된 우주식에선 쉽게 퇴화되기 마련인 치아의 씹는 저작능력까지 충실하게 감안했기로 그럭저럭 먹을 만 했다지만, 혁인 레토르트 식품 특유의 비릿하고 느끼한 냄새 때문에 이를 유독 꺼려했다. 하지만 지금은 싫고 좋고를 따질 한가로운 계제가 되지 못함은 당연했다.

어쨌든 수행일람표에 따라 어설프고도 즐겁지 않은 거의 의무적인 식사를 마치고 혁인 바깥을 다시 돌아보고 싶은 생각이 들었다. 아직은 하루의 시간적 여유가 있었기에 가능하다면 선사시대의 귀한 황혼을 만날지도 모른다는 기대감도 있기는 있었다. 머신 조절방식은 원거리 조절방식으로 돌려놨다. 이는 머신 내부에서의 조종방식 중 비상운용의 일부를 팔목에 찬 포터블 단말 조정기로 이관시키는 일이었다. 머신으로부터 멀리 떨어진 상태에서 어떤 긴급한 일이 발생한다면 재빠르게 대응하기 어려운, 대책 없는 위기에 봉착될 수도 있기에 이는 신중하게 고려된 비상용이었다.

다시 머신의 자동방어시스템을 활성 상태로 돌려놨다. 4대의 360도 주변 감시 모니터엔 사방의 정경이 비춰졌다. 모니터를 통해 선체 주변이 안전함을 마저 확인하고 혁은 다시 엘리베이터를 나와 고대의 대지에 발을 디뎠다. 이제 곧 있으면 황혼이 내려올 즈음으로 보였다.

깜빡 잊었거나 잠깐 방심이 들었겠지, 20미터 정도인 허용 안전거리를 넘어 30미터 정도까지 걸어 나갔을 때였다. 손목에 찬 휴대용 조절기에서 다급한 위기 신호가 점멸함과 동시에 '애앵 애앵' 요란한 사이렌 음이 헬멧 헤드세트의 헤드폰을 때리고 들었다.

"아차! 내가 머신에서 너무 멀리 떨어졌다는 경고인가 보다."

그제야 퍼뜩 정신이 들었지만, 그게 아니었다.

혁인 심장이 떨어질 만큼 놀랐다. 어슷한 후면에서 거대한 매머드 일가족 다섯 마리가 이제 막 맹렬한 속도로 '우르르' 달려들기 시작했기 때문이었다. 생각하고 자시고 할 여지가 없었다. 혁은 다시 머신 입구를 향해 몸을 돌려 뛰기 시작했다. 그러나 머신까지 30미터는 의외로 거리가 멀었고, 둔할 것 같은 몸무게 수 톤이나 될 매머드들은 너무도 빨랐다. 엘리베이터 입구까지 근 15미터 정도가 남았을 때 괴수들은 이미 혁이의 배후에까지 바짝 다가와 있었다. 머릿속으로 순간적으로 계산한바 무사히 머신 안으로 대피하긴 시간상 아무래도 불가능해 보였다. 뿐만 아니라 지금 이대로와 같은 괴수들의 타력이라면 자신뿐만 아니라 머신 본체의 안전에도 크게 위태로울 것이니 비상수단이 불가피했다. 두 번 생각할 짬도 없이 혁인 손목조절기 커버를 열고 붉은색 긴급비상버튼을 '꾹' 눌렀다. 눈앞으로 보라색 두꺼운 차광필터가 빠르게 내려 덮임과 동시에 머신 본체 상단에서 '펑' 엄청난 밝기의 지향성 스트로보 섬광이 파열음과 함께 터져 나왔다. 엄중한 시각보호필터가 시급하게 내려왔음에도 충분히 느낄 수 있는, 태양 빛보다 비할 수 없이 밝은 자외선 섬광은 단 한 방이었다.

혁은 거친 숨결을 힘겹게 토해내며 아슬아슬하게 엘리베이터 안으로 뛰어들 수 있었다. 엘리베이터 원통 벽에 붙어있는 붉은색 긴급버튼을 눌렀다. 뒤돌아볼 겨를이 없었다. 속도 빠르게 회전 슬라이딩 도어가 닫히며 세척용 에어클리너가 작동할 짬도 없이 엘리베이터가 급상승을 했다. 가쁜 숨을 몰아쉬며 혁인 조종석에 앉자마자 우선 방금 뛰어온 방향으로 선체를 180도 회전시켰다. 불과 10여 미터 전방에서 일가족인 듯 다섯 마리의 우람한 매머드가 제자리에서 우왕좌왕거리고 있었다. '뿌웅, 뿌웅' 울부짖듯 거친 야수 매머드의 산천을 울리는 우렁찬 포효가 워낙 크고 또렷하게 실내 스피커를 때렸다. 바깥 정황은 가히 공포 그 자체였다. 옳거니, 타임머신이 일시 착륙한 지역이 하필이면 괴수들이 단골로 다니는 길목이었던 것이다.

그렇다. 워낙 강력한 자외선 스트로보 섬광으로 저 괴수들의 눈은 망막이 모두 타 손상되는 바람에 지금 앞을 보지 못하는 것이다. 아닌 게 아니라 자외선 스트로보 섬광이 얼마나 강렬했으면 전신이 검은색이던 괴수 매머드들의 털 색깔이 순식간에 회색으로 탈색까지 돼 있겠는가, 그제야 혁인 자신의 시간 여행용 안전 유니폼을 내려다 봤다. 역시나 섬광에 정면으로 노출됐던 가슴과 팔 허벅지 등 짙은 청색이던 섬유가 옅은 코발트색으로 변색되어 있었다.

완전히 맹목이 되어버린 매머드들은 이제 목숨이 다했을 것이다. 망막이 자외선 광선세례에 파괴되어 눈이 전혀 보이지 않는 입장에서 먹을거리를 옳게 찾을 순 없을 것이고, 이 엄혹한 세상에서 결국 차례차례 목마르거나 굶어서 죽을 것이다.

　워낙 다급한 상황 아래 혁이로서도 어쩔 수가 없는 자기방어 행위
였다지만, 이것도 대상이 일개 야생동물이기에 가능할 뿐, 시간 여
행자 의무 교본에 의하면 차라리 망설임 없이 기꺼이 자신이 죽을지
언정 전시대 인간 특히 어린 사람일수록 결단코 해쳐선 안 되도록
규정이 있었고, 이야말로 시간 여행자로서 갖춰야 할 제1의 의무조
건이자 절체절명의 이행조항인 것이다.
　그랬었다. 죽은 이가 만일 저편 현상계에 살아서 떳떳하게 존재하
는 가문, 지구역사 또는 세계사에 크게 영향력까지 끼치고, 그의 여
파가 길게까지 지속적으로 이어지는 등 명색이 또렷한 가문의 윗대
조상이라면, 과거와 현상의 시간 사이에 엄청난 괴리와 모순이 발생
하고 마는 것이다. 이미 사라진 과거는 농담이라도 뒤에 후세를 남
길 수 없음이 당연하기 때문이며, 앞에 앉아있던 친구가, 애인이 눈
앞에서 일순 연기처럼 사라져 버릴지도 모를 일이다. 그에 더해서 죽
은 사람이 만일 내 직계조상 또는 모계 쪽의 조상이었더라도 현상계
에 존재하는 난 존재의미가 졸지에 막연해지고 마는 것이니, 전 지구
가 온통 혼란을 넘어 대 증발을 일으킬지도 모를 생각도 상상도 하
기 난감한 일, 이른바 '할아버지 패러독스'가 아닐 수 없었다. 하매
자신이 지레 죽을지언정 까마득한 과거의 선대일수록 털끝만큼이라
도 위해를 입혀선 안 되는 절대적으로 중차대한 일이 아닐 수 없었
다. 게다가 지금처럼 과거와 현재라는 여행지가 본바탕에서 크게 멀
지 않은 가까운 인근 지역이라면 그 위험성은 더 말할 나위가 없어

지는 것이다. 때문에 고대인과의 접촉과 교류를 가능한 회피한다는
뜻은 결코 가볍지가 않은 것이다.

시작부터 돌연한 매머드의 내습 때문에 정이 십 리만큼이나 뚝 떨
어진 옛 시간대의 터전에 혁은 더 머물고 싶지 않았다. 다시 타임머
신을 움직여야 할 차례인 것이다.

심하게 동당거리는 가슴을 억누르며 일련의 점검 수순이 메인 모
니터에 펼쳐진 안내순서대로 틀림없이 진행됐다. 아무리 도상연습을
손에 익도록 수도 없이 했다지만, 언제나 긴장되는 매우 조심스러운
과정이었다.

예의 초고전압 전격으로 인한 푸른빛이 머신을 휩싸고 돌았다. 중
력저울이 가벼워짐과 함께 바깥은 차차 짙은 어둠이 덮어오고, 시
대선택 레버를 이번에 앞으로 당겼다. 먼저 온 시간대로 돌아가고자
하는 것이다. 입력 목표 시간대를 이번엔 -5천 년에 맞춰 입력했다.
타임머신은 기원전과 후를 이해하지 못한다. 허니 -5천 년이면 한반
도가 아직은 구석기 시대 말엽에 해당하는 즉 BC 3천 년 즈음에 해
당한다. 이온엔진이 아직 채 식지 않은 충분히 워밍업이 된 상태라
서 모든 조절기능은 아까 전보다 한결 부드럽고 원활했다. 안도감이
들었다.

'징 징 지잉' 예의 컴퓨터 알람이 울렸다. 목적시간대에 도달했다
는 신호였다. 조심스럽게 다시 머신의 현신 절차에 들어갔다. 중력저
울이 선체무게 5킬로그램을 나타내는 상태에서 일단 현신절차를 멈

추고 자동장치를 수동으로 바꿨다. 어슷하게 보이는 아래 세상을 눈으로 보고 멈출 방향을 선정하기 위해서였다.

달리 움직임을 확인할 수 있는 건 아무것도 없었다. 보다 적극적인 시대관찰을 위해선 아무래도 위치를 이동할 필요가 있었다. 이온 팬을 가동시켜 고도를 높여 잡았다. 약 500미터 정도를 곧장 치올랐다. 방향은 중요치 않았다. 미리 정한 방향이 없으니 그저 바람이 이끄는 대로 따를 뿐이었다.

드디어 세찬 측편 바람 대를 만났으니 머신이 빠르게 바람을 타고 왼편으로 나르듯 흐르기 시작했다. 정교한 중력지향 자이로스코프 덕택에 선체는 수평 자세를 잃지 않고 한참을 곧잘 이동했다. 드디어 흐릿하게 보이는 눈 아래 세상에 뭔가 자연적이지 않은 부분이 보였다. 인위적인 관목 울타리로 둥글게 둘러싸인 선사시대의 촌락이었다.

혁은 조절 프로그램을 자동장치로 돌렸다. 전격전압이 줄어들고 중력저울에 무게가 늘자 옆으로 나르던 속도가 급격히 줄고 고도 또한 뚝 떨어져 타고 오던 바람 대에서 벗어났다. 좀 더 내려오다가 무풍지대임을 확인하곤 이온 팬을 돌려 선체가 공중에 떠 있도록 조정했다.

아랫마을 사람들이 이곳 타임머신을 혹여 올려다보더라도 선체가 말끔하게 보이진 않을 것이다. 거리도 거리려니와 현상과 절반쯤 유리된 상태에선 존재라도 절반의 존재에 불과하기 때문에 다소 짙은 구름처럼 그저 약간 특이하거나 보통은 예사스럽게 보일 것이다.

혁인 아래 세상을 비추는 모니터 카메라 줌렌즈의 망원배율을 서서히 올렸다. 마을이 가깝게 다가왔다. 그러나 아직 사람들의 움직임을 확인할 수 있을 정도는 아니었다. 지금 눈에 보이는 아랫녘은 이제부터 역사시대인 3기 고조선이 막 시작될 즈음의 어느 골 깊은 외딴 촌락이었을 것이다.

02
단군시대

　한반도 단군신화에 등장하는 배달민족의 조상은 알려져 있다시피 환웅桓雄과 웅녀熊女이시다. 호랑이는 주어진 고난을 인내하지 못해 거처 바깥으로 뛰쳐나오는 바람에 인간되기에 실패했고, 마늘과 쑥만 먹으며 여러 날 인내하고 기다린 끝에 곰이 여인네 웅녀로 변해 천제 환웅과 혼인, 단군왕검을 낳아 배달민족의 시조로 삼아 역사시대를 열어나가기 시작했다는 너무나 잘 알려진 민족탄생설화를 모르는 한국인은 없다.

　일컬어 황당한 신화에 속한단 뜻으로 이의 내용에 대해 자꾸 입에 올리는 것을 신중치 못한 행위로 여기는 풍조가 그간 중화사대주의에 깊이 물든 유식한 우리네 사대부 유학자들의 의식이었고, 그런 여파는 지금도 상당 부분 남아있거니와 오죽하면 시기에 따라 금서로까지 지정됐었겠는가. 혁이도 중학 시절 단군신화를 배우면서 느꼈던 당혹감이 아직껏 생생하게 뇌리에 남아있으니, "왜 하필 우리 민족의 시조 어머니가 저처럼 더럽고 우둔한 곰이었을까?" 하는 유김스러운 인식이 솔직한 심정이었다. 당시 가지고 있던 곰에 대한 이미지는 창경원 동물원 비좁은 철창 안에 갇힌 채 온갖 더러움을 뒤집어쓴 초라한 모습으로 비굴하게 덜렁거리며 관중에게 한입 먹을거나 구걸하는 참담한 모습이 전부였기 때문이며, 미개하고 더럽고 야만적인 조상 어미를 뒀다는 편협한 시각은 하나의 난처함이었다.

비단 배달민족뿐만 아니라 역사가 깊은 세계 도처의 민족들에게서 자기 민족의 탄생에 신비감과 신성불가침의 절대성을 부여하기 위해 하늘로부터 강림이란 탄생신화를 도입하는 경우를 얼마든지 찾을 수 있다.

초기부족국가의 성립엔 제정일치의 절대 능력자 한사람에게 의지하는 경우가 일반적이다. 초기 단순한 조직사회에선 지도자 개인의 능력 여하에 따라 조직 전체의 운명과 흥망이 갈리는 경향이 다분했다. 따라서 지도자는 두루 다재다능한 만능인이어야 했으며 제정일치의 1인으로 충분했을 것이다. 천기를 미리 헤아려 농사를 관리해야 했고, 외적의 침입에 대비해 무장과 훈련에도 노력을 게을리 하지 말아야 했으며, 미구에 닥처올 재난과 궁핍으로부터 부족의 성원을 구해낼 방책을 예비하고 있어야 했다. 민중의 공평성을 담보하기 위해 상당한 수학적 계산도 치러낼 줄 알았어야 하고, 때론 막강한 대자연의 위력 앞에선 희생의 대표자로서 고개를 숙이고 속죄의 제사도 올려야 했다.

여기서 첫 번째 깊이 채색 왜곡된 한 가지 모순과 필연이 맞닥뜨릴 수밖에 없다. 웅녀인 곰과 함께 인간이 되기 위해 마늘과 쑥을 가지고 동굴 속으로 들어간 호랑이의 존재가 그이다. 전해오는 설화의 내용 그대로라면 호랑이는 환생의 고통을 견디지 못하고 중도에 포기했음으로 인간이 될 수 없었다고 전하고 있다.

한반도는 물론 시베리아 대륙과 북간도 등 동북아시아 전반을 평정하던 밤의 제왕 호랑이는 어쩔 수 없이 받아들여야 하는 자연재난을 제외하면 당시 사람들에겐 가장 두려운 존재임은 의심의 여지란 없다. 그 당당한 위상과 엄청난 힘은 인간의 공포감과 두려움조차 완전히 압도하는 존재였다. 때문에 수많은 속설과 설화의 주인공으로 근세에까지 끊이지 않고 확대 재생산됐다. 오히려 곰이 가지고 있는 위상과 비교해도 훨씬 강력한 이미지를 갖고 있었는데, 그런 천하맹주인 호랑이를 곰에게 밀려 인간되기에 실패한 나약한 모습으로 만든 정황이란 쉽게 납득 되지 않는 점이다. 그런 모순의 와중에도 이제까지 면면히 이어져 내려오는 배달민족 고유한 종교 또는 민속 유물인 산신각엔 호랑이가 그토록 늠름하게 위상을 잃지 않고 전승되어오고 있지 않은가, 분명한 모순이자 뭔가 억지발상이 엿보이는 대목이다. 결국 이처럼 명맥도 확실한 호랑이의 권능이 신화에선 일절 무능력하게 표현됐으니, 그것은 후대에 들어 타의에 의해 고의적으로 각색되고 변질된 증빙이라 하겠다. 신화에서처럼 실패한 호랑이와 배달민족의 의식 속에서 워낙 진하게 아직도 당당하게 살아있는 모습은 이와 같은 설명이 아니면 아무래도 풀리지 않는 결정적 모순일 것이다.

그랬었다. 산신각의 호랑이는 인간되기에 실패한 존재로서 조성들과 간단히 유리된 별종이 아니었다. 호랑이는 바로 유력한 고등문명을 가지고 북방으로부터 도래한 유목기마민족 천제 환웅의 또 다른 은유 즉 메타포였던 것이다. 때문에 수호목 장승(천하대장군)이 호랑이와 인간(치우천제)이 하나로 형상화된 반신반인의 모습으로 희미해진 전통으로나마 끈질기게 전해져 내려오고 있음이니, 그와 같이 14대 자우지 환웅(치우천제)의 상징 천하대장군과 모태 웅녀의 상징 지하여장군, 영험한 장승 한 쌍이 일견 해학적이거나, 혹은 사나운 군신의 모습으로 엄중하게 방비하는 마을 안쪽은 바깥세상의 죄악과 우환이 일절 침범할 수 없는 무해한 장소, 곧 벽사辟邪의 곳으로서 천신에게 제사를 지낼 수 있는 가장 신성하고 청정한 지역 즉 소도蘇塗임을 뜻한다. 만일 바깥세상에서 불가피 죄지은 자가 소도로 정해진 경계선 안으로 무사히 피신해 들어오기만 하면 인간의 지위로선 누구라도 그를 처벌할 수 없었다고 한다. 허니 비바람 등 외부 기상의 영향을 가장 덜 받는 최대한 평화롭고 안전한 장소를 고르기 마련이었다.

호랑이 신랑과 곰 신부는 토굴 움집에 신방을 차렸으며, 호랑이 통치자는 가계를 감당하기 위해 살림집 굴을 먼저 나왔고, 웅녀는 출산 때까지 길게 인내하면서 드디어 결실로서 자손을 봤으니, 호랑이와 달리 곰은 겨울잠을 잔다는 사실은 새삼스러운 일이 아니다. 그렇게 탄생된 이가 바로 고조선의 공식통치자인 단군왕검으로서, 배달민족의 시조로 삼았다. 시간대도 그렇거니와 차례로 발굴되는 고대유물로 미뤄보건대 하염없는 전설이 아닌 반만년 전에 있었던 실제상황일 따름이니, 아비 족 사회에서 오래전부터 설화로 이어오던 곰과 단군설화를 동방신국 한반도 고조선 땅에서 그대로 실현됐다고 말할 수 있다. 이렇듯 어디 한 곳 불화나 갈등이 끼어들 소지가 없는 한반도 배달민족의 단군신화는 단순히 신화적인 의미로 머물러있지 말아야 할 명백한 역사적 사실로서, 한 몸인 천제 환웅과 호랑이를 억지로 떼어 분리해 놓은 뒤 호랑이를 졸지에 실패자의 위치로 전락시켜버린 결과는 환웅의 존재가 고스란히 허공에 떠 있도록 유도한 고의적인 기만술책欺瞞術策, 이간질이 아니곤 오랜 시간이 지나면서 사람들의 입에서 입으로 구전되는 와중에 자연스럽게 변질된 성질의 것이 결코 아닌 것이다.

엄청난 호랑이의 위력과 권능은 당시 지도자들에겐 무한한 선망의 대상이었고, 백성들은 탁월한 지도자의 도그마에 호랑이처럼 막강한 권위를 부여했다. 전지전능한 지도자 곁엔 늘 호랑이가 한 몸처럼 확고하게 자리 잡고 있어서 동일시됐다. 만일 처세와 인내에 실패한 나약한 호랑이 같았으면 도저히 지도자 천제 환웅의 초상과 함께 누천년을 나란히 함께 존속되어 내려올 순 없었을 것이다. 물론 한국의 민속을 다루는 혹자들은 그조차도 중국의 장수를 관장한다는 수 신선을 뜻한다는 주장도 있으니, 이 역시 철저한 중국사대주의의 결과라고 말하지 않을 수 없는 노릇이다.

국가 방비도 그렇고 협동생산에도 그렇고 조직은 클수록 불리한 점보단 유리한 점이 많다. 적절한 치세와 사회적 안정감으로 사회의 덩치가 점점 커지자 난순한 힘의 논리론 사회조직의 조합운영에 한계가 있었다. 아울러 주변의 강력한 부족들과도 소모적인 대결보단 원만한 관계가 소망스러웠고, 이의 결속방법이란 동서고금을 통해 가장 효과적인 수단인 가문 간의 성혼이었다.

곰으로 상징되는 지역 한반도 토착농경민족은 음력을 책력으로 하는 정착성 모계사회였으니, 언어와 문자, 바퀴와 양력 특히 청동기 등 월등하게 발달된 남성성향의 대륙문명을 가지고 남하한 북방 유목민족 아비 족을 때맞춰 순조롭게 영입함으로서 단군신화와 전설은 명료하게 완성을 보게 되는 것이다. 바로 호랑이로 대변되는 부계사회 북방유목민족, 매머드가 떼를 지어 살던 타이가 대초원이 툰드라 영구동토지대로 변한 것처럼, 시베리아에 갑자기 밀어닥친 한파재난을 피해 몽골로, 만주로, 드디어 북부여를 중심으로 중국 대륙 동부 평야지대와 한반도까지 급거 남하했던 북방의 우랄알타이족, 위대한 스키타이 문명이었다.

북방 도래인들이 무사정착을 위한 다분히 정략적이었을지언정 새로운 국가탄생을 전제로 한 대규모 조직 간의 결합은 역사에 남길만한 큰일이 아닐 수 없었을 것이다. 능히 전설 또는 신화로 만들어져 기록으로 남길만한 일대 사건이었으니, 이상이 북만주로부터 한반도, 중국 대륙 심장부 전반에 이르러 고조선을 건국한 조상들의 실체이자 전모랄 수 있다.

여기서 우리에게 너무나도 친숙한 단군檀君이란 호칭에 대한 실체를 명백히 밝히고 넘어갈 필요성은 크다. 우리가 알고 있듯이 단군은 한자의 뜻 그대로 '박달나무 임금'을 의미하는 것이라 했다. 하지만 단군은 단지 기록을 남기기 위해 이두 식으로 음가만 빌려온 한 자표기에 불과할 뿐, 박달나무와 단군은 전혀 상관이 없다. 그렇다, 멀리 북국 바이칼 호수 인근 브리야트공화국, 사하공화국에 부족사회 소수민족으로 잔뜩 위축된 채 간신히 옛 고향을 지키며 오늘을 살아가고 있는 에벵키, 코리, 브리야트, 어원커, 고미 족 기타 순록을 방목하는 유목민들의 언어에 조상을 뜻하는 '단군, 탱구르'란 호칭이 지금도 엄연히 남아 통용되고 있으며, 그조차 곰과 아주 긴밀하게 연결이 되어있음이 확인되고 있다. 더구나 북방 고미 족의 고미는 우리네 곰, 일본어의 구마와 어원이 같으며, 하늘에서 내려온 신의 아들과 결혼해 자손을 출산했다는 내력까지도 우리네 단군설화와 거의 완벽하게 일치한다. 결국 단군이란 호칭은 북국 아비 족의 고유 언어인 것으로 그들과의 생김새뿐만 아니라 최신 형질인류학에 미뤄 봐도 오늘에 배달민족과 미토콘드리아 분석에서 거의 흡사하다는 부인할 수 없는 과학적 사실까지도 확인됐다. 이를 두고 보다 따듯한 남쪽 고조선의 단군설화가 겨울철 평균기온이 영하 60도에 이른다는 사람 살기 혹독한 그곳 북국으로 거꾸로 전파됐다는 억지를 우린 부리지 말기로 하자.

21세기 새 밀레니엄이 시작될 즈음 세계 각처의 지식인들이 유사 이래 즉 지난 천 년을 빛낸 지구 최고의 영웅 한 사람을 앙케트로 꼽아본 적이 있었다. 시저도 나폴레옹도 아니고 이순신 장군도 진시황도 아니었다. 이구동성異口同聲으로 첫손가락에 꼽은 이는 오직 한 사람 중국 대륙을 평정, 원나라를 세우고 서역으로까지 진출 최초의 세계국가를 세운 바로 몽골의 칭기즈 칸이었다.

우리는 어려서부터 중국민족만이 오직 세상에서 최고로 우수한 민족이며, 한반도는 그에 깊숙이 세뇌됐다. 말 그대로 유치찬란했다. 하늘 높고 땅 넓은 줄 모르고 위대한 아비 민족을 일거에 몹쓸 야만인으로 만드는 오랑캐라는 터무니없는 단어 한방으로 그동안 우리 민족이 빠졌던 인식적 함정이 얼마나 길고 깊었던가를 생각하면 다만 기가 막힐 뿐, 세계사와 한참 동떨어진 우물 안 개구리 의식이었으니, 하루라도 빨리 각성이 필요한 대목이 아닐 수 없다.

의심할 바 없이 당자들에게 직접 물어보면 안다. 이제라도 북방 몽골족은 따뜻한 남쪽 지방 한반도 해동성국을 하염없이 그리워하는 성향을 본능처럼 유전자에 지니고 있으니, 꿈에라도 잊을 수 없는 본향의 한편으로서 어머니 나라 곧 외가이기 때문이다. 아울러 우리네 전통 민속으로 남아있는 솟대 기러기는 그의 머리 방향이 하나같이 북쪽을 향하기 마련이니, 바로 아비 족이 그토록 우월한 양력과 고도의 철기문명을 가지고 도래한 태고의 곳, 멀리 북녘 바이칼 호수 인근 기러기 또는 학의 본향을 길이 기억하기 위함이란다.

✦

저녁이 깊어지면서 마을도 거의 눈에 보이지 않을 만큼 사위는 급하게 어두워져 갔다. 혁인 더 늦어 어둠이 깊어지기 전에 지금쯤 현실 세상 이승으로 되돌아가야 할지, 보다 안전한 장소가 물색 되면 다소간의 위험을 무릅쓰고라도 이곳 시간대에서 밤을 보낼 것인지 결정을 내려야 할 즈음이었다.

염려는 먼저 이온 쳄버에 닿았다. 머신을 구성하고 있는 주요 부분 중 다른 어느 곳 같지 않게 이온 쳄버의 구성부품은 사용 가능 기간 즉 수명이 짧았던 것이다. 그렇다 해서 부품의 교체가 쉬운 것도 아니었다. 백금으로 처리된 이온필터 촉매야 그렇다 쳐도 부친조차도 어렵사리 구할 수 있었던 상온 초전도체 재료는 워낙 특수한 재질이기에 구하기도 여간 난감한 바가 아니었으니, 전문가인 부친도 형도 모두 퇴진한 입장에서 그의 안정된 복구에 자신이 서지도 않았다. 자칫 처음이자 마지막 시간 여행이 될 수도 있는 가능성을 생각해, 중요한 이온 쳄버의 사용빈도를 가능한 줄이기 위해서라도 답은 한 가지뿐이었으니, 이곳에서 밤을 보낼 작정을 세웠음이다.

우선 어둠에 쌓이는 작은 마을 앞에 개울도 건너 맞은편 돌산이 적당해 보였다. 가능한 은밀하게 자신과 타임머신의 소재를 들키지 말아야 하기엔 역시 그곳이 한 눈에도 적당해 보였다.

혁은 다시 이온 팬에 스위치를 넣었다. 고속의 팬이 돌아가며 머신이 서서히 솟구쳐 올랐다. 공중을 오르는 중에도 눈은 풍향계 미터를 계속 주시하며 필요한 바람 방향을 찾았다. 두어 차례 방향이 어긋난 바람을 외면하고 드디어 적당한 바람을 찾을 수 있었다. 이온 팬의 회전출력을 낮추자 선체는 정지한 상태에서 바람에 밀려 개울 건너편 돌산으로 접근해 들었나. 적당하지 싶은 위치에서 이온 팬을 끄고 테슬라 발진기 출력을 떨어뜨렸다. 곧 좀 더 밝게 사위가 확인됐고, 중력저울의 무게도 제법 늘었다. 하강하는 속도가 빨라졌다. 공연한 주목을 피하기 위해서라도 가능한 조명등을 켜지 말아야 했다. 드디어 온통 잔돌이 널려있는 돌밭에서 선체는 4개의 착륙용 실린더를 펼쳤다. '덜커덩' 완충장치에 가해지는 부드러운 충격과 함께 머신은 드디어 완전히 움직임을 멈췄다.

이제 바깥은 완전히 어두워졌다. 정지한 시점이 마침 그믐인지 별들은 초롱초롱해도 칠흑 같은 어둠이 온 산과 머신을 덮었다. 한동안 바짝 달궈져 있던 선체의 열기는 이제 서서히 식어가는 중이었다.

착륙은 무사히 했지만, 혁은 바깥에 나가지 않을 생각이었다. 어차피 주변을 확인할 수 없을 정도로 어둠이 너무 짙거니와 미지의 곳에서 어떤 의외의 사태와 맞닥뜨릴지 알 수 없는지라 공연한 객기는 금물이었다. 일단 가장 믿을 만한 자동감시경보장치만 남기고 대부분의 전원을 껐다. 머신도 이제 그만 쉴 시간이 필요했으니까, 모든 분위기가 조용한 가운데 잠에 들어야 할 시간이었으니까.

상태가 여의치 않아 움직임을 미처 확인하진 못했지만 마을 사람들 곧 조상님들은 또 어떤 하루로 역사의 한 페이지를 작성하셨을지 문득 두 손 맞잡고 속내 깊은 이야기를 나누고픈 정념이 휘감고 돌았다. 아득한 후세에서 유능한 후손이 찾아온 줄은 물론 꿈에라도 상상치 못하시겠지만 말이다.

쉽게 잠이 오지 않을 것 같았다. 혁은 잠시 헛된 망상 속을 그렇게 거닐다가 혼자만의 상념 속으로 깊이 빠져들었다. 아까 낮에 망막에 치명적인 타격을 입고 우왕좌왕 거리던 불쌍한 매머드들은 사라져도 벌써 오래전에 사라졌을 것이다. 하긴 현상계에서도 이미 오래전에 멸종한 걸 모르지 않으니 생명에 대한 위기감, 죄책감은 공연하기로 갖지 않아도 될 것이었다.

03
고조선의 내력

　한반도에서 출토된 상고시대 유물이 말해주듯 BC 3천 년 경에 나온 항아리, 나오자마자 곧바로 완성된 탁월한 디자인의 오지항아리는 이동성 유목민족에겐 귀띔이라도 어울리지 않는, 다만 정착성 농경민족이 아니면 도저히 발현될 수 없는 영구고정식 만능의 질그릇이다. 북방 도래인들이 제아무리 우월한 문명의 소유자들이었다 하더라도 그처럼 무겁고 깨어지기 쉬운 오지항아리를 가지고 그 너른 대륙과 들판을 오랜 기간 횡행할 수 없는 노릇임은 자명하다. 아울러 오늘날까지 누천년을 존속해 내려오면서도 초기의 형태에서 표면에 빗살 또는 난초무늬 하나까지 일점도 변화가 없다는 점이야말로 참말로 불가해 하지 않을 수 없는 노릇이다. 그래서 빗살문 토기 항아리가 나오자마자 곧바로 완성됐다고 자신 있게 표현한 것이고, 문화보단 오히려 한반도 농경문명의 이기에 속한달 수 있다.

　오지항아리는 운송과 이동 불편성만 아니라면 디자인뿐만 아니라 실용 과학적인 면에서도 거의 완벽에 가까운 평판을 얻기에 부족함이 없다. 그에 비해 이동민족에겐 말 등에 싣고 다니기 편리하도록 청동솥銅鍑, 동복과 짐승가죽으로 만든 부대 자루가 가지고 다니거나 접어서 보관하기엔 일층 유리하다. 주머니를 하필 호주머니라고 표현하는 이유도 그것이 호족 즉 몽골족의 주머니임을 일컫는다. 당시 우리에겐 끈에 묶어 허리에 차는 항아리 형태의 휴대형 주머니 또는 뭣하면 즉시 옷으로 대용할 수도 있는 보자기가 따로 있을 뿐이다.

물론 흙으로 만든 질그릇 일명 세라믹 그릇은 세계 어느 지역에서도 출토되거니와, 오늘날에도 버젓이 만들고 더욱 다양하게 활용되고 있으니, 바로 석기시대로부터 오늘날까지 살아남은 확고한 인류공통의 현존유물인 것이다. 이는 인류가 음식을 조리해 먹고사는 방식에 변동이 없는 한 유행에 따라 쉽게 사라지지 않을 것임은 분명하다.

석기시대로부터 내려오는 배달민족의 오지그릇, 불에 데우기도 땅에 묻기에도 두루 유리한 질그릇은 그 크기의 보편성에 있어 타 민족의 추종을 불허 할 정도로 큰 것이 많다. 이는 곡물의 장기간 보관을 생각할 때 당연한 일일 것이며, 역시 누대를 이어 한곳에서 살아가는 정착성 농본사회라야만 가능한 안정적 발현이다. 게다가 비교적 근세에 들어 광명단이 도입되어 외부 표피를 반짝이게 함으로서 미관상 더욱 볼만해지긴 했다지만, 원초적으론 씨앗처럼 살아있는 생명체를 넣어 오래 보관하기도 좋은 다목적 이른바 만능의 숨쉬는 질그릇인 것이다.

항아리가 운반성에서 뭣보다 치명적인 단점을 가지고 있다고 말했지만, 이를 그저 묵연히 참고 그냥 넘어갈 조상님들이 아니었다. 이의 난제를 해결하기 위해 나온 운반기구가 바로 한반도 특산 만능의 운반도구 지게인 것이다. 더구나 산지와 구릉이 많은 한반도에선 아무래도 너른 평원에 유리하기 마련인 수레바퀴가 태동하긴 역시 불리했다. 그렇게 자연지형과의 순리적인 타협에서 나온 운반기구가 바로 지게인 것이고, 세계 어디에도 없는 매우 독특하고도 탁월한 기능을 가진 우리만의 고유한 운반방식이자 지혜로운 유산이랄 수 있다.

더구나 지게의 가장 큰 장점을 들라치면 필자는 오히려 지게 작대기에서 그 정점을 찾고자 한다. 물론 지게에 짐을 올려 꾸리는데 약간의 경험과 요령이 필요한 건 사실이지만, 간단하기 짝이 없는 지게 작대기의 다기능성, 이게 실용적인 면을 넘어서 참말로 신묘 오묘한 것이다. 다리와 허리의 부담을 절반이나 줄여 줄 뿐만 아니라 배의 키잡이 역할, 자동차의 스티어링 핸들 역할로도 얼마든지 훌륭하다. 무거운 짐 특히 간장 등 까다롭기 짝이 없는 액체가 가득한 항아리를 지고 언덕을 오를 땐 이만저만한 위로와 도움이 되는 게 아니다. 하긴 도로 상태와 상관없이 늘 거의 수평을 유지하기 마련인데다, 다리가 둘에서 셋으로 부가되는 정도에 그치는 게 아니라, 강직한 허리가 하나에서 둘로 느는 일이니 이는 곧 두 사람이 하는 만큼이나 안정도와 운반성을 대폭 증대시키는 역할을 해준다. 아울러 길을 가다가 몹쓸 상황에 닥치면 호신용으로도 제 역할을 늘릴 수 있거니와, 사용에 달인 정도가 되면 장검을 든 몹쓸 산적과도 대적하기에 얼마든지 훌륭하다니, 적극적인 호신술의 일파로 봉술이 달리 탄생 발전된 게 아닐 것이다.

혹여 길 한복판에 퍼질러 앉아있거나 어기적대는 두꺼비, 뱀 녀석들이라도 만나면 긴 작대기로 냉큼 피신시켜주기에도 딱인데다, 하다못해 앞 가슴께에서 팔 가로지르기로 그냥 끼워두기만 해도 힘 분산시켜주기, 몸체 중심잡기에 그만인 것이다. 그렇다고 사용방법에 있어 따로 부단한 연습과 테스트를 거쳐 발급되는 전문면허가 필요할 만큼 어렵지도 않다. 수십 여 분 스스로 휘청거리며 중심 잡는 요령이 몸에 배이게만 하면 평생을 그로서 충분한 것이니까.

고르건 거칠건 도로의 품질을 따지지 않는 정도가 아니라, 아예 길이 아닌 곳에서도 움직임에 거치적거림은 없다. 가장 어려운 계단 오르내리기, 바퀴로선 흉내도 내지 못할 용처엔 두말할 것도 없거니와, 그만큼 효용성이 몇 배로 증대될 것은 당연하다 하겠다. 게다가 두 다리 지게의 특성상 불가피한 서 있을 때도 옆으로 뉘이거나 어딘가 기댈 곳을 찾을 필요가 없다. 짐이 가득 실려 있는 지게 한복판을 지게 작대기로 바쳐두면 그냥 제 발로 얼마든지 잘만 서 있기 마련이며, 지친 입장에서 다시 지고 일어서야 할 때 작대기가 없다면 아예 일어서기가 불가능한 경우도 있음은 알고 나면 참으로 놀랄만한 용도이자 지혜라고 감탄을 아니 할 수가 없다.

그에 그치지 않고 훌륭한 쓰임새가 더 남아있으니, 막상 지게가 쉴 때도 지게 작대기는 빨래줄 바지랑대로도 용도가 그만이다. 해서 지게 작대기는 한쪽 끝에 두 갈래짜리 곁가지가 나 있는 이유이고, 최소한 사람의 키와 같거나 클 정도로 등신상等身杖이기 마련이다.

이처럼 지게 작대기 하나로 인해 일반 사람들 막무가내 등짐에 비해 잘하면 다섯 배 정도까지 운반 효율성이 발군으로 증대된다니, 애당초 바퀴가 사용 불가능한 언덕구비가 많은 한반도 지역에서 이보다 더 효율성 높은 운반 도구는 사실상 생각하기 어려운 게 사실이다. 하여튼 지게와 지게 작대기, 항아리는 그 용도에서 삼박자 궁합이 적격이상이라고 단언할 수 있다.

수천 년을 다듬어져 내려온 모양새 항아리처럼 시대가 놀랍도록 빠르게 변천해도 전혀 달라지지 않는 가치를 우린 원천가치 즉 고전이라 부른다. 언젠가 필자가 한갓진 농촌 어느 철물점 앞을 지나다가 문득 발견한 은백색 알루미늄 뽀얗게 반짝이는 양은 지게, 말 그대로 'A Frame'이 모양새 하나 다름없이 능청 태연스럽게 전시되어있는 것을 보곤 고개를 끄덕이며 한참을 혼자 웃어준 적이 있었다.

'아무렴 그렇지, 그렇고말고…' 하지만 그때도 아무리 주변을 둘러본들 필수동반자인 양은 지게 작대기는 막상 보이지 않았다.

그렇듯 일견 허투루 사소해 보일지 몰라도 내면은 분명한 호연지기의 표상, 사람의 허리를 대신하느라 닳고 닳아서 낡아빠진 지게 작대기의 용도가 다만 허무하게 끝장을 보는 것도 아니다. 기막히도록 시적 산문적인 용처가 마지막으로 하나 더 남아있으니, 긴 세월을 애쓰고 버틴 나머지 쓸모가 다 사라진 지게 작대기가 이번엔 가을철 다리도 없는 허수아비 몸체에 하나뿐인 중추부 역할을 해줌이 바로 그것이다. 사람의 척추보조역할에 그치지 않고 제 기운과 용처를 허수아비 중추에까지 확장시켜 들녘에서 우리네 농군들의 땀방울을 받아먹고 잦은 발걸음 소리도 새겨들으며 묵묵한 가운데 1년을 튼실하게 생육한 알곡들을 한편은 딱하고 한편은 짓궂은 참새 녀석들로부터 방어해주는 일면 그윽하니 산문적인 마지막 역할마저 마다치 않고 온 겨울이 다 가도록 거기 텅 빈 눈밭에 올곧게 서 있는 것이다. 하매 하찮기는커녕 난 이를 한반도 역사상 가장 '위대한 작대기'라고 명명하는데 조금도 망설이지 않겠다.

단군신화에서 호랑이로 대변되는 북방 아비 족의 급속한 민족 대이동도 수레와 바퀴가 있었기에 가능했던 것이고, 출토유물에서처럼 BC 약 3천 년 경 그때가 비로소 한반도에 바퀴가 도래한 것으로 봐도 어김은 없을 듯하다. 당시의 수레는 속도와 기운 면에서 눈 많고 겨울이 긴 고위도 북부여까진 순록과 말이, 그 아래 저위도지역에 오면 적응에 어려움이 있는 북방형 순록과 썰매는 빼고, 전적으로 말이 끌었을 이른바 마차일 공산이 크다. 더구나 빠른 속도가 필요치 않은 한반도에서 농사용 가축으로 활용 중이던 소에게 수레를 지움으로서 능률적인 면에서 한결 월등한 우차가 탄생을 했으니, 기존의 토속적 운반도구 지게로서 미처 미진한 바를 보조해주는 우마차야말로 기막힌 민족 간 순치결합의 산물이라 아니 할 수 없겠다.

보다 안정됐기에 자극이 적은 농본민족 정착성 모계사회가 가혹한 환경과 싸우며 타협도 하며 힘겹게 적응하며 살아가는 이동성 지능 높은 유목민족 보다 문명적인 면에서 그리 월등하진 않다는 지적은 구태에 젖은 우리로서 인정하기 어렵겠지만, 믹싱 이를 인정하고 나면 모든 면에서 허울도 사라지고 그간 두루뭉수리 넘어갔던 세부 의혹들 대부분이 말끔히 사라짐을 느낄 수 있을 것이다.

　주지하듯 중국 한민족과 한반도 배달민족의 시조 3신은 공교롭게도 똑같다. 우리가 지금도 외부에서 음식을 먹기 전에 가장 먼저 자연에게 '고수레'를 부르며 음식의 은혜를 먼저 바친다는 습속이야말로 바로 배달 족 3대 조상신의 한 분 고시 씨에게 은혜를 되돌린다는 '고 씨네'란 뜻인데다, 고조선 세습통치권의 성씨가 다름 아닌 고 씨라면 더 이상 이를 말이 없어진다. 물론 재난을 피해 급거 남하한 북방민족 즉 아비의 고향에서 고도문명을 가지고 도래한 신에 가까운 능력자들을 일컬음에다, 중국에서도 중국문명의 시조로 깍듯이 받들어지는 태호 복희씨의 어원이 기실 '밝은 해'라는 순수 우리말임을 상기하자면, 고조선 5대 환웅 '태우의' 씨의 입장은 더욱 또렷해진다. 제주도와 서남해안의 섬 지방처럼 전래의 토속어가 아직 살아있는 지역에선 오늘도 '복희(붉ᄒ)'를 발음하면 새삼스럽다는 듯 태연하게 '밝은 해'를 가리킨다. 뿐만 아니라 중국 역사가 곽말약의 기록에도 천제 복희씨야말로 백두산 즉 동이족 배달국 출신임을 당당히 기술하고 있다. 게다가 비록 주역周易이란 중국식 복술로 변형되었을지언정 복희씨가 하도河圖에서 창시했다는 2진법 태극사상은 한반도에선 지금도 세시풍속 안에 윷놀이의 모습으로 너끈히 살아있으니 이것이 뭘 뜻하겠는가?

　이 같은 정황에 입각해 21세기 초반 기념비적인 서울 월드컵 축구

대회 때 우린 붉은악마응원단의 상징으로 14대 환웅 치우천제의 초대형 초상을 당당히 전면에 내세웠다. 물론 역사서 창작에 능한 중국의 정략적 목적 아래 한창 동북공정의 명문화에 골몰하던 중국으로부터 적지 않은 문제 제기를 받은 바 있으나, 우리로선 지극히 자연스럽고 당연한 발상일 뿐이었다. 주화사상에 깊이 물든 옛 사람들은 민족신 3신사상조차 당연히 중국으로부터 영입한 것이라 주장했지만, 기실 이의 원본은 바로 고조선이었던 것이다. 내력이 그래 그런지 현재 세계민족 중 자질도 유수한 중국인들을 일개 핫바지로 여기는 민족은 오직 한국인뿐이 없단다. 언필칭 대륙적 입장에서 자존심 상하는 바로 이 같은 내밀하고도 원천적인 정황 때문에 중국은 어떻게든 한반도를 말 잘 듣는 이웃으로 남도록 우민화시켜야 할 입장이었달 수 있다.

중국이 주장하는 민족신 3황은 황제, 염제, 치우씨이다. 중국의 사서에는 황제 헌원이 BC 2700년 경 지금의 북경 서북쪽 탁록 전투에서 전쟁의 신 치우씨를 패퇴시켜 시신을 여러 조각낸 뒤 다신 복귀할 수 없도록 각지로 흩어져 묻었다고 했다. 하지만 이는 일개 속설일 뿐 원본은 그렇지 않다. 76번이나 벌어진 치우씨와의 전투에서 단 한 번도 이겨보지 못한 황제 헌원씨가 마지막엔 77번째 탁록 전투에서 치우씨에게 붙들려 평생토록 사죄하며 살 것을 항복 받고 서쪽 불모지대로 쫓겨난 것으로 중국의 사서에도 엄연히 기록이 되어 있다. 물론 자랑스럽게 내세우는 황제 헌원씨도, 염제 신농씨도 고조선 8대 안부련 환웅의 분명한 일족이다. 더욱 애매한 점은 1970년대까진 황제 헌원씨민 유일한 조상신으로 여겼다가, 1980년대부터 염제 신농씨가 추가됐고, 1990년대 들어 드디어 천제 치우씨까지 삼신당에 받들어 조상 3신으로 삼았으니, 이 같은 억지에 가까운 치명적 논리모순을 어떻게 처결할 것인지 우리로선 유심히 지켜볼 일이다.

8조 금법을 비롯해 늘어난 조직과 사회를 원만히 통치하기 위한 약 360여 가지의 정교한 지식과 기술, 각종 고밀도 소프트웨어 등 첨예한 통치 비술들이 고조선시대 초기 환인시대부터 벌써 순차로 활용됐음을 우린 안다. 뿐만 아니라 문명화에 가장 긴요한 척도인 고유문자의 유무에도 관계가 있어 단군세기 때 이미 문자가 있었음은 기록에서처럼 의심의 여지란 없다.

지금도 실체인지 허구인지 일부에선 오늘날까지 논란이 그치지 않는 상고대를 다룬 우리네 민간 역사서 환단고기桓檀古記는 1911년 운초 계연수桂延壽라는 분이 '삼성기, 단군세기, 북부여기, 태백일사'란 4종의 비책을 한데 묶어 다시 편찬하면서 붙인 이름이다. 아쉬운 점은 이 같은 서책을 입에 올리기만 해도 대 중국 모화사대주의에 온통 침몰해있던 기존의 유학숭배자들로부터 사문난적이란 타박 아래 혹독한 탄압을 피할 수 없는 바람에 금서의 딱지와 함께 역사의 그늘에서 오직 극소량의 필사본으로만 전해질 수밖에 없었다는 점이다. 그러니 언필칭 뜻있는 카피라이터들에 의한 필사였다 하더라도 내려오는 도중 약간의 오탈자가 혹간 있을 수도 있었을 것이다.

일부 오탈자와 함께 후대에 역사서들이 표면에 드러나면서 모종의 종교적 입장을 강조하기 위한 일부 가필이란 일단의 의구심을 피할 순 없어도, 전적으로 위서일 수 없는 명백한 증거인 천문관측기록이 놀랍게도 단군세기 편에 또렷이 적혀있었으니, 오성취루五星聚婁 현상이 그것이다. 기록에 의하면 고조선 시대인 BC 1733년(무진 50년) 저녁 하늘에 화성, 수성, 목성, 금성, 토성 등 태양계 대표행성 5개가 '루婁'라고 하는 별자리에 나란히 일렬로 정렬됐다는 워낙 또렷한 날짜 기록이 있다. 하지만 그동안 환단고기가 위서라는 의견이 지배적이었고 따라서 이를 확인 증명할 방법이 사실상 전무했었으나, 1993년 크게 진전된 현대 천문학 기술로 우리 천문대에서 직접 확인한바 너무도 완벽하게 일치함을 확인할 수 있었으니, 이 같은 현상이 흔치 않을뿐더러 결코 우연일 수도, 조작할 수도 없는 엄연한 우주적 천문현상임이다. 게다가 까마득한 금석병용기시대 선사시대에 그처럼 상세하고 어김없는 과학적 천문관측을 기반으로 책력까지 만들 수 있는 고도문명사회가 당시로선 그리 흔할 수가 없었다. 우리가 석기시대를 논하자면 얼른 야만스러운 원시인을 머리에 떠올리기 마련이지만, 우리네 조상님들에겐 어림도 없는 말씀인 것이다. 이도 음력에 의존한 한반도 농본모계사회보단 역시 대평원을 계절에 따라 횡행하며 태양과 별 등 양력에 의지할 수밖에 없었던 도래기마민족 아비족의 엄연한 소산이랄 수 있다.

환단고기 태백일사 '소도경전본훈'편에 천제 환웅이 신지 혁덕이라는 현자에게 지시해 천부경天符經을 녹도문鹿圖文으로 기록하게 했다는 대목이 있다. 학자들은 녹도문자는 사슴뿔 또는 발자국의 모양을 본뜬 상형문자이고, 갑골분보다 앞서 중국 한자의 모체이자 기반이 된 문자라고 주장한다. 그러나 기록은 막상 녹도문자의 실체를 보여주진 못했다. 뒤이어 환단고기 단군세기에는 3번째 단군인 가륵嘉勒 2년, 삼랑 을보륵이라는 현자에게 명해, BC 2181년 정음 38글자로 된 지금의 한글과 아주 흡사한 이른바 '가림토加臨土' 문자를 만들었다는 기록이 있고, 다행스럽게도 거기엔 새 문자 전문이 고스란히 기록으로 남아있다. 하지만 최초의 문자 언급이랄 수 있는 녹도문자의 형태가 전해지지 않는 이상 한자 또는 가림토 문자와의 상관관계를 지금에 온전히 밝혀내긴 어려운 일이다(하지만 약 3천5백 년이란 시간이 흐른 뒤 이미 아득히 사라진 줄 알았던 한반도 고대문자가 조선시대 세종 조에 다시 살아나 훌륭하게 제 역할을 찾아 수행할 줄을 짐작이라도 하는 이는 아마 꿈에라도 없었을 것이다).

뭣보다 안타까운 문제는 신과 같을 정도로 위력적인 고도의 지식과 통치 경륜들, 초창기 중국조차 감히 따라올 수 없었던 이른바 문화의 정수가 한반도에선 철저하게 비밀리에 전승되고 감춰졌다는 점이다. 차남도 아닌 장남에게만 그도 구갑龜甲, 수골獸骨편, 조개껍데기, 점토판 등을 통해 가르쳐지고 시험을 거친 뒤 이내 파괴됐다는 증빙은 이따금씩 출토되는 조각파편 등을 통해 간간이 확인될 수 있다. 누천년을 극비리에 전승되어온 이와 같은 통치 비술이 내부불화로 깨어지면서 비로소 고조선도 막을 내리는 동기가 됐다. 즉 어떤 동기에 의해 고조선에 정권 다툼이 벌어졌고, 그의 후환을 피해 마지막 남은 고도의 통치 비술을 마저 익힌 최고위급 인사가 그를 통째로 안고 중국 대륙으로 피신, 정치적 망명을 했던 것이다. 어차피 완벽하게 감춰지긴 어려운 비밀이었고, 세력에 따라 이합집산離合

集散이 난무하는 국가라는 개념도 그렇거니와 나라마다 국경선 또한 그리 또렷하지 않았고, 행정력이 미치지 못하는 변방은 아예 임자가 없는 곳도 흔했다.

  가장 먼저 이전된 통치 비술은 중화문명의 시조로 숭앙받는 하도 낙서, 태호 복희씨로 대변되는 갑골문자와 2진법, 천문역학, 성문법 등이며, 그로부터 조상신 3신사상을 비롯해 숱한 설화가 한국과 중국 공통의 것으로 병존하는 이유가 됐다. 당시 중국 대륙은 바탕이 제각기 다른 수많은 소수민족들이 저마다 쉽게 이합집산離合集散하는 바람에 비밀주의가 통할 수 없었으니, 고조선의 놀라운 비술을 경쟁적으로 흡수했고 차츰 일반화됐다. 그것이 공개된 저들의 한자로 번역되어 다시 한반도로 역수입되는 바람에 한자를 깨우쳐 스스로 천기를 헤아려 판단력 결정력을 확보한 고조선 지역별 하부세력들의 복종심과 군역, 납세의무도 서서히 무너졌고, 저마다 독립적 입장들을 띄우게 됨으로서 고조선 황통은 졸지에 난관에 빠져들게 됐다. 이처럼 고조선이 중국 한나라 고조(유방)의 무력침공으로 멸망당한 것으로 알고 있으나, 기실 통치권의 절대성 신성이 무너짐으로 말미암아 내부 결속력이 급속히 와해됨으로서 스스로 자침했다고 보는 편이 타당하다.

  오늘날에도 자긍심과 패권주의가 지나치게 강한 중국은 자신을 제외한 모든 주변국들 심지어 한반도조차 동이東夷족 즉 동쪽 변방의 오랑캐라고 지칭했다. 한 글사라도 임밀해아 힐 실질로서의 역시

조차 함부로 조작하기에 능한 중국은 자기합리화를 위해 고조선을 무력으로 당당히 멸망시키고 들어왔다고 하지만, 사실은 구심점이 깨져 무주공산에 놓인 해동성국 고조선을 중국은 피 한 방울 흘리지 않고 무혈 입성할 수 있었던 것이다. 정보력에서 열린사회와 닫힌사회의 구조적 차이랄까?

바깥으로 지켜내기 불가능했던 문자정보가 안으로는 성공했던 모양이다. 고조선이 무너지면서 자생문자도 함께 대가 끊기고 말았으니, 이는 두고두고 통한의 동북아시아 문화주도권 역전현상을 가져왔다. 그렇게 해동성국 고조선의 고도 통치 비술이 차례차례 중국으로 건너간 다음 저들의 문자로 고스란히 번역돼 망명객 위만이 다시 가지고 들어온 시점을 기화로 고조선은 47대 고열가 준왕을 마지막 단군왕검으로, 옵서버 위만의 손자 우거왕 때인 BC 108년경 급속히 무너지고 만다. 지식과 정보가 자유로이 소통될 수 없었던 폐쇄성, 피할 수 없는 한자 문화의 지적 소나기와 함께 이제도 우리에게 팽배한 독점적 비밀주의를 유전자 속에 망국적 유물처럼 깊이 새기고서 말이다.

갑자기 자동 감시 장치로부터 위험감지 시그널이 '삐익 삑' 울렸다. 그와 동시에 외부 조명등도 환하게 들어왔다. 비몽사몽非夢似夢 모르는 새 일시 몽롱함에 깊이 빠져있던 혁이는 깜짝 놀라 어슷하게 기울어있던 조종석 의자를 서둘러 바로 세웠다. 메인모니터가 자동으로 들어오고 카메라가 바깥에서 발생한 위험요인을 추적해 바로 나타내 줬다.

"앗? 호랑이."

10여 미터 거리에까지 다가온 침입자는 다름 아닌 호랑이였다. 체장이 3미터도 넘는 엄청난 크기의 왕대호였으니, 이쪽을 바라보는 두 눈에서 주황색 불빛이 줄줄 흘러나왔다. 전신에 줄무늬조차 화려한 충분히 노회한 호랑일지라도 생전 처음 만나는 이상한 존재, 자신의 활동지역을 감히 침범한 시커먼 존재에 자못 신경이 쓰였나 보다. 그래서 그렇겠지, 갑자기 들어온 조명불빛도 아랑곳 없이 물러나기는커녕 좀 더 가까이 다가오는 기색으로 봐 장대한 덩치처럼 용기도 대단한 녀석이었다. 호랑이와의 거리는 겨우 3미터 남짓이었으니 목구멍에서 낮게 으르렁거리는 울림이 선체 내부 스피커를 통해 귀에 똑똑히 들려왔다. 호랑이의 으르렁거림 타이거 로어링을 말로만 들었지 막상 실제로 접하자니 그의 대단한 위압감에 절로 머리카락이 쭈뼛이 솟아올랐다. 감히 자신의 영역을 무단 침범한 불시의 불청객, 괴상한 녀석의 몸 냄새를 맡고자 하는지 코를 벌름거리는 모습까지 또렷했다.

물론 호랑이가 아무리 덩치가 크고 기운이 장사라 하더라도 쇠, 그것도 온통 티타늄 금속의 머신 본체에 조금이라도 위해를 가할 순 없었다.

혁은 만일에 대비해 켜뒀던 방어시스템, 온혈동물이라면 이떤 누구라도 허락 없이 반경 1미터 안으로 접근하면 강력한 고전압 전격이 낙뢰처럼 튀어 감전을 유발케 되어있는 전격방어 시스템 스위치를 가만히 껐다. 너무나도 멋지고 용기도 가상한 한반도 특산 산중의 대왕, 현상계 이승에선 흑백사진 속에나 겨우 남아있는 한반도 왕대호랑이를 털끝 하나라도 다치게 하고 싶지 않았기 때문이었다.

녀석은 좀 더 머신 주위를 어슬렁거리다가 아무런 기적이 없자 드디어 4개의 착륙용 실린더 다리 중 하나에 바짝 접근해 아예 코를 바짝 대고 냄새까지 맡았다. 전격 방어시스템 스위치를 끈 것은 역시나 잘한 일이었다. 먹이도, 걱정할 상대도 아님을 알았는지 또 다시 두어 번 폐부에서 울려나오는 으르렁거리는 타이거 로어링을 공갈인지 위협인지 들려주곤 느릿하게 몸을 돌려 산등 너머로 사라졌다. 불시의 위험요소가 스스로 해소되자 외부조명도 꺼지고 감시 장치는 모니터와 함께 대기상태로 다시 돌아갔다. 혁인 저도 모르게 큰 한숨 한 모금 '휘유' 내쉬었다.

바람을 가르며 광막한 만주벌판도 건너고, 백두산인들 태산준령도 문제없이 타넘고, 찬 겨울 흰 눈밭인들 추위는 아랑곳 없이 맘껏 헤집고 다녔다. 말인 줄 알았더니 호랑이였다. 혁인 그렇게 밤을 꼬박 새워 가며 호랑이 등을 타고 뛰고 달리며 야생의 들판에서 놀았다.

'삐익 삑' 다시 감시 장치가 요란스레 울렸다. 퍼뜩 혁은 등을 일으켜 세웠다. 전망창에 희뿌옇게 날이 밝아오고 있었다. 늦게까지 깨어 있었는데 자신도 모르게 그만 깜빡 잠이 든 모양이었다. 다시 메인

모니터가 점등되고 외부 조명등도 밝혀졌다. 아직 어둠에 잠겨있던 주위가 또 다시 확 밝아졌다.

"또 호랑인가?"

아니었다. 모니터엔 산 같은 덩치의 늑대 몇 마리가 멍청하게 서서 이쪽을 바라보고 있었다. 그러다가 갑자기 지난밤에 찾아온 호랑이 냄새를 맡았는지 '부르르' 등 갈기를 높이 세우고 서슬도 벌벌 떨더니 황급히 푸른빛이 줄줄 흐르는 안광과 함께 산등 너머로 구르듯 사라졌다. 그새 하늘의 밝기는 좀 더 밝아졌겠지만, 감시 장치가 꺼지자 대지는 다시 깊은 어둠 속에 잠겨들었다.

이대로 곱다시 잠들긴 어려울 것 같았다. 뜻깊은 지난밤의 경험치를 추억으로 간직하고 아무래도 시간대를 옮기고 싶었다. 그 전에 먼저 아침 식사를 하고자 했다. 진공 변기에 용변도 먼저 봤다. 이는 결코 다른 시간대 특히 과거에 남겨선 안 될 것이기에 현상으로 가져가 처리를 하도록 내규로 엄격히 규정되어있었다. 바로 이런 점이야말로 단지 기술적 완성도 추구에만 그쳐선 안 되는 과학자의 자세와 철학, 생명사상이 중요한 이유였다. 자세의 구체성이라면 한갓 눈앞에 이윤추구보단 멀리 보는 안목 즉 지구촌의 생명윤리와 도덕적 입장을 앞서 생각하지 않으면 안 되는 것이었으니, 우주와 공존, 무수 생명체들과의 안전공생임은 지극히 자명하겠다.

맛도 없는 아침식사를 거의 의무적으로 마치고 잠시 쉴 틈도 없이 혁인 다시 머신을 일깨우는 기동장치를 클릭했다. '찌잉' 먼저 챔버가 열리고 온갖 장치에 전원이 한꺼번에 들어가는 기운이 마치 타이거 로어링처럼 울림으로 들렸다. 침착하게 메인모니터에 나오는 순차 지 시대로 기기 점검을 마치고 이내 머신작동 아이콘 터치화면을 클릭 했다.

어제 있었던 확실한 기기작동으로 믿음이 한결 든든하게 자리 잡힌 머신이 이내 자동 프로그램 수행 단계에 들었다. 새날이 밝아오려면 아직 한참은 더 시간이 필요할 것이었다.

'위잉' 플루토늄 원자력 엔진이 다시 힘차게 제 몫을 발동하기 시작했다. 잠시 후 어슷하게 밝아지려던 주변이 다시 어두워졌다. 중력저울에 무게가 감쇠 되는 과정에도 전혀 이상이 없었다.

혁은 컴퓨터의 시대선택 입력 칸에 -2천을 타이핑 해 넣었다. 이온 팬을 돌려 고도를 다소 높인 다음 음양이온쳄버의 시간선택 레버를 아래로 당겨 들었다. 선택한 시대가 -2천 년이라면 현상의 시간으론 AD 1세기, 고조선이 끝나고 이제 막 전기 삼국시대가 활짝 열리는 시점이었다.

착륙하기 전에 좀 더 위치를 이동하기 위해 예의 바람결을 찾아 얼마쯤 선체를 이동시켰다. 일련의 수순에 의해 안전하게 머신이 자리 잡고 착륙한 장소는 높직한 산꼭대기였다. 변함없이 찬란한 한반도, 성스럽기 조차한 아침 해가 멀리 지평선 위로 높직이 떠올라 있었다.

04
삼국시대

　우린 중국 대륙을 최초로 통일한 진나라의 시황제가 BC 3세기 경 만리장성을 쌓은 점을 다행스럽게 또 고맙게 생각해야 한다. 힘에 의한 패권주의에 입각해 고조선 세력을 대륙 바깥으로 밀어내기에 성공한 중국, 최선단의 문명국 해동성국 고조선의 잠재력이 얼마나 두려웠으면 그처럼 터무니없을 정도로 우직스런 역사를 감행했는가 를 방어유적으로 증명해 줌과 동시에, 변경 왜곡할 수 없는 확고한 국경선을 오히려 남겨줬으니 말이다. 저들은 나름대로 국경선을 최 대한 확대한다고 했을 테니 달리 변명의 여지도 없을 것이다. 게다가 20세기 초반 고조선의 옛터 북만주 내몽골 지역 적봉赤峰시에서 중 국으로선 꿈에도 생각하지 못한 요하유적(홍산문명), 누가 봐도 명 백한 BC 4천 년 전 고조선시대 유물이 속속 발견됐으니, 미처 소화 시킬 준비가 되지 못했을 바에야 당황한 나머지 이를 다시 덮고 외 부의 접근도 일절 차단한 채 대외적으로 쉬쉬하느라 여념이 없음이 다. 거긴 신석기, 여신상, 옥玉 제품 등 중국 대륙에선 도저히 발현될 수 없는 유물과 유적들이 얼마든지 쏟아져 나왔으니, 배달민족의 강역이 좁다란 한반도에 그치지 않고 대륙을 포함해서 북쪽으로 한참 더 올라갔다는 확실한 증명이기도 했다.

숱한 반목과 쟁투 끝에 중국 대륙에서 밀려난 고조선의 적통은 우호적인 한반도 배달국으로 자연스럽게 집약됐다. 먼저 열거한 이유로 단군 시대마저 문을 닫은 뒤 일시 무주공산에 놓인 남만주에 중국은 위성국 한사군(낙랑, 임둔, 진번, 현도)을 설치했다지만, 언제든 내분으로 여념이 없는 중국의 간섭이 세심하게 전달되긴 어려웠다. 해서 오래지 않아 명맥이 거의 흩어져 버렸고, 남아있던 고조선의 후예들이 만약에 있을 서로 간의 알력과 다툼을 피하기 위해 한반도 각지로 흩어져 거의 비슷한 시기에 나름대로 통치권을 형성하니 BC 37년 동명성왕 고주몽의 구려高句麗국, BC18년 비류와 온조의 구다라百濟, 다른 일부는 제주도와 그 넘어 후대에 야마도大和 시대라 명명한, 그때까진 석기시대에 머물러있던 일본열도에 진출해 그들의 조상신이자 천황가문의 비조인 '아마데라스 오미카미'天照大神가 된다.

다시 역사의 본원으로 돌아가 많은 부분 의문이 없지 않은바 세계사에 있어서도 매우 독특할뿐더러 모종의 오해도 많은 신라新羅조를 참고로 열거해 보고자 한다.

BC 57년 박혁거세로 대변되는 경주지역 부족국가 사로국은 8~10곳에 이르는 주변 소규모부족사회의 연합체였다. 북쪽 대국들의 흥망성쇠興亡盛衰 그 거칠고 사나운 정황을 모르지 않았을 테니 이에 대한 대비는 뭣보다 시급했을 것이다. 그에 겨우 씨족촌락을 넘어 부족사회 수준에 머물던 주변 가야 소국들도 각개로서 능히 자신을 방비하지 못할 실력일 것은 분명했다. 따라서 근동의 알만한 세력들과 혼약으로 맺어져 서로가 사돈뻘인 주변국들을 설득 규합해 우선 조직의 덩치를 키우고 봐야 했다. 그렇게 대가야를 중심으로 규합된 가야연맹도 자체방어능력은 넉넉하지 못했다. 어쩔 수 없이 경주지방을 중심으로 먼저 세력을 형성해있던 사로국과 울산지역의 부족국가가 연합하기로 대타협을 봤으니, 새 이름 서라벌이란 기치 아래 경주 사로국의 박혁거세, 가야 연맹의 김알지, 울산지역의 석탈해를 대표로 결성된 서라벌 3지역 연합체가 탄생됐다. 연합초기엔 조금이라도 유리한 주도적 명분을 선점하고자 서로 비슷한 난생설화를 경쟁적으로 보유하기도 했으며, 통합작업의 배후엔 아진포(포항) 태생의 선이라는 탁월한 중재자 할미가 있었다. 사돈관계인 박, 석, 김 씨 지배계급 3성이 성골에 속했고, 그들에게만 통치권을 위임 맡을 자격이 주어졌다. 그 아래로 나라에 큰 공을 세우거나 각별히 능력 있는 인사 또는 성골과 혼약을 맺은 일부 상위 계층들이 진골로 지칭됐으니, 비교적 엄격한 신분제인 골품제가 있기는 해도 그때까진 일반 민중에게 귀족과 천민, 남녀의 구별이 그리 완강하진 않았다.

　연합국가 서라벌의 통치자는 각개 원로들의 원로회의를 통해 공정하게 낙점됐다. 해서 지명된 통치권자의 호칭도 거서간, 차차웅, 이사금, 마립간 등 초기엔 딱히 규정된 호칭이 없었다. 그동안 인물과 능력 위주로 원로 회의에 의해 비교적 공정하게 교대로 선택되다가 17대 내물 마립간부터 단일 통치권 세습체제가 갖춰지면서 비로소 서라벌에서 신라로 국명이 바뀐다.

그에 건국에 공로가 크다며 중국 한나라 황실로부터 봉토와 작위, 김金이라는 아무나 쓸 수 없는 귀한 성씨까지 할양받아 제후국으로 존립하다가, 전한 조정에 반기를 들고 신나라를 세워 불과 15년이란 짧은 동안 대륙을 잠정 통치를 한 왕망의 편에 잘못 줄을 섰다가 왕망이 죽고 신나라가 망한 뒤, 곧이어 정권을 회복한 한나라 후한의 황실로부터 휘몰아칠 정치보복을 피해 바다 건너 해동성국 안전지대로 알려진 한반도 남부, 김해지방으로 황급히 망명한 북방기마민족 흉노족 휴도왕의 후손 김일제(김알지)를 시조로 삼는 가야연맹 출신 김 씨로 22대 지증왕으로부터 비로소 왕조가 고정 세습되기 시작했다. 상고대 북방지역을 중심으로 개천한 단군시대완 루트를 달리해 북방기마민족 일단이 이번엔 한반도 남반부 김해지역으로 말이 아닌 배를 타고 황급히 망명 그 좋은 자질 덕분에 최단기간에 성공적으로 정착을 한 것이다. 물론 초기 북방에서 남하한 유목민족과 이후 김해로 들어온 흉노족이 서로 같은 종족이라고 단언할 순 없지만, 고도문명의 뿌리는 똑같을 것인즉 문명의 정점인 철기와 금붙이를 세상에서 가장 능숙하게 다룰 줄 알았던 관계로, 고구려에도 백제에도 없는 신라시대 왕족의 금관은 세계사에 길이 남을 훌륭한 문화유산이 된 이유인 것이다.

뿌리 깊은 모화중화사관 탓에 발생한 오랑캐란 엉터리 같은 호칭 때문에 오늘날 김해 김 씨 문중에선 조상이 대륙에서 망명 온 흉노족이란 점을 두고 못내 난색을 표명하는 모양인데, 난색은커녕 크게 자긍심을 가져서 좋은 일이라고 본다. 중국에서 함부로 말하듯 오랑캐는커녕 월등한 문명과 지성을 아울러 겸비한 지구상 최초의 세계민족이자, 호랑이와 곰으로 대변되는 우리 환웅 단군 시조의 반쪽, 자랑스러운 북방 아비 족의 한편인 것이니, 그 같은 중국의 졸렬한 술수와 가치폄하에 가볍게 부화뇌동해선 안 될 일이다. 어쨌든 말도 안 되는 중국풍의 오랑캐란 단어만 머리에서 삭제시키면 그간 미심쩍었던 여러 문제점들이 의외로 많은 부분 스스로 해소될 것을 믿는다.

수 백 년이 지나 중국 대륙은 물론 멀리 서역에까지 세력을 확대한 최초의 세계국가 원나라가 흉노족 또는 훈족이라 불리는 북방몽골민족으로부터 기인했음도 반드시 유념할 일이다. 그처럼 말과 쇠를 능숙하게 다루는 고도의 능력을 존중해 중국 황제에게서 특별히 부여받은 성씨 쇠 김숲씨가 한반도 남부로 대거 망명해 기존의 소소한 부족사회 가야소국들을 규합하긴 능력상 큰 어려움은 없었을 것이다.

군사력의 우월함에 따른 고도의 사회생산성과 노동효율이 보장되는 철기문명이 태동할 수 있는 요인은 바로 1200~1500도 이상의 고열을 만들고 다룰 수 있는 능력에 있었다. 자연계의 장작불 정도로는 결코 얻어낼 수 없음에 주재료인 철광석 동광석의 용이한 수급은 물론, 쓰임새 별로 특성이 고유하기 마련인 야금술이란 각별한 지혜와 숱한 경험, 치밀한 조직력이 발동되지 않으면 불가능한 초고온 용광로제련기술과 거푸집 주물주조기술이 북방 철기문명의 첨단요체인 것으로, 천연의 질그릇을 넘어 역시 고온에서나 만들어지는 도자기 문화도 아울러 태동될 수 있었다. 이처럼 세계사에 남을만한 신라조의 명품 금붙이도, 고려조의 명물 청자기도 농본민족인 한반도 기반에서 자생적으로 발생한 기술과 유물은 아닌 것이다.

사로국으로부터 시작해 서라벌에 이르러 각개 지역의 민족 구성원, 족벌세력들이 신라라는 새로운 하나의 기치 아래 혈통결합이 드디어 완료됐고, 백제와의 각축전으로 말미암아 일시 광개토대왕 치세의 고구려에 나라의 안위를 의지하던 습속도 벗어던지게 됐다. 행사가 번잡한데다 여차하면 또 다른 분란의 빌미가 되기 십상인 통치권자 선정을 위한 원로회의 낙점은 그로부터 중단되지만, 왕이란 정식 호칭은 22대 지증왕, 사로국이란 명칭으로 개국한 한참 뒤 서기 503년 경부터란다. 이는 이미 혈통결합에 의한 사회 안정도가 확고히 갖춰진 입장에서 통치권자 선출을 위한 번거롭고 위험한 절차로 인해 발생할 수 있는 족벌 간의 공연한 분란을 피하고자는 의도 아래, 국호도 서라벌에서 비로소 신라라고 바꾸고 그동안 능력이 충분히 검증된 가야 출신 김 씨 단일왕권세습에 의한 입헌군주제를 채용한 것이라 여겨지는 지극히 실용적인 대목이 아닐 수 없다. 이는 로마제국 초기에 발현됐던 원로회의와 흡사한 지극히 민주적이고도 공평무사한 정치제도로 시작해, 사회가 안정을 찾은 뒤엔 오히려 단일세습왕조라는 운용이 손쉬운 방향으로 귀착된 일련의 수순은 세계정치사에 있어 매우 특기할 만하다. 최고의 제도라고 일컬어지는 민중에 의한 민주정치시스템은 생각보다 실제 적용이 쉽지 않은 바, 통치의 공평성을 보장할 수만 있다면 속도도 그렇고 단일왕권세습 통치체제가 뭣보다 일관성이란 면에선 좋은 점도 있기 때문이다. 존귀한 왕통조차도 28

대 진덕여왕 이후로 성골이 끊기는 바람에 29대 태종무열왕부터 진골로 바뀌어 골품제는 사실상 종막을 고하게 된다.

　너무 오래 묵은 탓일까? 속언처럼 오래 고인 물은 썩기 마련이었을까? 그토록 장구하던 통일왕국 천년 신라가 총체적인 종막을 고하는 요인은 일견 그럴싸하면서도 허망했다. 당나라와 힘을 합친 나당연합군이 660년 백제, 668년 고구려를 차례로 멸망시키고 그대로 주저앉아 한반도를 마저 접수하려던 당나라군마저 29대 태종무열왕(김춘추)과 대장군 김유신의 활약에 힘입어 한반도 바깥으로 구축, 676년 제30대 문무왕 대에 이르러 드디어 한반도 최초의 통일국가를 이뤄냈음은 이미 잘 알려진 바이다. 이처럼 신라왕조 천년사직이 어디에서나 가능한 일이 아님은 특히 주목할 만하다.

　온갖 난관을 차례로 극복해가며 일궈낸 천년왕국 신라가 문을 닫아야 하는, 닫을 수밖에 없었던 사실상의 징후는 벌써 오래전에 농후했으니, 7년 대한大旱에 혹심한 기근이 닥친 데다 저들만의 안일한 매너리즘에 깊이 빠진 선민귀족주의의 오랜 타성, 상층귀족사회를 공략한 귀족불교의 지나친 세속화로 말미암아 도탄에 빠진 백성들과 국가 전반적인 실태는 인내의 한도를 넘어섰던 것이다. 그래도 유서 깊은 한 나라가 종막을 고하려면 최소한 하나 이상의 증좌는 미리 나타나기 마련이었다. 신라도 예외는 아니었으니, 경주시 배동 오랜 절터에 지금도 왕실에서 연회를 베푼 자리로 남아있는 절터의 일부 포석정鮑石亭을 하나의 일례로 들 수 있겠다. 지금도 한반도 도처에 위대한 유물 인류유산으로 남아있듯 숱한 불교 석조건축물을 만들어낸 그 좋은 솜씨로 다듬어 낸 포석정은 사치와 방탕, 향락과 퇴락의 상징물이랄 수 있었으니, 화강석 바위를 깎고 다듬어 굽어진 물길을 만든 뒤 그 수로에 술이 자연스럽게 흐르도록 해 왕실과 귀족, 승려들의 흥청거리는 여가에 도도한 취흥을 제공했음을 우리 모두는 알고 있다.

아울러 여기서 먼저 하나 집고 넘어가고자 하는 바는 포석정이 중국 동진시대 고대사 기록에도 몇몇이 나와 있듯 신라만의 전유물은 아니었다는 사실에 더해 이를 행사한 나라치고 불과 몇 해를 넘기지 못해 모두 망했다는 더 중요한 사실이다. 그도 그럴 것이 유상곡수流觴曲水라 일컫듯 사치와 방탕, 타락의 상징이 곧 포석정인바 저간의 다른 사정이야 보나마나 다만 망조 일변도가 아닐 수 없었을 것이다. 일설에 의하면 신라 55대 경애왕이 바로 그곳 포석정에서 후백제 견훤 군의 침공을 받아 죽었다지만, 어쨌든 견훤은 경애왕에 뒤이어 경순왕을 허수아비 통치자로 내세웠고, 그럼에도 경순왕이 막상 나라를 들어 바쳐 항복한 대상은 견훤이 아닌 바로 고려의 왕건이었다. 그렇겠지, 신라조가 자기방어능력조차 사라진 마지막 순간까지 은덕을 베푼 왕건이었기에 가능했을 뿐, 아무래도 일개 통일신라 변방의 장수였다가 반란을 일으켜 따로 후백제를 건립한 언필칭 배반자 견훤에게 모체인 귀족국가 통일신라가 무릎 꿇고 정권을 이양하긴 자존심이 차마 허락되진 않았을 것이다. 결국 장구한 역사 근 천년을 자랑하는 통일신라는 서기 935년 56대 경순왕을 끝으로 세계사에도 빛나는 왕국을 992년 만에 닫고야 만다. 여성도 얼마든지 왕이 될 수 있었을 뿐더러 상주지역 유력자 아자개의 아들 견훤이 일개 평민 출신임에도 화랑을 거쳐 장군에까지 이를 수 있었던 제도적 유연성 덕분에 천년사직이 가능했다는 점은 분명히 특기할 만하거니와, 지구 역사상 근 천년을 버틴 나라는 한반도 신라 이외엔 어디에도 없다. 역대 어떤 왕조건 연혁 불과 3백 년을 넘은 경우가 전혀 없는 중국은 말할 것도 없이, 그토록 장구하다는 유럽의 대로마제국도 신라왕조에는 도저히 미치지 못했으니까. 말년의 견훤조차도 권한을 이양 받은 자손들의 무능과 반목을 견디지 못하고 936년(신검 1년) 후백제가 문을 닫은 뒤엔 신라조의 경순왕처럼 고려의 왕건에게 여생을 의탁한 희대의 아이러니도 발생하고 말았다. 아무리 여유는 승자만의 것이라지만, 포용력도 그렇고 도대체 고려 태조 왕건의 스케일은 어느 정도였던가. 견훤의 후백제와 왕건의 고려가 모두 통제력이 나약해진 통일신라에서 발원했으니, 실상은 신라의 내부와해가 불러온 이른바 '헤쳐 모인' 사태였던 것이다. 주원장이 세운 명나라가 그랬듯이 말이다. 하지만 단순히 수명으로 말하자면 신라는 근 천년이란 장구한 세월을 견뎠으니 할 말이라도 있겠으나, 연령 300년도 안 되는 명나라와 비교될 순 없겠다.

본국 통일신라가 망하자 중국내륙 깊숙한 중심부에 치외법권治外法權으로 존재했던 신라방, 10세기까지 근 3백여 년을 존속하던 자치주 신라방도 문을 닫지 않을 수가 없었다. 한땐 독립 제후국에 준할 정도로 크게 번성하던 해상왕 장보고張保皐로 유명한 산동성의 신라방도 문을 닫았고, 한걸음 먼저 사라진 백제소, 한창 번성할 땐 본국 백세보다 10배나 더 큰 지치 영지를 운영했을 정도였다는 사실도 그렇거니와, 대양수운이 발달하지 못했던 고대의 대양항해는 늘 목숨을 담보로 해야 하는 큰일이었다. 이에 비해 북부지역 고구려는 중국 대륙과 육지로 연결되어있기도 했지만, 건국 초기부터 강력한 독자세력을 구축함으로서 중국과 대등하게 맞선 경쟁상대로서 중국 내에서 순순히 자치권을 양해 받긴 사실상 불가능했다.

결국 본국의 업무를 대신하던 대사관 겸 무역주재소 즉 자치구도 한반도 본국의 부침에 따라 영욕을 함께함으로써 전혀 힘들이지 않고 중국은 스스로 사라진 백제와 신라의 재산을 접수할 수 있었던 것이다. 같은 이유로 오늘날의 홍콩 위쪽 광동성 남부에 존재하던 일본부도 사라짐과 동시에 순 한국어인 '나라' 지방을 근거지로 삼던 왜 황실이 지역영주들의 각축으로 인해 어지러운 주위정황을 피해 미련 없이 교토로 천도, 8세기경 헤이안平安시대를 열게 된 동기도 한걸음 먼저 사라진 모태 백제의 운명을 따라가지 않을 수가 없었던 것이다.

대륙적 중화주의의 귀결이자 이민족정책의 백미白眉랄 수 있으니, 자국의 영토 안에 독립자치국을 허용할 정도로 개방적인 덕분에 본국의 지명이 자치구에 그대로 적용되기도 하고, 중국의 것을 다시 본국으로 가져다 쓰기도 한 때문에 후대에 지명과 소재지에 관한 적지 않은 혼선과 일부 억측이 벌어지기도 했지만, 뭣보다 스스로 크게 융성하도록 놔둔 뒤 때가 됐다는 계산이 서면 그곳 자치구의 수장에게 고위직인 제후 또는 대부 작위를 하사함으로서 중국의 권력이 닿을 수 없는 외교적 특권을 한방에 허물고, 황제의 영향력 아래 직접 예속되도록 하는 교묘하고도 지능적인 술책, 이른바 '살을 주고, 뼈를 추린다'는 병법상의 '허허실실虛虛實實' 술책이었으니, 중화주의는 즉 대동大同과도 맥락을 같이한다. 뉘라서 감히 중국 안에서 지엄한 황제의 분부를 거절할 것인가, 황제의 명령도 듣고, 내정도 일일이 간섭받고, 심지어 책력까지 따라 받고, 더 나아가 매년 봉납과 공물도 조공이란 이름으로 바쳐야 하는 등 그간의 모든 발전적 수고가 황제의 칙서 한 장에 고스란히 복속되고 마는 이른바 봉건제도封建制度, Feudalism의 전형이자 황제국의 내밀한 안전망이었던 것이다. 물론 이 같은 책략이 모두 성공을 거둔 것도 아니었다. 마의태자 여진족의 금나라, 몽골의 원나라, 후금의 청나라가 그렇듯, 자기는 과신하고 외부 신세력은 오랑캐라 함부로 얕잡아 본 결과로 경적필패輕敵必敗랄까, 이빨 빠진 종이호랑이 취급을 받으며 대륙의 전부 또는 일부라도 주인이 바뀌는 경우가 없지 않았으니까, 이같이 이면에 숨은 계교를 몰랐기에 해동성국 한반도는 고조선의 떳떳한 적통임에도 불구하고 왕조가 바뀔 때마다 일일이 중국 황실의 내락을 구했으니, 스스로 신하임을 자처하는 어리석은 우를 범하고 말았던 것이다. 그렇다. 특정계급화 된 세습적 귀족국가의 사치와 방탕 나태함에, 세속화 귀족화 된 종교의 혹세무민惑世誣民이 더해져 시비곡절을 가릴 사실상의 검정능력이 사라진 국가가 존중받기는커녕 패망하지 않으면 그게 도리어 이상한 일일 것이다.

무사도 아닌 일개 승려인 궁예가 민중의 호응을 모아 독자적으로 자리를 잡을 즈음에 신라조정은 자신을 되돌아 봐야 했다. 그에 더해 누구도 아닌 아군의 장수 견훤이 옆 걸음을 했을 땐 나라의 위기를 예상하고 가능한 모든 혁신을 시급히 상정해야 했다. 이같이 두 가지 거듭된 위기의 전조를 가볍게 간과했으니 구태에 찌든 신라왕조가 나락으로 떨어지는 건 시간문제였을 것이다.

935년 문을 닫은 신라왕조의 쇠락에 한걸음 앞선 926년 문을 닫은 발해의 옛 터전에 1115년경 건립한 바로 금나라大金를 빼놓을 수가 없다. 통일신라 마지막 비운의 왕세자가 마의태자인 줄을 우린 안다. 천년세월을 그토록 웅혼했던 나라의 종말을 후계자의 입장에서 고스란히 지켜봤으니, 태자의 심정이 그리 간단치는 않았을 것이다. 결국 한 많은 신라의 전국토를 두 발로 걸어서 한양, 송악(개성)에 들러 왕건의 보호 아래 여생을 보내고 있는 부친 경순왕을 마지막으로 뵙고, 금강산, 함경도를 거쳐 옛 고조선과 고구려 발해의 고토 만주로 들어간 마의태자와 그 후예들이 여진족, 거란족, 발해의 유민들을 옛 서라벌의 가야연맹처럼 하나로 규합해 신라 세습왕조의 성인 김金씨의 나라, 마의태자의 잃어버린 염원을 그대로 본 따·1115년 성립한 뒤 1234년 몽골의 원나라에 복속될 때까지 약 119년 동안 지속됐다. 이 같은 이유로 56대 신라왕 중 유일하게 경순왕릉(사적 제244호)만이 본바닥 경주가 아닌 엉뚱하게도 경기도 연천에 있는 이유가 됐으며, 거란족에 의한 만주의 요나라를 몰아내고 중원까지 장악한 금나라의 완안 아골타阿骨打가 바로 마의태자의 후손인 것처럼, 신라 김 씨 왕조가 문을 닫은 것과 북쪽의 금나라가 같은 이름으로 비슷한 시기에 성립한 동기가 결코 우연이 아닌 것이다. 이같은 엄중한 사실조차도 막상 우리네 역사서가 아닌 중국의 정사 곳곳에 버젓이 실려 있으니 말이다.

마의태자 일족이 중심을 이룬 대금의 송나라 침공으로 남쪽으로 밀려가 질기게 버티던 남송과, 대금마저 장악한 칭기즈칸의 손자 쿠빌라이 칸이 1271년 세운 최초의 세계국가 원나라를 한 세기도 안되는 97년 만인 1368년 몰아내고, 한족 주원장에 의한 명나라가 들어선다. 전시대 일시 대륙을 호령하던 금나라의 영광을 되살리기 위해 옛 대금의 강역에서 1616년 천신만고 끝에 후금의 재건에 성공한 여진족 누르하치가, 내리막길에 들어선 명나라를 1636년 마저 밀어내고 드디어 중국 전토 장악에 성공, 스스로 제국임을 선언하고 국호도 중원의 마지막 황조인 청으로 바꿈으로서 1644년 황실과 정권이 통째로 이양됐다.

오늘날 중국의 유수한 성씨 중에 애신각라愛新覺羅, 아이신쥐러가 있다. 서술문 안엔 확실하게 신라란 두 글자가 들어있으니 이는 분명히 의도적일 뿐만 아니라, 당사자들은 자신들의 성씨를 반드시 김金이라고 당당하게 앞세우길 망설이지 않는다. 그렇다, 쓰기는 김金이라 쓰고 읽기는 막상 애신각라愛新覺羅라고 읽는다니, 이는 바로 금나라의 시조이자 김해 김金씨의 후손인 마의태자의 통절한 유언이 손자인 대금의 완안 아골타金兀朮, 김올출를 거쳐, 후금의 누르하치(노이합적愛新覺羅 努爾哈赤, 청태조) 대에선 차라리 국시國是가 되어 내려오는 절대불가변의 여망이었던 것이다. 문자의 뜻처럼 '신라를 사랑하고 깨우치길' 바라는 마의태자의 간곡한 염원이 가득 들어있는, 오죽하면 나라의 이름을 대금大金에 이어 다시 후금後金이라 칭할 정도로 금 아니 김金자에 깊이 집착할 것인가, 그만큼 아무나 쉽게 입에 올릴 수 없는 중국 마지막 황조 청나라의 고매한 성씨이자 직유로서 일종의 수사법修辭法, Rhetoric인 것이다. 그처럼 있지도 않은 오랑캐는커녕 중국 대륙을 유일하게 두 번씩이나 평정한 금나라의 시조 마의태자를 개골산皆骨山: 金剛山에 들어가 삼베옷을 입고 산나물이나 캐 먹으며 살다 죽어 신선이 됐다고 황당하게 말하는 즉시 우리 스스로 역사의 저편, 망각과 원한의 늪으로 그를 민족적 자긍심과 함께 밀어 넣음은 물론, 명명백백한 해동성국의 영예로운 역사를 오히려 중국에게 고스란히 들어 바침으로서, 후대에 벌어지는 동북공정이란 집요한 작업에 확고한 입장 하나를 더해주고 말았던 것이다.

아닌 게 아니라 1911년 손문에 의한 신해혁명으로 청나라가 문을 닫을 때 내건 3민주의 구호 중 하나가 금, 원, 청, 미국, 영국 등 외세와 잔재를 몰아내고 순 한족에 의한, 국민이 주인 되는 민주국가를 건설한다는 일면 옹졸한 국수주의적 발상이었음에, 저들 스스로 역사상의 혼돈과 모순을 인정한 셈이 됐다.

여기서 중국이 마지막 황조 청나라를 통째로 부정하겠다면 몰라도, 인정하지 않을 수 없을 바에야 피할 수 없는 딜레마 하나와 직면하고 말았다. 그는 다름 아닌 중국 민중들이 역사상 최고의 영웅으로 여겨 사당까지 세워 높이 받들고 있는 만고의 충신 악비岳飛 장군을 졸지에 반역자로 돌려세워야 한다는 점이 그것이다. 밤하늘에 명멸하는 뭇별처럼 중국의 무수한 영웅 중 전체 중국인들이 오늘날까지 가장 숭배한다는 악비 장군이야말로 마의태자의 후예인 금나라의 맹장 완안 아골타金兀朮, 김올출의 매서운 침공으로부터 조국 송나라를 백전백승의 의지로 매번 저지시킨 바 있기 때문이다. 뒤에 모사꾼 진회秦檜 부부의 중상모략에 의해 39세인 1142년 옥중에서 독살 당함으로서 결국엔 송나라(남송)가 원나라의 침공으로 뿌리 째 망하게 됐음에, 지금도 중국인들은 오죽하면 자신들의 이름에 대표적 모사꾼 진회의 회檜자를 절대로 쓰지 않을 정도로 원망과 미움이 크단다. 그런 탓에 후에 악왕 또는 무목왕으로까지 추존되는 악비 장군 사당 앞엔 발가벗겨진 채 무릎 꿇고 있는 진회 부부의 석상이 놓여있고, 거기엔 욕설과 침을 뱉어도 좋다는 차마 치욕적인 문구까지 버젓이 새겨져 있는 것이다. 분노한 민중들의 잦은 폭행으로 석상이 자꾸 망가지자, 명대 이후 6차례나 석상을 바꿔가며 끊임없이 욕을 보이는 등 발상이야 어쨌든, 영웅 악비 장군의 후예 일족이 한반도에 들어와 청해 이 씨의 시조가 됐으며, 임진왜란의 이순신 장군처럼 나라를 절체절명의 위기로부터 구해낸 희대의 영웅을, 후대의 역사학계와 언론계가 한입으로 통탄하듯, 어떻게 일순 반역자로 돌려 세워야 할지 졸지에 난감한 상황에 놓이고 말았다. 역사상 중국 대륙을 두 번씩이나 정복한 유일한 금나라, 즉 '김의 나라'를 중국의 역사 속으로 흡수시키려면 피할 수 없는 작업, 뜻과 다르게 국가 통합에 방해가 된 희대의 영웅 악비 장군과, 역사에 남을만한 역적 진회의 입장이 서로 뒤바뀌어야 하는 이 같은 불가해한 정황을 놓고, 우리로선 다만 쉽지 않을 중국의 동북공정이란 역사 창작력에 대해 가만히 지켜보고만 있어도 되는 것인가? 확고한 우리의 역사, 잃어버린 우리네 강토를 다시 찾아올 생각은 도대체 갖고 있는가? 중국이 일씨감치 그처럼 무리한 동북공정 작업에 매진하고 있음이란 절박함의 이유를 얼마나 이해하고 있는가?

나아가 2013년 초반 당선된 뒤 가장 먼저 중국을 방문한 한국의 박근혜 대통령께 중국의 국가주석 시진핑이 깜짝 놀라운 발언을 중요한 공식석상에서 낸 적이 있었다. '중국 통치권 황실의 원류가 조선민족이었다'는 발언이 그것이었지만, 단지 취임 후 해외 첫 방문국을 중국으로 정한 성의에 대한 립서비스로 들었을까? 수행원들 누구라도 이 말의 참 무게를 눈치 챈 인사는 없어 보였을 뿐더러, 중국이 그토록 동북공정에 목매는 깊은 속내를 알만도 하겠다. 그렇다. 그처럼 중요한 저간의 역사적 사실들을 우리만 몰랐지 남들은 이미 다 알고 있었다는 뜻이다.

망해가는 명나라 쪽에 줄을 잘못 선 한반도는 조선조 16대 인조 치세에 있었다. 후대엔 폭군으로 점 찍혔지만 북방외교는 그런대로 중립을 잘 유지한 15대 임금 광해군과 비교적 친분이 좋았던 후금 누르하치의 침공으로 1627년 일시 정묘호란이 발생한다. 이는 이미 명나라를 칠 계획을 갖고 있던 후금의 누르하치가 명나라 추종국가 조선이 자신들의 배후를 칠 것을 염려한 나머지 벌인 일종의 안전보장용 무력시위였던 것이다. 인조치세에 이르러 그래도 상황을 깨닫지 못하고 기어코 후금의 배후를 공격했으나, 어차피 수명이 다해 기진맥진한 명나라 구원에 실패, 9년 뒤인 1636년 누르하치는 한반도를 재차 침공, 강화도에서 패퇴한 인조는 결국 45일 여를 버티던 최후의 보루 남한산성에서 한강변 삼전도(잠실)까지 맨발로 걸어 나와 이젠 후금이 아닌 어엿한 청나라의 태황제가 된 아이신쥬러 [김金] 누르하치에게 3걸음에 3차례씩 총 9차례, 만인이 지켜보는 앞에서 이마에서 피가 튀어 곤룡포 어깨를 홍건히 적실 정도라야 겨우 절로서 인정해 줄 정도로 맨땅에 머리가 깨질 정도로 찧는 일명 '삼보고두구례'로서 항복, 조선조 최대의 치욕인 이름까지도 '삼전도 굴욕'이라고 붙은 보복성 병자호란丙子胡亂을 기어코 불러들인다. 오늘날 다시 생각해봐도 민망함을 넘어 차라리 죽느니만 못한 처절한 모습이었으니, 멀리도 아닌 불과 40여 년 전 14대 선조 조인 1592년 벌어진 임진왜란과, 불과 5년 뒤 1597년에 겹친 정유재란의 치욕은 그새 우물 안 개구리들의 뇌리에서 말끔히 지워지고 없었던 것일까? 김 누르하치 청 태조가 조선조 인조임금으로부터 처절한 항복을 받을지언정, 아예 중국의 일부로 복속시키지 않고 자주권을 갖고 있는 나라의 모습으로 그나마 남겨둔 것은, 결국 민족의 뿌리가 같기 때문은 행여 아니었을까? 시간을 좀 더 멀리 내다보고 순망치한脣亡齒寒:입술을 잃으면 이가 시리다에 대비하기 위한 방비책은 혹여 아니었을까?

하늘이 내려준 자주적 기회가 도리어 단숨에 생지옥으로 돌려지고 만 셈이었으니, 금나라의 발생 동기야말로 몽골에서 출발한 흉노족 휴도왕 김일제의 후손이 중국 대륙을 거쳐 한반도 남부 가야지역도 평정하고, 드디어 고조선의 옛 강역 만주지역에 약 800년만의 긴 방랑을 마치고 다시 찾아 들어간 진짜배기 세계인 노마드, 아비족의 여정으로서, 후금 아니 청 태조 김金 누르하치야 말할 나위도 없거니와, 일본의 토요토미 히데요시豊臣秀吉, 백제계 도쿠가와 이에야스德川家康, 신라계도 그의 깊은 내력을 잘 알고 있었으나, 막상 한반도의 임자 본인들만 몰랐던 것이다.

역사에 가정은 없다지만 오랑캐는커녕 같은 피붙이 한 형제지간, 최소한 이웃이랄 수 있는 그들과 긴밀히 협력만 했더라도 위대했던 고조선의 영광을 되찾음은 물론, 동북아시아의 역사를 넘어 세계사 자체가 크게 달라졌을 것이다. 만주벌판 경영에 뜻을 둠에 있어 현지인이며 우리와 이웃사촌인 거란과 여진을 빼곤 다만 언어도단言語道斷일 뿐이다.

야만인 또는 양아치 같은 여진족 오랑캐에게 중국은 대륙을 두 번씩이나 내어주고, 여진족 추장 누르하치에게 인조임금은 이마에 피가 솟도록 맨 땅에 머리를 찧으며 죽음보다 못한 굴종적 항복의 예를 올려야 했던가? 어림도 없는 일, 이처럼 오랑캐라는 터무니없는 단어 단 한방으로 배달민족이 빠졌던 인식적 함정과 편견이 얼마나 길고 깊었던가를 생각하면 다만 어이가 없고 기가 막힐 뿐, 중화사대주의에 넋을 온통 빼앗긴 나머지 문치의 함정에 깊이 빠진 책상물림 선비 문관들이 무신들에 의해 종종 피의 숙청을 당해야 했던 이유와 함께, 주변국들이 배달민족을 돌아서서 얕잡아 보는 이유, 인조임금의 삼전도 굴욕을 넘는 일제식민지시대 보국정신대처럼, 차마 치욕스런 역사가 그치지 않고 계속 반복되는 연유도 선인들의 경험, 즉 실질적 역사를 소홀히 함에 있음을 알아야 한다.

하여튼 위대했던 고조선 쇠망 이후 한 걸음씩 오히려 퇴행하거나 좁아드는 우리 역사의 안타까움을 말하지 않을 수 없으니, 백성을 가볍게 여기는 우민정책과 실질을 외면하고 중국 사대 일방에 치우친 나머지 스스로를 지킬 의지와 능력을 잃은 무능한 나라의 발언은 종내 모두 공염불에 그칠 뿐이란 뼈아픈 교훈을 떠올리지 않을 수가 없다. 그에 삿된 복술과 풍수사상에 입각한 운명론까지 가세해 모태대지와 민중의식의 저변까지 깡그리 오염시켰으니, 전국토가 묘지화 되어 망하지 않을 도리가 없었다.

입시를 위한 형식적 교과서일 뿐 국가쇠망의 불망기를 앞에 놓고 국보 또는 보물 몇 호에 어느 시대 몇 년에 누구에 의해 건설됐다는 즉 깨우침이 빠진 문자로서의 기록은 막상 중요치 않다. 우리 역사가 후세에게 빼지 말고 반드시 전승해야 할 일이 있다면 아전인수 즉 자기합리화가 아닌 바로 반면교사反面教師여야 함이니, 실패의 가르침 자기반성을 실행치 않은 탓에 후대에 다시 같은 실패와 능욕의 역사가 고스란히 반복되지 않았는가, 지구촌 역사에 있어 자아도취는 '우물 안 개구리' 곧 패망의 지름길임을 거듭 상기하자.

지구지형이 극적으로 바뀌어 태풍, 화산, 지진, 해일 등 일본열도에 잠재된 자연재난이 사라지지 않는 한 지워지지 않을 정신적 트라우마, 이른바 정한론征韓論을 앞세워 안정된 해동성국 한반도 진출의 명분축적을 위해 가공한 일본국의 건국신화가 갈수록 등장하는 진실들에 의해 자꾸 오류로 밝혀지자 더는 진실을 속일 수 없을 지경에 놓인 일본의 역사가들로부터 조금씩 사실적인 발언이 나오기 시작한바, 720년 경 작성된 역사서 일본서기, 오랑캐란 뜻을 가진 왜란 이름을 밀치고 최초로 등장한 일본이란 호칭과 함께 신공황후神功皇后로부터 시작되는 황실을 신격화하기 위해 백제본기를 바탕으로 치밀하게 조작된 일본서기도, 2010년 한일 양국을 대표하는 소장파 역사가들 사이에 격론 끝에 합의된 대로 결국엔 배척받았으니, 왜가 고대 한반도 남부지방을 점령한 이래 수백 년 동안 신라와 백제를 통치했다는 일명 임나일본부설이란 터무니없는 단어조차 사라짐으로서 대대로 일점일획이라도 변함이 있어선 안 된달 정도로 하늘 같이 믿었던 정사로서의 일본서기가 그 순간부터 일개 참고서로 격하되고 말았다. 하매 일본은 근 1300여 년에 가까운 동안 의도적으로 왜곡시켰던 역사를 바로잡기엔 스스론 불가능할 정도로 깊은 정신적 딜레마에 빠지고 말았으니, 지엄한 시간 앞에서 진실로서의 역사란 이처럼 무서운 것이었다.

일본이란 명칭을 쓰기 이전 왜도 신라방, 백제소처럼 한반도가 아닌 중국 대륙 남부에 자치 대표부를 거의 동시대에 나름대로 설치 경영하고 있었다. 그러나 그 같은 임나일본부의 운명은 중국의 정정이 아닌 오히려 한반도의 운명과 부침을 함께했던 것이다. 이처럼 일본영토가 가지고 있는 피치 못할 트라우마에 더해서 현재 일본 황실의 선조가 일본열도에 정착하게 된 동기가 치열한 정권다툼 끝에 한반도에서 밀려난 백제 무령왕 의자왕계의 후손이기에 늘 고토수복 실지회복이란 백제계 일 황실의 깊은 숙원이 더해진 결과라는 점을 일본서기 말미에 적시하고 있음이 가볍게 간과되어선 안 될 일이다.

근자 일본이 처한 처절한 역사 딜레마의 당면한 징표의 한 예로서, 오직 만세일계를 주창하며 살아있는 신으로 추앙받던 당시 히로히토裕仁 일황으로부터 '내 몸엔 백제인의 피가 흐르고 있다'는 공개적인 실토에 '난 어쩌라고' 라며 크게 낙담한, 집안이 대를 이은 황실

절대주의자이자 골수 우익 내셔널리스트에다 동경대학 법학부 출신으로, 우리식 사법시험에까지 합격 대장성에 보직을 받은 인텔리 관료가 됐으나, 오직 자유로운 문학창작을 위해 장래가 탄탄히 보장된 일체의 직책과 억압된 직무를 내던져버린, 자타가 공인하는 이 시대 일본의 저명한 리버럴리스트, 종래엔 노벨문학상 후보에까지 추천된 가히 천재적인 탐미주의 소설가, 미시마 유키오三島由紀夫가 패전 후 맥아더 장군치하 미군정에 의해 제정된 전후평화헌법을 폐지하고, 천황실권제와 신군국주의의 부활을 외치는 절통한 연설 한마디를 연병장에 강제로 모인 자위대원들에게 쏟아냈으나, 기대했던 호응은커녕 대부분의 자위대원들에게서조차 외면을 넘어 노골적인 조롱을 받았기로, 이의 낭패감을 이기지 못한 나머지 1970년 11월 동경 이치가야 소재 자위대본부 2층 발코니에서 동료의 도움을 받아 감행한 할복자살로서 45년이란 다소 때 이른 생을 마치고 말았다. 보도가 나간 초기엔 사회적 충격이 일시적이나마 없진 않았지만, 결국 일본 깊은 곳에 내재된 약점 하나와 함께 천황제를 옹호하는 극우주의 편집중 환자의 개인적인 광기라는 충동적이자 일시적 해프닝에 그치고 말았다. 저 보고 싶은 것만 보고, 듣고 싶은 것만 듣는 증상을 편집중(Paranoia)이라 말하지 않는가.

순수하다지만 아직은 미숙한 청년들이기에 폭풍과 노도의 세대랄까, 패전 직후부터 1960년대 동경제대를 중심으로 목표를 잃고 한창 방황하던 일본 청년들의 의식적 공황이 전공투全共鬪, 전국학생공동투쟁회란 급진적 반사회적 자유주의운동을 전면에 내건 저항의식으로 표출됐기 때문이란 일련의 시대적 동기도 밀할 수 있겠다. 물론 이들에 대한 서적은 하나같이 불온서적 즉 금서로 낙인찍힌 채 자유로이 소통되지 못하고 있음이 사실인즉 말만 자유주의를 표방했을 뿐, 내막은 당시 전 세계를 휩쓸던 체 게바라의 공산혁명운동과 거의 다름 없었기 때문이었다. 일본 내부에 동양적 의식의 전형작가 미시마 유키오가 있었다면, 바깥세상엔 서양식 의식을 가진 아르헨티나 의사 출신 공산혁명가 체 게바라가 젊으나 아직은 미숙한 말썽꾸러기들의 목마른 갈증을 채워주는 로망이자 대안으로서 동시대 일부를 붉게 채색하고자 하고 있었던 것이다. 왕정복고주의자와 공산혁명가, 어차피 실패할 수밖에 없었던 시대인 두 사람 사이에 크게 다른 입장 차이를 들자면, 미시마 유키오가 타율적으로 비좁은 천황주의자였다면, 체 게바라는 자율적이되 폭 넓은 휴머니즘의 이상성에 지나치게 경도된 차이점을 말할 수 있겠다. 그러던 중 먼저 쿠바 공산혁명에 성공 기세를 올린 뒤, 보장된 안락함을 내팽개치고 혁명의 길을 선택했으나, 기대한 아프리카 붉게 물들이기엔 실패한 체 게바라가 1967년 볼리비아 밀림에서 그의 뒤를 쫓던 미국정보부 요원에 의해 발각, 현장에서 사살된 뒤엔 미시마 유키오 혼자 철모르는 미달이들의 로망을 온통 감당해야 했다지만, 미시마 유키오는 엄연히 일본 국내용에 그쳤기에 그의 대외적 파급력 또한 거의 없었던 것이다.

결국 1970년 3월 승객 129명을 태우고 동경에서 후쿠오카로 비행하던 일본항공 소속 여객기 요도호(JA8315)를 납치해 북한 평양으로 탈출하는 어처구니없는 작태를 연출함으로서, 사고는 박약하고 행동은 앞서는 소수 적군파 미달이들의 소영웅주의에 불과한 본색을 드러내고 만 적이 있었다. 비슷한 시기에 경찰서 습격사건 등 과도한 무리수로 궁지에 몰린 나머지 의지와 철학이 희박한 자기정체성의 한계를 넘지 못하고 스스로 음지 속으로 녹아들고 말았다.

중고교시절 감수성이 한창 예민할 시기에 이 같은 시대적 영웅들의 모습을 지켜보며 자라온 극우주의자 아베 신조 일본 총리대신이야말로 영향력의 면에서 대표적인 '미시마 차일드' 즉 의식상의 추종자라 부를 만하다. 그들에게 정의로움의 상징이랄 수 있는 무사도(사무라이)의 용기를 내보이고 마치 소설처럼 할복자살로 사라진 소설가 미시마 유키오는 어쨌거나 또 하나의 극우적 표상, 즉 약 8만이 넘는다는 일본의 조상신 중 또 하나의 신으로 자리 잡았달 수 있으니, 그의 열기 아닌 광기는 일본의 젊은이들 사이에서 밑불로 길이 살아남을지언정 쉽게 꺼뜨려지지 않을 듯싶어 우려가 작지 않다.

하긴 일본의 전통적 무사도로 알고 있는 사무라이조차도 원본은 우리말로서 신라의 화랑도, 백제의 싸울아비처럼 고구려 고국원왕 때 조직된 사무랑士武郎이란 무인단체가 그 어원임을 아는 인사는 그리 많지 않다.

시간이 흐를수록 내재된 거짓과 모순만 드러날 뿐 도저히 합리화가 되지 않는 한반도 임나일본부설이란 맹랑한 단어가 저들 손으로 채워진 대부분의 교과서에서 일거에 지워진 것은 사필귀정事必歸正이었다. 그러나 그로서 파생되는 또 다른 역사적 공황이 못내 부담스럽던지 쏠려지는 우익들의 사회 분위기에 따라 일본서기와 정한론이 조금씩 다시 고개를 쳐들기도 한다지만, 한국인들에겐 이미 돌이킬 수 없이 젖혀진 아침을 알리는 커튼이 됐다.

이상과 같은 논지에서 우린 일본 사회만이 가질 수 있는 독특한 기질적 특성 하나를 명백하게 읽어낼 수 있으니 해바라기 의식이 그 것이다. 조상신 아마데라스 오미카미天照大神를 태양신으로 세워두고 그를 좇는 후손이자 신도의 제사장, 천황이라는 해바라기의 막역한 그늘 아래에서 안온하게 가호를 받으며 제한된 자유를 향유 해도 충분히 만족한다는 일면 자발적 의타심을 일컬음이다. 이것이 바로 천황제 존속을 바라는 이들의 본색이자 일본에서 독창적인 철학적 사유가 발생하기 어려운 사상적 한계선인 것이다. 천황은 살아있는 신이기에 주민번호도 승용차번호도 없거니와, 나라의 헌법조차 무색할뿐더러 그의 그늘 아래에선 선도 악도 구분하지 않는다는 다분히 무책임한 자기 행동에 대한 일종의 면피 또는 절대적인 천황의 위세를 등에 업은 정치꾼들의 일종의 도피책이기도 한 것이다. 덕분에 지난 20세기 초반 천황도 인간이므로 엄연히 국가헌법의 영향력 아래에 서야 한다는 이은바 천황기관설을 주창했다가 동경검찰로부터 고발당한 끝에 유죄판결까지 받음으로서 일본 법조계 사망선고라는 초유의 치욕까지 불러온, 지극히 상징적인 미노베 동경대 교수 사건도 있었다. 오죽하면 정면에서 바라보면 그의 광채에 눈이 먼다는 속설까지 대중 속에 엄연히 통용되고 있는 해바라기 천황제는 결국 일본사회 전체가 온통 단맛에 취해 막상 치아가 상하는 줄 모르는 이른바 슈가홀릭(Sugarholics)에 빠진 상황을 함축하고 있기에, 미래와 이웃나라와의 공존을 깊이 생각하는 일부 생각 있는 일본인들은 숱한 우익들의 핍박에도 굴하지 않고 용약 이의 폐지를 요청하거나 심지어 법원에 위헌제청도 그치지 않고 있다. 아닌 게 아니라 일본의 음식물들 대부분이 부드러운데다 유난히 단맛을 많이 띄고 있기에 대다수 일본인들의 치아가 특히 부실한 이유도 이로부터 기인한다고 봐도 크게 틀리지 않다. 이정도로 만고에 절대성 신성을 등에 업은 천황이기에 천황가의 원한은 일반백성들에게도 그리 가볍지 않은 것으로 전가되기 마련이며, 이점이야말로 일본 우익들이 한반도에 대한 원한을 좀처럼 누그러뜨리지 못하는 제1의 요인인 것이다. 연전에 히로히토裕仁, 昭和天皇 124대 전임 천황이 공식석상에서 한반도 침탈에 대한 소회를 토로할 때 '통석痛惜의 념'이라고 에둘러 표현한 이면엔 이같이 깊은 내막이 숨겨져 있으며, 이 모든 정황이 '단 한 글자도 오류가 없다'고까지 선언된 역사서 일본서기 말미에 엄중히 기록되어있으니, 대를 이어 길게 전승되어 내려오는 그 원한의 깊이야 더 말해 뭣하겠는가, 이미 오래전 역사 속으로 사라진 백제라는 유령을 되살리려는 어리석음은 설마 아니겠지? 이 때문에 '멀고도 가까운 이웃'이라고 두 나라 사이를 딱히 표현한 이유일까? 참으로 불편하고도 일견 위험한 일이 아닐 수 없겠다.

태평양전쟁 말기 미군의 일본본토 상륙을 앞두고 벌어진 어처구니 없는 에피소드 하나가 있으니, 그간의 전투에서 보여준 일본군의 물불을 가리지 않고 생명을 초개처럼 여기는 그악스러움에 미뤄봐 일본본토 상륙이란 차마 헤아리기 힘들 정도로 막대한 희생이 예상됨에 무조건 항복을 앞서 종용한 바 있다. 이미 전황이 돌이킬 수 없음을 모를 리 없는 일본 국내에선 오직 항복 이후 천황의 거취에 대한 내책에 골몰하기로 시간을 벌기 위해 답변이 차일피일 늦어지자,

미국인 기자로부터 상황을 재촉해 질문 받은 적이 있었다. 그에 일본 외무성 관료로부터 현재 '목찰目察, 모꾸사쯔 : 깊이 숙고 중'이란 신중한 답변을 들었고, 일본어에 제법 능통하다는 미국인 기자는 이를 하필 발음이 똑같은 '묵살默殺'이란 뜻으로 잘못 알아듣고 냉큼 기사화함으로서 결국 맞지 않아도 될 인류 최초의 원자탄 세례를 연거푸 얻어맞았다는 맹랑한 이면도 있었다. 이로서 전쟁의 모든 책임에서 한 걸음도 벗어날 수 없는 천황이 1945년 8월 15일 항복이 아닌 백성의 안위를 위해 종전을 선언하는 성단聖斷을 내려 전범은커녕 도리어 만백성을 구한 영웅으로 둔갑한 역사상의 아이러니가 있을 정도란다. 그로서 일본 민중이 천황제의 맹점과 구속을 벗고 의식적 자유를 얻을 수 있을 기회는 물 건너갔고, 보다 놀란 편은 미국이었다. 비록 지리하고 소모적이고 무수한 살육으로 점철된 태평양전쟁은 끝이 났다지만, 그래도 본토상륙에 임해선 적지 않은 희생을 당연한 사태로 예상하고 있던 바와는 정반대 현상이 벌어졌으니, 바짝 긴장한 미군이 상륙하는 항구에서부터 항거는커녕 동원된 사람들의 손길마다 점령군을 환영하는 성조기의 물결이 휘날리고 있었으니 말이다. 이처럼 천황의 말씀玉音, 옥음 단 한마디에 일본인들은 두 말 할 것도 없이 어제까지 철천지원수였던 미군에게 향하는 공격자세를 숨도 한번 안 쉬고 180도 바꿨음이란 미처 상상도 하지 못했던 일이었으니, 천황제의 실상과 내막을 미처 몰랐던 미국 측으로부터 일본은 도저히 속뜻(혼내)을 알 수 없는 참으로 불가사의한 나라란 탄식까지 나왔음은 물론이었다. 더불어 일부 불의의 사태에 대한 극소수 일반인들의 반발을 제외하면 점령군 미군을 향한 게릴라 전, 하다못해 테러와 같은 적대적인 저항의 몸짓은 전 국토에 걸쳐 단 한 차례도 발생하지 않았으니까, 물론 여기엔 전쟁의 책임으로부터 천황을 보호하기 위한 일본 정부와의 치밀한 협상의 결과라고 단언할 수 있으니, 동경 이케부쿠로 군사법정에서 제1의 전쟁책임자인 천황이 막상 제외되는 등 내외의 긴밀한 타협 덕분에 군정을 약 7년이란 비교적 짧은 기간 내에 마감하고, 일본 정부의 자치권 회복이 예상보다 훨씬 앞당겨지는 효과도 있었다. 더불어 여기엔 예기치 못한 한국전쟁의 급작스런 발발로 말미암아 미국이 물심양면으로 여유가 없기도 했지만, 막대한 양의 소모적 전쟁물품을 가장 가까운 지역에서 조달하느라 전국적인 대량고용과 폐기상태에 놓여있던 산업체의 전체가동을 불러온 덕택에, 일본은 패전의 아픔으로부터 급속도로 부활과 재건의 기회를 맞이할 수가 있었다는, 일본에겐 다분히 시기적 행운도 분명히 있었음을 부인할 순 없다. 그의 징표로서 패전 후 20년도 채 안 되는 1964년 동경올림픽을 당당히 개최함으로서 세계만방에 새로운 일본의 부활을 포고했던 것이다. 역사상에서처럼 이번에도 한반도의 통증이 일본에겐 절호의 기회가 되어준 것으로, 필요할 때마다 일본열도는 한반도란 대륙의 젖꼭지를 물고 비교적 손쉽게 위기를 피하며 성장을 했단 말이다. 그런 이유뿐만 아니라 다분히 역설적이지만 바다로 막힌 섬나라 일본이 유일하게 그나마 희망이 열린 곳, 대륙으로 진출하는데 조선반도가 혹여 걸림돌로 작용한 것은 아니었을까? 지나간 궤적을 냉철하게 살펴보면 그 같은 상대적 개연성도 무시할 순 없겠다. 시대상황의 변천에 따라 애증의 념은 밑바닥에 항상 병존하고 있었던 것이다. 구태여 지구 생명체이론 즉 가

이아이론을 동원치 않더라도 역사란 역시 유기생명체적 성향이 짙은가보다.

이도 해바라기 천황제 덕택이었을까? 육지에서 멀리 떨어진 덕에 진짜 쇄국이 가능했던 일본열도는 한반도와 중국에 비해 불교 유교 등 외래사조의 감춰진 해악이 거의 없는 편이었다. 덕분에 서양의 실용주의實用主義, Pragmatism에 한걸음 먼저 눈을 떠 일본사회의 전반적인 국부가 급속히 신장됐다. 불과 한걸음 앞선 이의 여력을 바탕으로 후쿠자와 유키치의 탈아입구脫亞入歐: 아시아를 벗어나 구라파를 지향한다론을 내세우며 당시 세계를 경쟁적으로 풍미하던 영향력확장정책, 아시아 도처에 강압적인 태도로 침탈, 식민지를 일삼던 오만불손한 입장에서 졸지에 미군정 더글러스 맥아더 사령관 예하의 엄연한 식민지가 거꾸로 됐으니, 1951년 샌프란시스코 조약에 따라 미군정을 종료하고 일본이 자치권을 회복하는 불과 7년가량이라지만, 당연히 있을 수 있는 사회 불안정, 속 터지는 공황 탓이었을까? 할 바, 목표를 잃은 전후 일본 젊은이들이 전공투란 명칭으로 현실제도에 항거하고, 그에 더해서 적군파란 이름으로 방황을 넘는 폭거를 일삼던 작태들을 말이다.

그렇다, 현재도 그렇지만 엄밀히 말해서 무소불위의 천황이 헌법 위에 군림하는 이상 일본은 유사 이래 민주사회인 적이 단 한 차례도 없었다. 이 같은 천황제 신성불가침의 절대적 권한 즉 원시적 샤머니즘의 제사장이 지배하는 나라에서 민중에게로 돌려지는 이른바 민권 민주국가가 일본열도에서 성립할 수 있을까?

어쨌거나 1974년 경 아프리카 동부 유서 깊은 입헌군주국, 옛 이름 아비시니아, 오늘날의 에티오피아, 거리상으로 대단히 멀다지만 우리와도 혈맹의 형제국가로 친근감이 각별했던 하일레 셀라시에 황실가문 1천3백여 년이란 장구한 내력이, 공산주의자 맹기스투 군부 쿠데타에 밀려 온전히 문을 닫고야 말았다. 그 후 수십 년 정치사회적 혼란과도기를 거친 현재에 와선 1천2백여 년에 이르는 일본 황실이 세계에서 가장 역사가 긴 단일가문으로 자리 잡게 됐다.

그렇듯 국가사회의 안정도에 따라서 나라의 입지가 결정되기 마련인지라, 오늘날 에티오피아와 한국이 서로 뒤바뀐 위상을 갖게 됐다. 다른 나라도 그렇겠지만, 특히 한반도 백성들은 한번 받은 은혜를 결코 잊지 않는 은근한 미덕이 심중에 유전자처럼 자리 잡고 있다. 하매 나라의 형편이 극적으로 뒤바뀐 오늘에 와서 일부 뜻있는 독지가와 단체들의 은혜 되갚기 운동이 여러 방면에서 시행되고 있고, 그 같은 자활운동이 에티오피아 민중사회저변으로부터 서서히, 더구나 자발적인 움직임으로 자리 잡고 있음을 다행스럽게 생각한다. 이것이 바로 '널리 이롭게 한다'는 홍익弘益사상의 단적인 발로가 아니고 무엇이겠는가, 한반도 배달민족이 지구촌에서 길이 앞세우고 나아갈 꿋꿋한 지표가 아닐 수 없겠다.

이른바 동북공정이란 삿된 이름으로 더욱 교묘하게 행해지는 중국의 현대판 역사왜곡도 그렇거니와, 이젠 오직 거짓과 기망에 오염되지 않은 한반도, 고조선의 순수하고 유일한 적통 배달민족만이 바로잡을 수 있는 동북아시아 공통의 역사숙제로 남겨질 공산이 크게 되고 말았다. 묻노니 그에 대한 한반도의 준비는 얼마나 되어있는가?

⋮

타임머신이 얹힌 곳은 나지막한 구릉지였다. 뒤로 높직한 산들이 병풍처럼 둘러있고, 탁 트인 전방은 제법 개활진 들판이었다. 논과 밭은 아닌 것으로 보아 인가에선 멀리 떨어짐이 확실했다. 하물며 통행도로조차 보이지 않으니 어딘지 깊숙한 외딴 분지에 들어온 모양이었다. 들판 너머로는 아주 먼 곳에 고만고만한 흐릿한 산들이 오밀조밀하게 꼭대기만 도열해 있으니 그쯤이면 인적이 있을 만도 했다. 해는 이미 중천에 높직이 솟아있었다.

달궈졌던 머신 몸체도 거의 다 식어 간간이 가느다란 아지랑이만 피워 올리고, 아른거리는 그 언저리에 가끔씩 말잠자리가 맴 맴을 돌았다. 하도 잔잔하고 평화로운 광경인지라 그간 목숨을 내놓고 이행하는 미지에의 시간 여행으로 말미암아 잠재해있던 두려움과 긴장감이 스스로 봄눈 녹듯 사라지는 쾌감이 온 전신을 짜릿하도록 흘렀다.

충분히 안전한 장소라고 여겨져 머신에 가해진 장시간의 피로를 지우기 위해 선체의 감시 장치는 물론 아예 예열전원마저 꺼뒀으니, 오직 손목에 찬 조절기와 헬멧만이 살아있었다.

야행성 짐승 맹수들이 쉬고 있을 낮 시간임을 믿고 잠시 머신에서 바깥을 나와 30여 미터 정도를 떨어져 거의 넋을 놓고 평화로운 사방을 조망하고 있는 중 헬멧 이어폰에서 '삑 삑 삑' 위험물체의 접근을 알리는 시그널이 울렸다. 옆에 숲에서 뭔가 온혈동물을 감지한 근거리 적외선 헤드센서가 그나마 작동을 해 알 수 있었다. 얼른 몸을 숨길만한 장소도 아닐뿐더러, 경솔하게도 머신 본체까지 전원을 완전히 정지한 상태를 순간적이나마 후회하며 혁은 바짝 긴장을 하고 사방을 휘둘러봤다.

앗? 사람, 사람이었다.

네발짐승의 움직임과 두발짐승의 그것엔 분명한 구별이 있다. 부스럭거리는 소리가 작아 큰 우려는 없었던 그대로 소리의 임자는 반갑기 짝이 없는 사람이었다, 그도 연세깨나 드심직한 할머니였으니, 충분히 마음을 놔도 좋을 따름이었다. 마음 한편은 분명 반갑기 짝이 없는 일이었지만, 다른 한편은 금기시된 시대인과의 무대책 접촉에 대한 두려움이란 이중적인 심사가 옳을 것이었다. 시간 여행자 수칙에야 시대인과의 직접적인 접촉은 가능한 피하라고 되어 있었지만, 의도치 않은 불시조우야 누구라도 피할 도리가 없었던 것이다. 하긴 이미 피하고 숨긴 늦어버렸다.

더 놀란 쪽은 상대방 노인이었다.

미리 헤드센서로부터 통고를 받은 혁이보단 잠깐이나마 늦었을 테지만, 어쨌든 거의 동시에 서로를 발견하곤 제자리에 못이 박힌 듯 밈춰신 할미는 다만 겁먹고 당황스런 눈빛으로 이쪽을 주시하고 있었다. 그도 그럴 것이 아무리 대낮이어도 그렇지 요상한 차림새의 정체를 알 수 없는 사내 하나가 사나운 맹수가 득시글거리는 깊은 산중에서 팔짱이나 낀 채로 그저 먼 경치만 바라보고 있으니 뜻하지 않은 놀라움도 당연했겠다. 다행이 한참 뒤편 바위 그늘 안에 서 있는 머신은 아직 발견하지 못한 모양이었다.

백의민족이란 통상의 상식처럼 흰색은 아니었다. 감물을 들인 듯 연한 녹색에다 소매 넓은 전형적인 농촌민중의 복색이었고, 손에 잡은 나무지팡이에 등에 진 보따리하며 차림새로 봐하니 할미는 약초꾼인 게 분명했다.

혁이 편에서 먼저 가벼운 미소와 함께 머리를 숙여 목례를 날려 보냈다. 함으로서 미지의 공포와 우려를 가시게 할 필요성은 컸다. 불시의 긴장감으로 잔뜩 충만했던 할미의 얼굴 표정이 안도의 가벼운 한숨과 함께 스르르 누그러지는 모습을 볼 수 있어 다행이었다.

"게서 뭐하는 사람이래유?"

역시 언제 어느 때 건 미소는 효과가 있었으니, 경험이 노회한 할미 편에서 먼저 여유를 찾고 지나치는 듯 말을 던져왔다.

"예, 그냥 잠깐…"

혁인 끝까지 얼굴에서 미소를 지우지 않고 음성까지 지나치는 듯 가능한 낮고 가볍게 응대를 했다.

"워디 마을서 오셨슈?"

억양도 분명한 우리네 충청도 말씨였다. 기절할 만큼 반가웠다.

"예, 저기 멀리서 지나가다가…"

혹시나 타임머신을 발견하시랴, 혁인 천천히 몸을 움직여 할미 시야의 반대편 쪽으로 약간 자리이동을 했다.

"입성이 그 뭐래유? 머리엔 또?"

"아예, 이건 그냥 먼 데서…."

낯선 젊은이의 온통 생소한 모습이기로서니 경계심이 남아있는 할미로서야 물음이 당연하시겠지만, 혁이로서야 하나하나가 모두 답하기 난처한 일색이기 마련이었다.

"안색이 해쓱허신디 어디 편찮으셔유?"

"예? 아예, 건강하답니다."

"젊은 양반이 점심은 드셨슈?"

"예? 아예, 먹었네요, 할머니."

할미는 떡 본 김에 제사나 지내시겠다는 듯, 산중에서 만난 의외의 사람이라도 악한은 아닌듯하니 등에 진 약초보따리를 내려놓고 제자리에 아예 털썩 주저앉았다. 더는 피할 수 없는 입장에서 머신이 눈이 띄지 않기를 바랄 뿐, 혁이도 함께 자리에 따라 앉을 수밖에 달리 도리가 없었다. 전 시대인 까마득한 조상 할미와의 의외로운 만남이 크게 조심스러운 일이긴 하다지만, 미지에의 호기심마저 없을 순 없었다.

"엣슈, 물이나 드슈."

하지만 대소쿠리를 꺼내 보자기를 풀어 내놓으시는 건 말씀처럼 막상 물만이 아니었다. 덥석 손을 내밀어 먼저 한 덩이 건네시는 건 호박잎사귀로 돌돌 말아 가느다란 새끼줄로 묶은 주먹밥이었다. 혁은 이를 어떻게 해야 할지 일시 갈피를 잡지 못하고 그냥 바라만 보고 있었다.

"아 뭐해유? 어여 받으슈?"

할미의 채근에 마지못해 두 손으로 받긴 받았지만, 차마 냉큼 입으로 가져갈 순 없었다. 혁이가 짐짓 망설이는 눈치를 아는지 모르는지 할미는 자신 몫의 주먹밥을 우적우적 씹기 시작했다.

"괜찮아유, 여그 또 있응께."

점심치곤 아직은 좀 이른 시간, 앞으로도 긴 시간을 약초나 따라 다니실 텐데, 함부로 산중 노인네의 식량을 축낼 수가 없어 망설이는 줄 아셨던 모양이었다. 하긴 아닌 게 아니라 그 같은 심정도 없지 않아 있었을 것이나, 아무튼 여러 가지 복잡한 심정으로 판단에 갈피를 세우기 어려운 게 사실은 사실이었다.

할미의 채근을 신호 삼아 혁인 가느다란 새끼줄을 하나하나 풀고 호박잎도 벗기고 일단 내용물을 살폈다. 쌀알은 거의 보이지 않았고 온갖 잡곡들, 그도 짙은 갈색 누룽지 한 덩이였다. 삶이 옹색한 시골 촌로가 공들여 마련한 식사채비가 틀림없었다. 아련한 그리움이 샘물처럼 솟아오를지언정 혁인 도저히 입으로 가져갈 수가 없었다. 혁인 단지 작은 한 조각을 살짝 손으로 떼어 입에 넣고 '바삭바삭' 고시대의 생생한 참맛을 음미하는 것으로 충분했다.

어련히 가마솥에 불을 때 아침식사를 준비하고 남은 먹거리였을 것이다. 아주 어렸을 적 시골 외갓집에서 느껴나 봤을까? 언제적인지 혁인 기억에도 가물거릴 정도로 오랜 토속적 고소한 향취가 코와 입속에서 맴, 맴을 돌았다.

"할머니 전 그저 물이나…."

혁인 조심스럽게 처음처럼 주먹밥의 포장을 다시 감싸기 시작했다.

"참말로 자신 모양이시네?"

"그럼요, 배가 불러서 마침 쉬고 있던 참에…."

"그라시유 그럼, 엣슈 물이나…."

다시 처음처럼 포장된 차분한 주먹밥을 할미네 작은 대소쿠리 안에 들여놓았다. 그리고 할미께서 혁이 앞으로 밀어놓은 흑갈색의 순토종 질그릇 옹기 장군호를 집어 들었다. 물이 새지 않도록 돌돌만 짚풀로 꽉 막아놓은 뚜껑을 비틀어 빼고, 컵이나 물그릇이 있을 리 없으니 그저 통째로 들고 입으로 벌컥벌컥 들이킬 밖에….

밀물처럼 밀려드는 이제의 감동을 어찌 다 표현할 수 있으랴, 정갈한 물은 시원함보다도 달았다. 달콤하기 짝이 없었다. 반쯤은 정감이라 해도 틀리지 않겠지만, 혁인 당 시대 물맛을 있는 그대로 감지하려고 자주 혀로 굴리고 입맛까지 다셔가며 신경깨나 썼다.

"우물물이에요?"

혁인 처음으로 할미에게 말을 건넸다.

"예, 울 마실 아래배미에선 물차기로 소문난 시암물이지유"

답을 마친 할미 역시 당연한 듯 장군호를 들고 입에 대고 벌컥벌컥 들이키셨다.

"꺼억" 할미가 함부로 내시는 트림마저도 정겨웠다.

그 바람에 깜박 정신을 차린 혁인 할미의 옆모습 프로필을 왼쪽 가슴에 달린 디지털 카메라로 몰래 꼭 한 장을 찍어뒀다.

"뵙자니 상깃 같진 않으신 젊은 양반은 뭣하시는 분이시래유?"

"예, 저, 그냥 거시기…."

더이상 뭐라 대꾸를 할 것인가, 응답을 기다리시는 눈치지만, 다소 섭섭하게 여기셔도 어쩔 수 없는 일이었다.

"그 희한한 머리 쓰게는 워디서 파셨대유?"

"예, 저기 멀리서요."

고기능성 하나뿐 한가하게 디자인이 고려될 여지란 없었다. 딱딱하고 시커먼 엔지니어링 플라스틱을 몸통으로, 온갖 금속성 잡동사니들이 주렁주렁, 번쩍번쩍한 쓰게 헬멧이 희한하지 않으면 그게 도리어 이상한 일이었을 것이다.

잠시 빈틈이 흘렀다.

"자 그럼 일 보시슈, 소인은 이만 가리다."

할미께서 주섬주섬 짐을 다시 챙기며 자리를 정돈했다. 혁인 약초가 절반쯤 든 보따리, 무게가 아직은 견딜만한 보따리를 들어 할미의 등에 지기 쉽도록 굵은 새끼줄 팔걸이를 열어 도왔다. 속으론 기왕에 안전이 보장된 바에야 조금만 더 앉아계셔서 뭔 말인들 더 나누고 싶음이 솔직히 굴뚝이었지만 말리지 않았다. 말릴 수가 없었다. 말려서도 안 되는 일이었다.

'앗?' 약초보따리를 등에 지고 몸을 일으켜 세운 할미의 눈길이 뒤편 바위그늘 속에 숨어있는 머신에게로 향했다가 멈칫 머무는 고갯짓의 또렷한 긴장성을 혁이 놓치지 않았다. 그랬었다. 용처야 자세히 모르시겠지만 무심은커녕 할미께선 처음부터 머신의 존재를 알고 있었음이 확실해 보였다. 다시 언뜻 혁이에게로 되돌아온 눈짓에 흐르는, 의미는 알 수 없는, 그러나 도탑고 정겨운 미소 한 줄기 따사롭게 와 닿았다.

"그럼 남은 일 잘보고 가시슈?"

혁이 또한 예의 미소 한 모금 석인 목례로 까마득한 조상 할미께
마지막 하직인사를 보내드렸다.

"내내 평안하세요, 할머니."

혁인 터벅터벅 언덕을 걸어 내려가시는 먼 조상 할미의 영원히 다
시 만나 뵈올 수 없을 뒷모습이 '버석 버석' 수풀을 헤치는 소리와 함
께 시야에서 아주 사라진 뒤에도 언제까지나 제자리에 서서 바라보
고만 있었다.

옹기 항아리마냥 순 토종 빛 질박한 한반도 할미, 검게 탄 순수시
대의 민낯이 능선너머로 완전히 몸을 감춘 뒤에도 한참을 그렇게 멍
하니 지켜보고 있다가 '아차!' 문득 상기된 바가 하나 있었으니, 3국
이 한창 각축을 벌이던 시기라면 그 조상 할미께오선 백제인 이셨을
까? 신라인이셨을까? 그도 아니면 영토를 한창 확대 번성하던 시기
의 고구려인?

05
한반도의 여성사

만고에 온유溫柔한 님이시여! 그대 이름은 할미,
임의 자비로서 세상은 구원될지니,
지고의 성신聖身으로 발현하소서.

이해하는 듯해도 많은 이들이 오해하기 쉬운 바가 있으니 여인, 나아가 어미의 자비심으로 세상을 부드럽게 구원할 수 있을 것이란 점이다. 그러나 이는 다분히 감상적인 쏠림일 뿐 여인과 어미의 자비심으로 구원할 수 있는 대상은 실상에선 유감스럽게도 사적인 입장에서 자신의 가족일 뿐이다. 하매 특징적으로 여성에게 부족한 공적 논리적 입장을 강조한다는 의미로 글머리의 호칭을 여인도 어미도 아닌 하필 할미라 칭했음이다. 그러나 조직의 단위가 커지면 커질수록 역시 이성적이고 논리적이나, 다분히 투쟁적 성향이 강한 남성적 특질이 성능과 효율 면에서 안정성보다 우선할 수 있었던 것이다.

농본사회는 양력보단 역시 음력이라야 유리하기 마련인데다 남성의 평균수명이 불과 20세 남짓에 그칠 때 여성의 수명은 그의 배도 훨씬 넘었으니, 집안 대소사와 저간의 내력을 속속들이 기억하고 전승도 하는, 즉 주요정보를 독점하는 할미가 가족 또는 씨족사회 최고 어른 됨이 당연했으니, 이것이 곧 모계사회 형성의 원인이 된다. 초기엔 가족단위가 그리 크지 않기로 제정일치의 지도자 즉 어른은 할미 한사람으로 족했다.

바로 여기에 할미가 집안의 대소사에 관한 주도권을 거머쥘 수밖에 없는, 제사장이 될 수밖에 없는 긴한 이유가 하나 숨어있다. 집안의 대소간 행사를 계산하고 기억하는데 필요한 산법 아들며느리, 손자며느리 등 집안의 여인네들끼리만 쉬쉬 통용되고 전수되는 비전의 수치계산법 한 가지가 있음이 그것이다. 남성들에겐 소용도 없을 뿐더러 몇 번을 가르쳐줘도 도통 기억하질 못한다니, 그것은 바로 달거리 즉 월경주기 계산법이기 때문이었다. 알다시피 여성의 생리주기는 세시풍속도 그렇거니와 규방에서 주된 행사를 치르는 음력과 정확히 일치하기로 요령을 한 번만 가르쳐주면 몸으로 납득함으로서 그 즉시 통달하기 마련이다. 하매 집안의 대소사 이력과 농사일정 간의 상관관계에서 음력과 양력 간의 날짜를 어김없이 연계시키려면 역시 정확한 수동계산기인 여성들일 수밖에 없었던 점도 이유가 됐다. 남자들은 도무지 불가능한, 그 길고 복잡한 가문의 숱한 행사들을 집게손가락 마디를 차례로 콕콕 집어가며 하나도 빠짐없이 정확하게 계산해내는 능력이 하도 신기해 맘먹고 여쭤본다고 했지만, 빙긋이 웃으시기만 할 뿐, 친할머니도 외할머니도 도통 말씀을 해주시

지 않던 저간의 이유를 혁인 나이 20이 넘어서야 겨우 깨달을 수 있었던 것이다.

앞서 기술한 대로 생태적으로 여성은 남성처럼 외부지향의 도전적 성향보다 내부지향의 안정을 희구하는 성향이 강하고, 안정화 조정 능력과 희생심도 우월함이 사실이다. 성城을 창성하기엔 남성적 기질과 기운이 앞서겠지만, 창성 뒤 수성엔 역시 여성의 안정감이 긴요한 것이니까.

사회의 최소단위가 가족에서 씨족단위로, 다시 부족단위로 크기가 점차 커지고 인지와 도구의 발달에 따라 바깥과의 접촉이 널리 확대되고 인구도 늘어가면서 내적인 안정감보다 외적인 개척성향이 중요시됨에 따라 조금씩 남성성 위주인 부계사회로 이전해 갔다. 이 즈음에 탁월한 문명을 가진 환인환웅이라 칭하는 북녘 아비 족의 남하는 시기로서 적절했으니, 여성 위주의 모계사회에서 남성 위주의 부계사회로의 이전은 인내하는 시간문제일 뿐 그다지 우려할 만한 충돌이라든가 갈등은 없었을 것이다. 같은 내용의 생활이라도 세심함을 제외하면 가정의 발전과 외적 성장은 부계사회의 흐름이 스피드도 빠르고 대외 경쟁력을 확보하는데도 한결 유리했다. 그렇다. 새 시대 새로운 조직사회 인프라는 내부안정도보다 남성적 힘의 논리를 앞세운 강력한 대외경쟁력이기 때문이었다.

부계사회로 주도권이 이동한 뒤에도 모계사회 전통적인 여성의 특질이 사라지지 않고 엄연히 존재하면서 남성과 동등한 자격으로 사회의 공평한 구도를 유지하며 내부적 전통을 길게 유지했다. 특히 음력에 기반을 둔 세시풍속과 규방 문화에서의 재래전통은 확고했다. 후대 조선왕조에서 보이듯 지나치게 철저한 부계구조보다 한결 효율적이고 훨씬 이상사회에 가까운 구조였다고 생각된다.

27대 선덕, 28대 진덕, 51대 진성여왕 등 능력에 따라 얼마든지 여성도 최고 통치자 임금이 될 수 있었고, 성性의 구별 없이 권력이 이전되고 가계가 전승되기도 했다. 그토록 실행력과 안정성이란 양성 밸런스가 갖춰졌을 때 한반도는 전래의 호경기, 안정감 있는 균형사회를 유지했다. 길게 봐 통일신라시대 말기까지의 흐름이 바로 그랬으니 이야말로 신라 천년왕조의 내적 요인이었다고 생각된다.

외향의 힘이 필요할 시기에 모계사회는 능률과 스피드 면에서 효율적이지 못해 외적의 침입에 핍박을 당하기도 했고, 내적 발전과 안정이 필요한 시기에 부계사회는 잉여에너지가 내부반란과 파벌 간의 정쟁으로 스스로 자멸하는 상황까지 몰아가기도 했다.

적절한 양성구조로 호르몬 또는 영양분의 균형이 갖춰지지 않은 채 오랜 시간이 경과할 경우 신체는 반드시 중독증상 또는 결핍현상 어느 쪽인가 병증을 드러내게 된다. 조선시대 후반 지나친 부계적 권위주의가 길게 대를 이어감에 따라 결국엔 누적된 자가중독 증상을 극복하지 못한 채 서서히 망국의 길로 들어섰던 역사적 사실도 이러한 누적된 병리현상의 종국적 결말이랄 수 있다.

오천 년 전 석기시대, 청동기시대의 한반도에서 출토되는 유물에서 발견되는 옹기와 현재까지 실생활에서 사용되고 있는 항아리의 문양과 형태는 놀랄 만큼 같은 형태를 유지하고 있다. 수천 년이 지나도 전혀 바뀌지 않는 항아리의 자태는 처음 만들 때부터 이미 완성된 완벽한 디자인적 요소와 실용적 형태 이외에도 그것이 여성의 주생활 속에서 튼튼하게 자리 잡았기 때문에 비로소 가능했다고 말할 수 있다. 비단 항아리에 국한된 것만은 아니다. 우리네 고유한 식문화에서도 그렇듯 생활저변 의식주 도처에서 여성적인 특징을 얼마든지 찾아낼 수 있으니까.

고려시대를 거치면서 한반도 역사의 가장 큰 희생양은 여성이었다.
일본으로 건너가 일본국가의 시조인 '아마데라스 오미카미'가 됐고 중국 대륙으로 건너가 중국 황실의 모체 '여화'가 되기도 했던 한반도의 어미가 자신의 터전에서는 그토록 강건한 특질을 인정받지 못한 채 보호자가 아니라 오히려 철저한 희생자가 되고 말았던 것이다. 현재에 와서 우리네 할미는 비공식적 고려장 상태에 놓여있음을 부정하긴 어렵다.

고려시대를 거쳐 조선시대에 이르러 여성의 지위와 역할은 후퇴할 대로 후퇴하고 말았다. 철저한 부계중심의 왕권계승과 사회요소의 독점은 문자의 독점으로까지 이어져 한반도 여성사를 철저한 암흑시대로 만들었으니, 가부장적 남성적 성향이 강한 유학의 숨겨진 폐단이 그의 일익을 확실히 담당했다. 동방에선 그토록 발달했던 성리학이 실질을 외면하고 허랑한 공론에 그치고만 이유도 실생활의 절반을 틀림없이 점유하고 있던 여성들의 이해와 동의를 구하지 못했기 때문에도 이유가 있다. 이에 반해 중국본토에선 벌써 오래전 성가를 잃은 주자학의 일부가 우리네 여성 안에 자리를 잡으면서 사회성의 퇴락은 되레 가속화됐다. 여성 나아가 할미를 묵살하는 대신 잘못된 도참설, 풍수지리사상으로 대체되면서 사회는 퇴보일로의 걸음을 꾸준히 걸었으니, 할미 자체가 모태로서의 대지의 본성을 깊이 가지고 있었기에 도래의 풍수지리사상과는 생리적으로 상극이었던 것이다.

여성의 가치가 자꾸 하락하면 할수록 한반도가 점유하던 국토는 비례해서 줄어들었다. 드넓은 만주 벌판을 경영하던 대륙국가에서 반도국가로 축소됐고, 그래도 깨닫지 못하자 또 다시 남과 북으로 나뉘어 일개 분단국가로 전락했다. 이러한 분단국가가 어떤 요인에 의해서 다시 반도국가로 통일이 된다 해도 그러한 상태는 결코 오래 갈 수 없다. 대륙 국가는 차치하고 반도국가의 무게를 감당할 만한 주체로서의 의식상 탄력이 구비되어 있지 못하기 때문이다.

한 국가사회를 경영하는데 우선하는 것은 현재의 논리처럼 경제력과 힘의 논리에만 의존하지는 않는다. 그보다 우선하는 것은 안정감 즉 할미로부터 보급을 받아야 갖춰질 요소임은 확실하다. 가까운 중국과 일본의 여성관과 비교해 봐도 우리의 현실적 여성관은 명백히 뒤쳐진다.

일본의 국가조상이 여성 즉 할머니라는 사실은 보이지 않는 저변의 밸린스를 유지하는데 명백한 심리적 충족을 채워주고 있다. 겉보기엔 일본의 여성들도 한반도의 여성들처럼 폐쇄되고 은둔의 저변에 똬리 틀고 있는 것 같으나, 내면의 실체는 우리의 그것과 커다란 차이가 있다. 일본사회가 내부로부터 흔들림이 적은 이유는 바로 의식 속에 할미가 살아있기 때문이다.

현대 일본 대중문화의 다양성과 치밀함, 창조적 섬세함은 일본사회 저변에 살아 숨 쉬는 여성적 세계의 분명한 증거이다. 남성적인 시각과 주도권으로는 여간해서 표출되기 어려운 또 다른 안정성의 세계를 말함이다. 섬세하나 약한 것이 여성이고 거칠고 강한 것이 남성이라는 그릇된 물리적 힘의 양성논리 즉 편견에 속아 온 우리의 의식이기에, 그같이 무리한 이분법적 편견을 과감히 깨뜨려야만 발현될 수 있는 원천 에너지이다.

세계사에 내놓을 수 있는 원천의 인간 가치를 배달민족은 분명히 가지고 있다. 그러나 그것이 사라진다 해도 세계사의 도도한 흐름엔 일점도 영향을 끼치지 못할 것이다. 결국 자존적 가치 즉 넋을 빼앗긴 채 정신 못 차리는 배달민족이 사라지고 껍데기 코리언만 남은 뒤 불과 수십 년을 넘기지 못해 대륙에 복속됨으로서 배달민족은 영원히 지구상에서 사라질 것이고, 세계민들에게 제시할 수 있는 바람직한 공유의 홍익사상도 함께 사라질 것이고, 수천 년의 염원인 중국민족의 모태인 한반도 중화 열망은 기필코 달성될 것이다. 한시가 급하다. 한시가.

　언제까지나 한 곳에 머물 순 없었으니 혁은 다시 몸을 추슬러 머신으로 향했다. 원치도 않았고, 계획에도 없는 고시대인 할미와의 우연한 조우였지만, 먼 조상 할미로부터 받은 느낌, 가슴 꽉 찬 감동은 오늘 내내 아무것도 먹지 않아도 그득할 것만 같았다.

　손목조절기에 운행개시 버튼을 클릭을 하자, 깊이 휴식에 잠겨있던 머신이 깨어나기 시작했다. 엘리베이터가 내려오고 슬라이딩 도어도 열렸다. '툭툭' 대충 시늉이라도 몸과 유니폼을 털고 안으로 들어갔다. '위잉' 세척용 환기팬이 돌아가며 몸에 남아있을 수도 있는 외부의 잔재를 마저 털어냈다. 오라는 곳은 없어도 갈 곳, 기다리는 곳은 많았다.

　혁은 시스템 점검표를 메인모니터에 띄워놓고 순차대로 전반적인 점검을 이행했다. 이어서 시간 여행을 떠나는 일련의 절차가 치밀하게 입력된 프로그램을 따라 조심스럽게 수행되고, 중력을 버린 머신은 드디어 옛 땅을 다시 떠올랐다. 혁이 생전 이 시점에 다시 와볼 수 없을 것은 당연했다.

　혁은 도달할 시점을 -200년에 맞춰놓고 레버를 당겼다. 얼마나 깜깜한 어둠 속을 지나다가 '징 징 지잉' 알람 소리와 함께 곧 현신 단계로 들어갔다.

　하지만 선체가 약간의 무게를 찾을 무렵, 그러니까 절반쯤 현신을 했을 때 갑자기 심각한 충격에 깜짝 놀랄 수밖에 없었다. '우당탕탕'

선체를 마구 뒤흔드는 갑작스런 충격에 맞닥뜨렸기 때문이었으니, '화들짝' 놀란 혁은 서둘러 다시 상승하고자 이온 팬을 켜고 회전속도를 최대한으로 올렸다. 하지만 고도가 높아진들 소란은 그치지 않았다. 어제처럼 착륙할 장소로부터 발생한 문제가 아니었다.

그랬었다. 바깥은 주룩주룩 비가 내리고 있었고, 물에 젖은 머신 몸체에 흐르는 초고전압이 선체 사이에서 심각한 고압방전을 일으키고 있었기 때문이었다. 이점은 설계단계에서 전혀 고려되지 못한 사항이었으니, 불찰도 심각한 불찰이었다. 어쩔 수 없었다. 무리한 상황에 선체가 얼마나 견뎌줄지 모르는 상황이었지만 시간대를 다시 옮길 방도뿐이었으니, 아닌 게 아니라 테슬라 초고전압 발진기에서 선체의 위기를 알리는 비정상적인 소리가 들려왔다. 다급하게 다시 전압을 높이고 이온 챔버도 가동시키고 목적시간대를 -100에 놓고 레버를 서둘러 당겼다. 잠깐 뒤 시간대를 벗어나면서 선체는 비로소 고요와 평정을 되찾았다. 안도의 긴 한숨과 함께 목적시에 도달했다는 알림을 듣고 다시 현신 절차에 들어갔다. 이번엔 고도가 내려가도 아무 일 없었다.

흐릿하게 보이는 아래는 온통 높직한 나무들로 빽빽한 수림천지였다. 얼른 위치좌표의 수치를 살펴봤다. 원점으로부터 동떨어진 거리로 미뤄 보다 내륙지방이 틀림없었다. 전기 원삼국시대가 끝나가고 후삼국시대가 도래할 통일신라시대 즈음이었다.

천천히 울창한 나무숲을 피해 가장 높은 산정을 착륙지점으로 선택했다. 몇 차례 바람 찾기에 실패하다가 아주 높은 고공에서 결국

제대로의 바람을 만날 수가 있었다. 오르락내리락 거리며 갈지자로
원하는 안전한 장소 머리 위에 겨우 다다를 수가 있었고, 망설임 없
이 곧바로 하강을 시도했다. 우여곡절迂餘曲折 끝에 무사히 풀 포기
하나 없는 바위투성이 산 정상에 선체를 안착시킬 수 있었다. 머리
정상부에 떠있던 태양은 어느 듯 서편으로 약간씩 기울기 시작했고
날씨는 쾌청했다.

　머신이 대지에 발을 딛자마자 혁은 우선 선체의 전반적인 점검에
들어가야 했다. 극심한 초고전압 뇌전현상으로 머신 세부에 어떤 일
이 발생했는지 알아봄이 급선무였음은 당연했으니까.

06
후삼국과 고려시대

   매너리즘에 깊숙이 빠진 통일신라를 배경으로, 한걸음 먼저 문을 닫은 고구려의 유민 대조영에 의해 만주를 중심으로 개국한 발해가 연이어 지는 자연재난과 거란족 야율아보기의 끊임없는 습격으로 698년 건국한 지 약 230여 년 만인 926년 경 문을 닫은 발해, 최후엔 백두산 대 분화에 결정적인 타격을 받고 국가의 재건에 실패한 발해의 남쪽, 중국과 통일신라의 영향력이 미치기 어려워 거의 무주공산에 놓인 지역에서 후삼국시대의 한편, 고려의 전신, 대방을 연궁예, 901년 철원을 도읍지로 세워진 뒤 마진, 태봉을 거쳐 왕건에 의해 무너질 때까지 약 18년 간 존속했음은 이미 잘 알려져 있다. 그의 태생에 대해 여러 가지 설이 분분하지만 여기선 구태여 거론치 않기로 한다. 다만 먼저 짚고 넘어가고자 하는 바는 궁예가 확실하게 문자 즉 한자를 해득하고 있었다는 점이다. 주지하듯 일반인들은 거의 문맹이었던 시절에 궁예는 입장이 불교의 승려였던 바, 상당히 고도의 문자지식이 갖춰졌을 것은 확실하다. 그러자니 세상 이치와 사리에 밝을 수가 있었고, 게다가 가슴 속엔 야망까지 있었다. 무지몽매한 지방 토호들을 상대로 온갖 난관을 넘기며 궁예는 제 입지를 차츰 키울 수 있었고, 드디어 정형화된 조직까지 갖출 수 있게 됐다. 그즈음 휘하에 경상도 상주지방 유력자 왕륭의 자손 왕건이란 걸출한 인재가 선택되어 시종을 함께 했으니 이도 운명이었다.

그뿐이었다. 궁예는 문자를 먼저 해득했기에 나름대로 시초의 영웅으로 행세할 수가 있었을 뿐 막상 그릇은 작았던 인물이었으니, 국가 조직이 제대로 갖춰지고 입지가 탄탄하게 보장되자 주어진 권위와 막강한 권력을 소화시키지 못해 그만 머리가 돌아버린 것이다. 결국 숱하게 휘몰아치는 폭정을 넘는 광란을 참다못한 수하 왕건에 의해 경기도 포천 명성산에서 제거되고, 뒤를 왕건이 잇게 됐음은 우리가 알고 있는 그대로이다.

왕건도 시작은 사실상 일자무식에 머물러있었다. 후삼국이 각축전 중에 후백제의 후방 나주지역으로 원정을 나갔다가 맞아들인 후처에게서 문자를 배워 고도의 식견은 몰라도 조직통치에 필요한 저간의 이론과 학습의 중요성 정도는 깨우칠 수 있었을 것으로 사료된다. 하매 다방면으로 이치에 밝고 깨우침이 있는 인재들을 중요시여겨 늘 주위에 가까이 둠으로서 종국엔 918년 고려국의 건립이 가능할 수 있었던 것이다.

이에 반해 소규모 지역을 기반 삼은 지역유력자들의 무인전통은 용력과 기운과 두둑한 배포를 뭣보다 앞세울 뿐, 학문이란 하릴없이 입빠른 선비들의 고리타분한 일이자 공연한 두통거리였을 뿐, 이 같은 무식한 전통은 이후까지 길게 이어진다. 물론 규모가 작아서 아직 정규조직이랄 수 없는 지역유지 토호들의 단출한 입장은 다만 힘의 논리가 절대 우선이었기에 순간적인 용력과 두둑한 배짱으로 일을 처결하면 그뿐, 대규모 조직과 민중통치에 대한 정치사회적 통치기술은 별반 중요치도 필요치도 않았다.

왕건이 집권에 앞서 미리 문자를 깨우쳐 무식의 범주에서 벗어날 수 있었다함은, 결국 고려조가 한반도 통일국가로까지 무사히 이어질 수 있는 확고한 요인이 됐다. 씨족집단, 부족사회 수준과 규모를 넘어 조직적인 국가형태에선 상당히 고도의 통치술, 천문학, 지구과학, 산술적 통계학, 행정, 법률, 하다못해 의술 등 백성들의 의, 식, 주에 필요한 깊이 있는 이론과 실체들이 다각적으로 총동원되지 않으면 안 되는 매우 복잡다기한 일이기 때문이었다.

고려건국 이후 18대 의종 무렵까지도 오로지 용력에 의지하는 무인집단의 무식한 전통은 역시 변함이 없었다. 심지어 무반을 똑같이 숭상한 고려 태조 왕건 덕분에 궁성 즉 중앙정부에까지 진출한 공신 무관들도 예외는 아니었다. 때문에 통치에 관한 이치와 학술적 논리엔 어두운 채 오로지 기운 하나에만 의지하는 까막눈 무인들의 불통의 답답함을 치밀하게 교육과 조직적 훈련까지 받은 문인들이 용인하긴 어려웠다. 결국 답답함을 견디지 못한 궁내부 문관들로부터 뺨을 얻어맞는 등 업신여김과 차별이 노골적으로 표출되자, 이에 분개한 이의방, 이고 등 선무공신들과 함께 1170년(의종 24년) 마침내 거사를 벌여 숱한 문신들을 척살하고 실권을 거머쥐게 된 바가 바로 정중부의 난으로 불리는 12세기 후반 무신정권의 탄생이다. 하지만 기운과 배포만 있었지 막상 통치에 대한 이치와 기술을 알지 못하는 무식한 입장에서 복잡다기한 국가통치가 뜻대로 흐를 린 없었다.

숱한 문관들을 척살하고 문관 위주의 통치기구 도방을 허문 뒤 무인들만의 통치 집단 이른바 새도우 캐비닛인 중방을 설치했지만, 운영이 여의치 않았다. 너나없이 다 같이 무식한 입장에서 어디 나도 한번 최고 권력자가 돼보자는 헛된 사욕에 사로잡힌 나머지, 중방의 수뇌들이 죽음으로서 권좌가 바뀌는 경우가 일반화되고 말았으니, 먼저 혁명공신 이고가 장군도 아닌 중랑장(대령) 입장에서 매사 반발을 일삼다가 결국 같은 혁명동료이자 벽상공신 이의방에게 참살을 당할 정도로 중방의 수준은 말씀이 아니었다. 이의방조차도 숱한 살육을 벌이며 독재를 휘두르다 결국 정중부의 아들에게 참살당하는 등, 잦은 내분을 거치며 학문의 필요성을 통절하게 경험한 그때부터 무인들도 자손들에게 필연이 글을 배우게 했으니, 그나마 1세기 백년이란 무신통치 기간이 가능한 연유이기도 했다.

무신정변 이후 이의방-정중부-경대승-이의민으로 이어지던 초창기의 혼란스러운 정국이 1196년 최충헌에 의해 정리됐다. 이의민을 죽이고 전면에 등장한 최충헌이 가장 먼저 한 일은 태조 왕건의 3째 아들이자 제4대 명종을 쫓아낸 것으로, 재임 20여 년간 4명의 임금을 멋대로 갈아치우며 무소불위의 독재 권력을 휘둘렀다. 하지만 무신정권은 실권만 행사할 뿐 막상 왕실의 왕권까지 탈취하진 않았으니, 허수아비일지언정 명목상 왕조의 계승은 지속됐다. 고려왕실 또한 애초부터 저들의 권위를 유지하는데 골몰했을 뿐, 그럴 수만 있다면 충신역적의 구분은 중요치 않았던 것으로, 바로 이점 때문에 무신정권도 꼭두각시일지언정 왕실의 존속을 꾀했던 것이고,

그러는 1세기 백 년에 걸친 무인통치시대도 결국 끝을 봤으니, 그칠 줄 모르는 몽골군의 침략도 그렇고 장기간의 내우외환內憂外患에 지쳐 한계에 이른 최 씨 세습정권은 1258년 3대 실권자 최의가 친원파에 의해 살해되면서 통치 62년 만에 막을 내리게 되고, 1270년 24대 원종이 드디어 대통과 실권을 다시 이양 받지만, 원나라에 투항하라는 무신정권의 명령에 반기를 들고 따로 독자적인 활동에 들어간 이른바 삼별초의 난이 발생함에 이어, 이번엔 쓰러져가는 상국 명나라를 치라는 이중적 명령에 대한 또 다른 항명으로, 이성계 장군의 위화도 회군이란 본격적인 반기와 함께 어지러운 고려조는 기어코 자멸로서 나라의 문을 닫고야 만다. 이처럼 후대엔 막중한 인류문화유산으로 숭앙을 받을지언정 국란을 해소하기 위해 총력을 다 한 최후의 몸부림이 겨우 고려대장경 출간이었단다.

여기서 우리와 몽골과의 관계를 한 번쯤 냉정하게 거론치 않을 수가 없다. 여러 차례 기술한 바와 같이 북국 기마민족 몽골은 틀림없는 우리네 아비민족이다. 이는 대부분의 우리민족 엉덩이에 지워지지 않는 흔적으로 남아있으니 이름조차 몽골반점이 그것이다. 참고로 몽골반점은 같은 몽골족인 알래스카 원주민과 북미 인디언, 멕시코 원주민들에게도 있다.

몽골의 미래와 운명은 기실 모국이자 외가인 한반도와 연계가 가장 긴요했다. 그토록 중요한 어머니 나라 한반도가 중화주의 모화사조에 너무 깊숙이 함몰된 나머지 저간의 이치도 모른 채 우물 안 개구리가 되어 아비 족을 감히 오랑캐라 업신여기며 내내 외면을 했으니 안타깝기가 이루 말할 수가 없었을 것이다. 하매 기회만 있으면 한반도 외가와 모쪼록 긴밀한 관계를 회복하고 싶었으나, 다만 완력에 의존하는 접근방법에 다소간 문제가 있어 매번 뜻대로 되지 못했고, 결국 전도가 막힌 내륙국가 몽골은 급속한 위축을 피하지 못하고 말았다. 태초의 환인조상처럼 우호적 태세를 잃어버리고 오로지 대결적 태세로 일관한 것은 결정적인 실책이었다. 몽골이나 우리나 생각 없이 살면 당한 뒤에 생각한다고 했고, 그땐 이미 한걸음 늦기 마련이었다.

한반도 배달민족은 하늘의 자손 즉 천손의 근본과 내력을 표방하는지라, 힘으로 두드려선 결단코 굴복시킬 수 없다. 오직 감동감화를 통해서 스스로 경외심을 불러일으키도록 부추김에 일단의 가능성이 있을 뿐이다.

신라조정 망함의 상징적인 요소를 포석정에서 들은 바 있으나, 고려조에서는 청기와를 하필 망조의 상징으로 잡고자 한다.

후세에 이를 바 없이 귀한 보물로 여기는 고려조의 유산 고려청자는 한반도만이 아니라 전 세계적으로도 그의 성가를 매우 높이 사고 있음은 주지의 사실이다. 고대엔 청색 안료가 워낙 귀한 대접을 받았다지만, 후에 밝혀졌듯 고려조 당시엔 오직 중동아시아 아프가니스탄 일부 지역에서만 생산되던 광물질, 신비한 색상이 말해주듯 하늘과 천사를 대표하는, 오늘날에도 그렇듯 보석으로도 사용되는 귀한 코발트 성분의 광물질 청금석靑金石, Lapis-Lazuli을 수입해 백토와 함께 만들어지는 비취색 청자기는 만들어질 고려조 당시에도 역시 대단히 값비싼 귀물이었다. 사치와 허영에 따른 민간의 적폐가 오죽이나 심했으면 일반 민중은 개별적으로 소유하지 못하도록 하는 법제까지 한때 만들어질 정도였으니 말이다. 당 시대 유럽 왕실과 상류 귀족층엔 이미 '본차이나 (Bone china)'란 대명사처럼 중국 송나라의 명품 도자기가 연간 수백만 점씩이나 유럽 각국으로 쏟아져 들어갈 이른바 동양문명의 전성기였다. 하지만 쉽게 또 대량으로 구할 수 없었던 소의 뼛가루 이외 도자기를 만들기 위한 모든 여건이 충실히 갖춰져 있던 조선반도에선 그 비싼 값에 왕실과 일부 상류층을 제외하면 일반 여염집에선 마련할 엄두를 내지 못해 준비된 자원과 그 좋은 머리를 굴려 스스로 만들어 쓸 도리밖에 없었다. 그렇듯 적당한 청자기 하나가 땅 몇 마지기에 해당할 정도로 값비싸고 호사스런 청자를 기와로 만들었다고 생각해 보면 그게 그리 녹록한 상황일 순 없었다. 그토록 귀하기에 값 비싼 청금석의 대체품으로 연구된 식물성 잿물과 유약 등 청자기 제작 비방조차 질기게 유전되는 망국적 비밀주의 탓에 고려조가 문을 닫으며 이내 끊기고 말았으니, 그때까지도 한반도는 누 차례 실패한 역사에서 느끼고 배운 바가 전혀 없었던 것이다.

참고로 중국 황실에서 필요한 황색 안료에도 우리 민중에겐 아픈 기억이 서려 있으니, 아무리 지엄하단들 중국 황실에서도 온통 누런 황금으로 황실의 필요도를 모두 채울 순 없는 일이었다. 이즈음 조선반도의 기상특질에 맞는 특산의 옻나무 중에도 바로 황칠나무가 황금 대체용으로 매우 적절함을 눈치 챈 중국황실로부터 시시때때로 막대한 양의 이른바 조공을 강요받음으로서 이의 소요를 충당하기 위해 민중에게 가해지는 고난이 이만저만이 아니었단다. 하매 조선반도 남반부 아열대 지역에 자생하던 황칠나무가 오히려 눈에 띄는 대로 베임을 당하고 말았던 탓에 그렇지 않아도 번식이 까다로운 황칠나무가 더더욱 희귀해진 원인이 됐다. 하지만 일본 황실에서도 황칠이 절실하게 필요한 바였으나 요구되는 양도 농민들이 부업 삼아 감당할 만했고, 더구나 깍듯하게 비용이 지불 됐으니 일부나마 재난을 피해 오늘날까지 살아남을 수가 있었단다.

418년 고구려 눌지왕에 의해 창건된 이후 임진왜란 때 불에 거의 타버려 1610년 광해군에 의해 복구된, 오늘날 경상북도 김천 황악산 자락에 앉아있는 유서 깊은 사찰 직지사에 가보자. 가서 우람한 대웅전(보물 제1576호)을 정면에서 바라보자면 용마루 꼭대기 한복판에 주변에 보편적인 검은색과 유난히 다른 색상의 연푸른색 수키와 한 장이 앉아있을 것이니 그게 바로 힘겹게 살아남아 현존하는 고려조의 마지막 성한 청기와인 것이다. 물론 금빛으로 치장하는 황색 기와가 있으나 이는 이름처럼 오직 중국 황실에서만 사용될 수 있을 뿐, 청기와는 궁궐과 사찰 등 절대성이 깊은 건물에만 오를 수 있는 제후국의 물건이었다. 궁궐과 사찰 그 크고 너른 팔작지붕 위에 얹는 기와라면 암키와 수키와, 막새에서 와당까지 그게 어디 몇십 장의 수량에 그칠 것인가, 그럼에도 얼마나 통한이 깊었으면 모두 깡그리 파괴되고 성한 것은 오늘날 그것만 간신히 남아있겠는가, 그도 20세기 중 후반 무렵 불의의 도난을 당했다가 용케 다시 되찾을 수 있었기에 이번엔 아예 시멘트로 두껍게 뒤덮여 의미 사나운 그마저 이빈엔 볼썽까지 사나운 모습으로 우리 눈에 내보임으로서 예전 고려조 영욕의 역사를 더욱 증폭시키고 있다.

고려가 망조에 들 즈음에 발생한 군부 봉기 시에 먼저 파괴된 이유를 생각했는지 마는지, 오늘의 불교 교단도 무심한 교단이려니와 보물도 보물 나름이지, 나라를 망쳐 먹은 증명이자 볼썽사나운 불망기不忘記인 청기와를 보고 다만 자랑스럽고 보배롭게 생각한다면 그는 역사를 옳게 생각하는 진중한 사람이랄 수 없겠다.

서기 958년 고려 초기(광종 9년) 중국에서 귀화한 문관 쌍기의 건의로 도입, 조선조 후반까지 길게 유지된 관리의 등용문 과거제도는 우선 고려조 인재양성에 지대한 공헌을 했음은 사실이다. 동시에 한반도의 역사와 의식체계는 한자를 앞세운 중국 유학의 문화적 소나기에 급속히 오염되기 시작했다. 그와 함께 문치시대 고려조에서의 불교는 내내 귀족집단과 왕실과 치밀하게 결탁해 화려한 제 입지를 키우고 권한도 누렸다. 비록 학문엔 무식할지언정 그래도 남성다운 의기와 정의를 앞세우는 무인집단이 그의 폐단을 용인할 수 없었으니, 1170년경 발발한 무신정변 이후 불교 교단과 승려들은 문관들 못지않게 혹심한 탄압을 받았다. 종교 본연의 임무인 어지러운 세상, 도탄에 빠져있는 민중 구제는 외면하고 세속적 쾌락과 온갖 협잡으로 권세를 앞세운 나머지 결국 나라를 파국으로까지 이끈 결과는 그 같은 대접이 당연했을 것이다. 나라가 진정 위태로울 땐 승병을 조직해 적극적으로 위기 국난에 대응한 적도 없지 않다지만, 그도 한때의 제스처일 뿐 종내 타락과 향락에 빠져들지 않은 태평성대太平聖代는 기억에 없다.

높은 지적 수준에도 불구하고 호사와 탐욕으로 중용을 잃은 귀족 사회와, 타성적 무능에 빠진 왕실, 무지몽매한 민중과는 달리 문자를 이해하는 덕분에 고급 정보에도 접근할 수 있어 식자층에 끼어들 수 있었던 불교, 민중 구제라는 종교 본연의 임무를 망각하고 귀족 사회와 결탁함으로서 오히려 세상을 크게 어지럽힌 그들이 결국 고려조를 온통 말아먹은 셈이었다.

끈질긴 몽골제국의 침략을 막아낸다는 명분이 국력 재정비보단 겨우 고려대장경이었다. 후대엔 세계문화유산으로 추앙을 받으며 엄청난 학술적 중요도를 지닌다지만, 명백한 국력과 시간 낭비, 의식적 분산을 초래했다. 대장경이 완성되고 불과 한 세대를 넘기지 못해 청기와 무너짐과 함께 결국 고려조도 문을 닫았으니 말이다. 물론 청기와가 고려조에만 국한된 것은 아니다. 조선조 후반까지 그 명색은 길게 유지되고 있었으니, 소문난 역사유적의 뒤를 따라가 보면 안다. 국가가 위기일수록 사찰과 왕실의 안녕과 번성을 위해 헛되이 시간과 막대한 재화를 낭비했다가 종국엔 민심마저 잃고 나라의 문을 닫은 백제도 신라도 그렇듯 다시 말하거니와 되돌아봐 반성하지 않는 역사는 반드시 반복되기 마련이란다.

20세기 중엽 36년여에 걸친 일제 식민지 시대가 끝나고 곧 이어진 6.25 내전에 의한 극심한 전화에도 불구, 지속되는 내정의 혼탁함과 극단의 부정부패를 참지 못해 4.19 학생 의거가 먼저 있었고, 이듬해인 1961년 박정희 당시 육군 소장에 의해 또다시 벌어진 5.16 군사혁명이 있었다. 이후 나리의 위신을 생각해 낡고 이미지도 안 좋은 기존의 경무대를 헐고 서울특별시 종로구 세종로 1번지에 만들어진 한국 대통령이 머무는 공식관사를 우린 청와대靑瓦臺라고 부른다. 그럼 그 같은 역사상 뼈아프고 망국의 차마 굴욕적인 정황을 알고도 나라를 대표하는 얼굴이랄 수 있는 대통령의 공관에 청기와를 당당히 다시 구워 얹고 자랑스럽게 이름까지 붙인 것일까? 그래서 그곳에 드는 임자들이 하나같이 좋은 결말을 맺지 못함은 혹여 청기와의 끈질기고 고약한 저주 때문은 아닐까? 기왕에 얹을 바에야 차라리 조선왕조가 왕실의 문을 닫고 언필칭 대한제국으로 이어지는 황실의 자주 독립권을 이어 받는다는 나라에서 어찌 떳떳하게 황실의 상징인 황색 기와를 얹을 생각은 하지 못했더란 말인가?

당장엔 죽을 것 같았던 통증도 지나간 과거지사에 불과할 뿐, 듣기 좋은 자기합리화 아전인수我田引水에 골몰, 남들은커녕 귀에 달콤한 감언이설甘言利說로 자기편이나 속일 뿐 역사를 살아있는 역사로서 진솔하게 전승하지 않은 잘못된 우민정책愚民政策의 결말은 바로 이와 같다.

신중하게 머신을 점검해본 결과 아무래도 온전치 않은 부분이 발견됐다. 머신 본체엔 이상이 없었으나, 바람을 타고 이동할 때 머신의 자세를 제어하는데 없어선 안 될 자이로스코프의 순간반응이 늦은 점을 발견한 것이다. 불행 중 다행이었으니 보다 심각한 부분이었더라면 다시 현상계로 아예 돌아가지 못할 수도 있었으니까. 자이로스코프는 얼마든지 교체가 가능한 일반적인 부품이었고, 마침 연구실에 여분의 재고도 있어 무사히 돌아갈 수만 있다면 큰 문제는 아니었다.

  세세한 정황을 명확하게 파악하기 위해서라도 아무래도 시험운행이 필요했다. 혁인 다시 머신을 일깨웠다. 일련의 신중한 절차를 거쳐 머신은 서서히 형체를 지우고 중력도 버렸다. 시대선택 수치를 -200으로 맞추고 이동레버를 당겼다. 오래지 않아 '지-잉 징' 목적시에 도달했다는 알람이 울리고, 이온 팬을 가동시켜 세찬 바람이 부는 고도 대역을 찾기 시작했다.

  약 2천 미터 정도까지 고도를 높이자 마침내 수평 스트림 작은 제트기류를 만날 수가 있었다. 역시 문제는 확실했다. 정상동작이라면 약간의 미동 정도라면 몰라도 구르는 느낌까진 없겠으나, 지금은 확실하게 느낄 수 있었다. 오래지 않아 슬며시 어지러운 멀미까지 느낄 정도였으니 자이로스코프 센서 이상은 분명했다. 위 아래로 고도를 바꿔가며 바람 방향이 달라지도록 마저 시험운전을 했다. 결과는 똑같았다. 전후가 아닌 좌우를 감지하는 센서 부분이 고전격의 타격을 받은 것으로 판명이 났다.

  혁은 잠시 생각을 가다듬었다. 지금 여기서 시간 여행을 중단하고 다시 현세로 복귀할 것인지, 상황이 어찌될지 모르니 머신이 이 정도라도 동작을 수행해 줄 때 약간의 불안함을 무릅쓰고 여행을 계속할 것인지를 결정해야 하는 것이다.

일단 선체를 안전한 대지에 안착시키기로 맘먹고 일련의 현신 절차에 들어갔다. 시대는 분명한 조선시대임은 메인모니터에 시대표시 수치로 확인할 수 있었다.

안착할 장소는 역시 인적에서 멀리 떨어지기 마련인 높직한 산정을 택했다. 태양의 각도를 봐하니 시간은 확실하게 오후임을 알 수 있었고, 참아주기 힘들 정도로 멀미가 심하게 느껴지기도 했다.

착륙지 주변이 충분히 안전한 것을 확인하고 혁은 머신 바깥으로 나왔다. 비상 감시시스템을 제외한 가동 주전원을 내리자 선체가 천천히 식어들었다. 뜨거운 머신을 감돌고 있던 아지랑이도 함께 사라졌다.

그때였다. 멀리 산꼭대기에서 연기가 피어오르는 광경이 눈에 띄었다. 혹여 산불일지도 모른다고 생각했으나 연기의 자연스럽지 않은 모양새가 이상했다. 뭔가 낌새가 이상해 혁은 반대방향으로 몸을 돌려봤다. 그랬었다. 반대편 그쪽에도 똑같은 형태의 흰 연기가 점점이 단속적으로 피어오르고 있었으니, 다름 아닌 봉화烽火신호였던 것이다. 한반도 어느 곳에 뭔가 심각한 난리가 났을까?

07
조선시대

이성계 장군의 위화도 회군이란 혁명에 의해 고려조가 문을 닫고 조선조가 개국됐다. 고려조 중엽의 무신정변처럼 단지 실권의 획득에 만족한 것이 아니라, 기존의 국가를 폐쇄하고 아예 새로운 국가를 다시 창건함이란 의미가 달랐다. 그랬다. 그즈음의 무인들은 지난날의 이력을 모르지 않았으니 글 배우길 마다치 않았던 것이고, 이는 무인들도 드디어 지식과 정보력을 바탕으로 사리판단력을 확립했음을 뜻했다. 아울러 다시 회복하기 어려울 정도로 무너진 고려조 사회의 기강은 힘들여 바로 잡기 보단 차라리 새로이 질서를 세우기가 쉽겠다는 생각이었을 것이고, 심하게 구부러진 쇠는 펴지기 보단 차라리 부러지기 십상이란 판단에서 결과적으로 이는 옳았다.

물론 한 국가의 설립이 시작부터 순탄했을 린 없었다. 무인에 의한 피의 혁명이었던 고로 과거처럼 숱한 고려문신들이 또다시 떼죽음에 내몰렸고, 난리 중에 옥석을 가리기 어려울 바에야 이의 재난을 피해 남아있던 재시 현인들 여럿이 개풍군 광덕산 산중으로 숨어들

었으니 그들을 두문동 72현이라고 부른다. 두문동은 물론 두문불
출杜門不出이란 본시 중국 선진시대의 고사에서 따왔음은 당연하거니
와, 출입구 한 곳만 차단하면 하늘을 나는 새라면 몰라도 누구든 통
행이 불가능한 은둔처 곧 안전지대였던 것이다.

1급 재사들이 죽거나 모두 사라진 마당에 일할 임자가 드문 건 당
연했다. 하매 이성계는 누 차례 두문동으로 사람을 보내 새 나라 건
국에 도움 주길 간청도 하고 공갈 협박까지 앞세우기도 했다지만, 무
인들의 광폭하고 무자비한 기반을 알아도 아주 잘 아는 재사 현인
들이 그에 쉽사리 응할 리가 없었다.

공갈이라도 좋고 타협이라도 좋다. 어쨌든 두문동 은둔 사회는 혁
명 초반 이성계의 빈번한 극성을 견디다 못해 새 정권에 협조를 위
해서가 아닌 긴 내란 끝에 도탄에 깊이 빠져 허우적대는 일반백성을
돕는다는 명분 아래 불가분 재사 한 명을 다시 내려 보내자니 그가
곧 삼봉 정도전이다. 우선 조선국의 수도와 정확한 위치를 결정하는
데 유학자 삼봉의 식견이 첫 승리를 거둔다. 이성계가 충분히 노회
한 승려 무학대사보다 소장파 유학인 삼봉의 손을 들어줬던 것이고,
그로부터 조선조는 이른바 숭유억불崇儒抑佛 정책을 내내 견지하게
되며, 서울 즉 한양은 지금과 같은 위치를 갖추게 됐다.

오늘날 세계 도시학자들이 도무지 믿기 어려워하는 바가 하나 있
으니, 한나라를 설립하는데 겨우 3년 남짓한 시간이 걸렸다는 사실
을 말한다. 그랬다. 하드웨어뿐만 아니라 정밀한 소프트웨어까지 불

과 3년여 만에 거의 모두 완성시켰다는 사실이야말로 실은 필자로서도 의문점이 다소간 없지 않다. 조선왕조실록에 분명히 그렇게 기술되어 있다지만, 많은 부분 실록에도 허점이 있음을 모르지 않기 때문이다. 제대로 교육받고 훈련된 막내급 청년 재사 단 한 사람의 능력이 그처럼 출중했으니, 후일 태조 이성계가 깊이 한탄하길 '삼봉 같은 재사가 단 한 사람만 더 있었더라도…'

조선조 내내 정궁인 경복궁을 비롯해 4대문 4소문으로 치밀하게 둘러싼 수도 한양의 성곽, 청계천이란 하드웨어에서부터 경국대전經國大典과 6부로 구성된 정부의 직제와 그에 따르는 복식 등 온갖 소프트웨어까지 모두 그렇게 빠짐없이 완성을 봤다. 하여 고도 송악(개성)으로부터 준비된 한양으로 천도와 함께 드디어 조선조가 개국을 하니 그때가 서기 1392년경이다.

기실 고려조의 몰락을 내다본 삼봉은 20대 약관 시절에 충신 정몽주와 함께 이미 이성계의 혁명진영에 적극 참여를 했었다. 그러나 기대와는 달리 막상 혁명 초기부터 최영 장군, 정몽주를 위시로 혹심한 피의 살육이 감행되자 실망을 안고 두문동 은둔 사회로 합류했었다. 어련했을 것이니 삼봉이 선배 재사들의 명령으로 불가피 두문동을 나올 때 이미 양쪽은 서로의 운명을 감지 했으리란다, 살아선 다시 만나지 못할 것을 말이다. 아니나 다를까, 제1차 왕자의 난을 피하지 못하고 1398년 방원의 칼에 그만 쓰러지고 말았다. 중국 황실에서조차 너무 똑똑하고 잘나서 위험하다며 시기와 질시 끝에 명나라로의 소환명령을 재촉 받은 위인, 분명한 유학자이면서도 깊숙이 숨겨진 유교의 도그마엔 막상 함몰되지 않은 제대로 훈육된 실학자, 게다가 고려조 귀족사회의 사치와 영욕에 미처 물들지 않았기에 두문동 어른들이 크게 맘먹고 세간으로 내려 보낸 삼봉 정도전도 결국 우려하던 대로 방원이 휘두른 칼날에 이슬이 되어 스러졌다. 태조 이성계가 왕위를 큰 아들 방과(2대 정종)에게 양위하고 향리인 함경도 함흥으로 들어가 아무리 차사를 반복적으로 보내 다시 모시려 해도 보내오는 칙사를 오는 족족 살해할 뿐(함흥차사), 쉬이 나오지 않던 이유의 일각엔 친아들들의 참혹한 정권쟁탈전에 의한 상실감과 함께 재사 삼봉 정도전 피살이란 낭패감에도 큰 이유가 있었을 것이다.

고래로부터 4대 명절 중 하나에 음력 2월 18일 경 동지로부터 105일 째 되는 날, 이날은 불을 피우지 않고 찬 음식을 먹으며, 죄인조차 벌주지 않는다는 정결한 날 한식寒食의 유래, 고사리를 캐 먹고 살다가 불에 타죽은 고대 중국 진나라의 속 좁은 충신 개자추처럼 왕조실록엔 모두 불타 죽었다고 전하지만, 이는 내친걸음에 의한 손바람일 뿐, 사실은 뛰어난 재사 현인들 대부분이 골 깊은 강원도, 호남지방 등 전국각지 향리로 흩어져 보다 깊숙한 은둔에 들었다. 제발 무사, 하는 생각과 함께 큰맘 먹고 내려 보낸 정도전까지 그 꼴이 됐으니 더 들을 말조차 필요 없었음은 입장을 바꿔 봐도 당연했을 것이다.

무작스런 짓, 도무지 말을 듣지 않으니 두문동 계곡을 아예 불태워버리란 왕실의 명령을 삼봉이 두문동으로 급히 통인을 보내 마지막으로 전해줬으리라 믿는다. 영월, 정선 등 알려진 피신지역에선 당시의 급보를 듣고 화마를 피해 전국 각지로 흩어진 고려조 마지막 현인들의 행보와 흔적이 지금의 지명에도 또렷이 남아있는 것처럼, 일부 가문의 전래되는 문집에 기록된 것처럼, 전설은커녕 눈치가 빠질 수 없는 조선왕조실록보다 더 분명한 사실인 것이다. 이 같은 야사가 공식적인 정사보다 더 사실인 이유를 하나 들어보자.

언필칭 천손의 자손으로서 독립된 나라를 구성하려면 역시 독립된 책력과 연호를 구축해야 하니, 여기엔 지극히 정밀하고 고도로 발달된 천문지식이 당연히 필요 절실하다. 주간엔 태양이 있으니 그렇다 치고 야간엔 필시 별자리를 세심하게 헤아려 시간과 날짜, 변화하는 계절을 정확하게 셈해야 한다. 고조선 때부터 고구려를 거쳐 전해오는 한반도에 딱 들어맞는 양력에 기반을 둔 독자천문도가 분명히 있었으니, 이야말로 선진문명국의 확고한 징표가 아닐 수 없다. 하지만 표준 석각천문도의 원래 석판은 난리를 피해 이동 중 하필 대동강에 빠뜨려 유실됐다 하니, 만일 이를 찾아낼 수만 있다면 현존하는 세계최고천문도라는 중국 남송시대, 수도 북경의 위도인 북위 43.5도에 맞춰진 순우천문도(1241년) 보다 훨씬 오랜 것이란 영예도 되찾을 수 있을 것이란다. 하지만 자체제작능력이 구비돼 있을 바에야 새 나라는 새로운 천문도가 보다 긴요했을 것이다.

천문도 제작이야말로 지극히 전문적인 지식과 전통, 오랜 관측역사와 수학적 계산능력까지 총망라되어야 가능할 뿐, 뜻이 있다 해도 아무나 손댈 수 없는 초고난도 일임은 두 말 할 나위가 없었으니, 바로 고려조 두문동 72현 중 한 분으로 화마를 피해 향리인 충청도 서산지방으로 하필 피신한 유방택柳方澤이란 천문학에 능통한 현자가 때마침 있었다. 고려조정과 두문동 현자들을 향한 선비의 지조와 충신의 충절을 아울러 지키느라 처음엔 조선 초기 대신 권근의 간청을 악착같이 거부했으나, 마지막으로 후손들을 살해하겠다는 협박과 공갈엔 어쩔 수 없이 응할 수밖에 도리가 없었단다. 때마침 사라진 고구려 천문도 탁본 꼭 한 장이 조정에 입수됐고, 그를 참고로 유방택 어른이 새로 준비하는 천문도엔 살짝 미완성의 흔적을 남김으로서 불가피한 협조에도 나름대로 확실한 한계를 뒀단다. 그렇게 어렵사리 1395년(태조 4년) 표준 관측지역인 새 수도 한양의 위도인 북위 약 38도에 맞춰 검은 오석 돌비석에 새긴 석각천문도(국보 제228호)가 바로 정밀한 천문관측기구인 혼천의渾天儀, 서울시 유형문화재 제199호와 함께 현대 1만 원짜리 지폐 뒷면 배경을 흐릿하게 가득 메우고 있는 세계적인 보물로서, 세계 천문학자들이 그토록 감탄하고 목구멍에서 손이 튀어나올 만큼이나 부러워하는 '천상열차분야지도天象列次分野之圖: Celestial planisphere map'인 것이다. 물론 현존하는 것은 기왕의 태조 원본이 세월이 지남에 따라 많이 낡은 관계로 1687년 (숙종 13년)에 새로이 각석한 것으로, 이도 '보물 제837호'로 지정되어 두 가지 모두 국립고궁박물관에 소중하게 보존되어있다.

그럼에도 천문관상감 유방택 어른은 선비로서의 불충과 훼절이란 부담감을 끝내 이기지 못해 1402년 어느 날 기어이 선대의 묘소 앞에서 음독 자결함으로 82년의 생을 불운으로 마감했다하니, 결국 고려조 마지막 충신의 목숨과 바꾼 더없이 귀한 보배가 된 셈이다. 어르신의 영전에 삼가 경의를….

전기한 1만 원짜리 지폐 이번엔 앞면에 모셔진 초상, 장구한 조선시대를 통틀어 가장 위대한 르네상스, 문예 부흥기를 들라치면 역시 4대 세종임금 치세일 따름이니 이에는 별 이의가 없을 줄로 안다. 그러코자 아비인 태종 이방원은 조선조 왕실의 권위를 반석 위에 올려놓고자 그토록 잔인무도하게 할 짓 못할 짓을 감행했던가, 랄 정도로 방원에 대한 일단의 이해력까지 발생하는 즉 무자비한 그 아비의 그 자손이 아닐 성 부르기 때문이다. 그렇듯 태종이야말로 서양식 정치 사조, 통치자에겐 통치자 고유의 덕목이 있으니 확고한 국가통치를 위해선 배신을 비롯해 그 어떠한 수단과 방법도 가리지 말라는 마키아벨리의 군주론君主論, Il principe 곧 마키아벨리즘(Machiavellism)의 원조격이었던 것이다. 하긴 국가권력은 친아들과도 나누지 않는다했기로….

조선조 왕가에서야 장자 세습이 의당한 흐름일진대 아무리 성정이 믿음직스럽지 못하다기로, 위로 계시는 세자 양녕과 둘째 효녕 두 형님들을 감연히 밀쳐냈으니, 아무튼 살생부를 하도 들여다봐서 그랬을까 몰라도 방원의 사람 보는 눈 하나는 상당히 명료했던 모양이고, 충녕대군 세종을 후계자로 선택한 덕택에 당신 생전의 패악을 다소간 감할 수 있는 빌미가 되긴 했다.

세종조에 가장 위대한 업적을 들라면 누가 뭐래도 역시 한글창제에 있다. 하지만 여기에도 단순 이야깃거리 이상의 비사가 숨어있으니 우린 이를 대명천지에 당당하게 밝혀보고자 한다.

알다시피 고려조가 문을 닫으면서 숱한 재사들이 혁명기 혼란의
와중에 척살됐고, 남은 일단의 재사 인재들도 산속 깊숙이 숨어들었
다. 어쩔 수 없을지언정 조선조 건국에 참여한 재사로는 거의 유일했
던 삼봉 정도전도 개국 실무 작업에 엄청난 업적을 남기고도 결국엔
방원의 칼날에 희생됐지 않은가.

사람, 사람, 인재가 없었다. 이제 막 개국한 신흥국가 조선의 원만
한 치세를 위해선 뭣보다 학덕이 깊은 인재들이 수도 없이 필요할 것
이란 생각은 더이상 이를 필요가 없겠다. 하지만 막상 사방을 돌아
봐도 필요한 자, 준비된 인재는 다 죽고 일부 숨은 재사들은 통사정
을 해도 은둔지에서 도무지 나와 주질 않으니 필연코 만들어 쓸 도
리밖에 없었다. 그것은 보다 많은 사람들에게 이치를 깨우치도록 학
문과 학술을 하루라도 빨리 교육하는 방법 즉 문화혁신뿐이었고, 그
런 인재 중에서도 인품을 살펴가면서 신중하게 골라 써야 할 입장에
중국식 한자는 배우는 시간도 그렇거니와 우리 언어와 맞지 않는 바
도 많았고, 우선 평생을 배워도 모자란 달 정도로 너무 복잡하고 어
려웠다. 아울러 우리네 고유한 풍토와 잘 맞지 않는 중국풍 문자의
소나기로 말미암아 전 국토는 너무 깊이 물들어 버렸으니 민족적 자
긍심, 자주적 위기감은 극에 다다랐을 것이다. 인재를 넓고 고르게
등용하는 탕평책이 시급했고 긴요했다. 드문 중에 그래도 준비된 인
재를 들라치면 정인지 성삼문 등을 꼽을 수가 있었으니, 당시대엔 주
변 4개 국어를 감당할 줄 아는 정도의 인텔리였으니 말이다. 그런 이

유로 소장파 성삼문이 한글창제의 주요한 일익을 담당했음은 당연했다.

1443년 한글이 공식 반포되기 전 약 3년 남짓이란 연구 숙성 기간이 있었음을 조선왕조실록은 기록하고 있다. 그 불과 3년 남짓한 동안 무려 서른 번도 넘는 요동지방 방문의 기록도 딸려있다. 요즘에야 일도 아니라 해도 당시 요동지방이 어딘가, 수백 명 정식 외교 선단을 꾸려 여행한다면 가는데 100일, 오는데 또 100일이 걸리는 원행이었으니, 준비와 목적지 업무 기간까지 넣는다면 1년에 단 한차례 왕복하는 것으로 모두 녹초가 되는 큰일이 아닐 수 없었다. 그런 벅찬 업무를 단기간 내에 수행하자면 선단을 꾸려선 말도 안 되는 일이고, 둘이라도 느렸을 테니 역마를 중간에 새것으로 바꿔가며 혼자서 단기필마로 달리고 또 달려도 편도에 근 10일이 걸리는 길이었다. 오는데 열흘, 업무 기간까지 넣자면 한 달에 한 번 왕복으로 말도 사람도 모두 곤죽이 되는 그런 행차를 매달 필사적으로 반복해 매달렸다는 사실은 그만큼 업무의 의미가 깊고도 막중했다는 방증일 뿐이다. 혹간 피치 못해 신숙주 또는 하위지 어른과 함께 달려갈 때도 있긴 있었다지만, 아무튼 유람은커녕 말씀에라도 여흥이 끼어들 틈은 전혀 없었을 것이다. 종래엔 거의 프로급 기수가 되셨겠지만 한글이 완성에 가까울 즈음에 소장파 어른들의 엉덩이는 뭐가 됐을 것이며, 몇 됫지 몇 말인지 코피깨나 흘리셨을 생각을 하면…

그랬었다. 당시 요동 성엔 황찬黃瓚이란 중국인 고위 문관이 정치

연줄을 잘못 서는 바람에 좌천되어 일시 내려와 있었다. 그이는 대륙의 문관답게 주변국 변방 26개 언어에 능통한 전문가였다. 한반도 현역 최고 지성인 성삼문이 4개 국어에 통했다는 사실과 비교할 때 그처럼 목숨을 걸고 거친 대륙을 달리고 또 달려야 했던 이유는 분명하게 세워져 있었다. 한반도 내엔 없는 언어학자, 바로 문자창제에 대한 충언과 가르침을 구하기 위한 멘토 역할 이외 다른 이유란 있을 수가 없었다.

불교가 긴 세월 민중 구제에 실패한 때문일까? 언어학자 황찬을 안내한 공은 산스크리트 즉 범어에 능통한 천불사 학승 신미대사의 정보제공이 큰 역할을 했다. 덕분에 그토록 핍박을 받던 불교가 다소간 운신의 폭을 회복해 신미대사의 친동생이자 당대를 풍미한 대문장가 김수온과 함께 석보상절釋譜詳節 월인천강지곡月印千江之曲 등 불교 서적 발간에 상당한 성과를 거둘 수도 있었다. 이로서 시대가 분명 유교 시대였음에도 만백성의 평안을 위해 불교의 경전을 서슴없이 발간한 바로 이점, 민중의 중요성에 입각한 탕평책을 몸소 행동으로 실천하신 세종 임금의 열린 자세엔 다만 찬탄을 넣을 뿐인가 한다.

중국인들이 특히 좋아한다 했으니 정도껏 인사야 했겠지만, 시종일관始終一貫 뇌물에 의하진 않았으리라고 믿고 싶다. 조선국 고유의 언어에 상응하는 자발적인 문자 필요 절대성에 대한 저간의 솔직한 사정을 전해 듣고는 역시 그릇이 큰 학자여선지 황찬의 협조는 정상급 지성인답게 진솔하고도 뭣보다 해박했다. 그가 권면하고 세세한 언어학 이론까지 전해준 문자는 기막히게도 고조선 시대 즉 3대 가륵嘉勒 단군부터 그토록 비밀리에 장자에게만 전수하고 일절 파괴시켰던 고대문자였던 것이니, 많이 닮았을지언정 가림토 문자완 또 다른 바로 한글의 원형질이었다. 참고로 크게 맘먹고 달려든 고조선의 문자 가림토가 일반화 실용화되지 못한 이유는 언어의 문자표기 있어 받침과 모음 구현에 실패한 때문이랄 수 있다. 역시 국가의 자존심을 생각해 조작했을 뿐인 한심한 문자, 한반도 고대문자를 원형으로 삼는, 언필칭 신이 내렸다는 일본의 신대문자에도 받침은 물론 없다.

본래 문자창제란 맘 먹고 달려들어도 수 백 년에 걸쳐 사용해보며, 수정도 해가며, 서서히 발전을 거쳐 점진적으로 완성되어가는 게 일반이지, 그처럼 3년이란 초단기간에 얼렁뚱땅 완성을 볼 수 있는 용이한 게 아니다. 하물며 음운학에 정통한 정격의 언어학자가 단 한 사람도 없는 입장에서 말이다.

영어, 독일어, 불란서어, 이태리어, 심지어 러시아어 기타, 이 같은 숱한 서양 문자를 우린 각기 다른 언어문자라고 당연히 이해를 한다. 다만 공통점이 있다면 부호 또는 기호로서 모두 아라비아 문자 즉 알파벳 한 가지를 공유한단 사실이다.

그렇다. 문자란 단지 부호 또는 기호가 같다 해서 같아지는 게 아니다. 문법체계, 발음구성, 단어의 고유성 등 전반적인 활용체계의 독자성을 두고 판단할 따름인 것이다.

한글도 마찬가지, 지금 우리가 사용하고 있는 문자로서의 부호는 오래전 북국의 우월한 문명인 이비 족이 선물로 가져와 고조선 통치권의 바탕글로 삼았다가 사라졌을 뿐, 중국인 학자 황찬의 천거에 의해 옛 고조선의 문자를 북경 황실도서관에서 재도입한 것일 뿐, 지극히 외람되게도 세종대왕께오선 기역자 하나 꼬부리지 않으셨고, 이응자 하나 말아 올리지 않으셨다.

옳았다. 어떤 긴급한 사정에 의해 불가피 급거 남하할 수밖에 없었던 우수 문명인 집단, 단군신화에 호랑이로 등장하는 한반도 배달민족의 아비민족 북방유목 기마민족은 한반도만이 아니라 저편 서역으로까지 더 널리 퍼져 당시 이미 활짝 열린 의식의 소유자이자 최고의 문명인들로서 그 우수한 최고급 문명 문화의 위대한 발자취를 순순히 지구상 곳곳에 아낌없이 씨앗으로 전파시켰던 것이다.

그렇듯 문신 학자 황찬의 적극 천거와 유래, 음성학 강습까지 듣고 받아든 새 문자 아닌 새 문자가 현상에서 쓰이는 우리말과의 교호관계에서 아무래도 무리가 발생하기로 단순히 부호만 빌린 채 차라리 창제란 뜻이 어울리도록 처음부터 완전히 재구성한 공로야말로 말할 수 없이 크다. 가림토 등 옛 문자체계에선 성공치 못해 부자연스럽던 받침구현문제를 드디어 해결했다는 뜻인즉 세계 언어문자 학계에서 한글 문자의 실용적 과학적 우수성에 대해 사람의 두뇌로 불과 3년 남짓한 기간에 재구성했다는 게 도대체 믿기 어려울 정도라며 크게 찬탄하는 바란 바로 열린 자세와 함께 '재구성, 독자성' 여기에 있다.

한글을 창제 반포하면서 가장 먼저 편찬한 서책이 이미 알려져 있듯이 용비어천가龍飛御天歌이다. 세종 치세 직전까진 혹심한 살육과 왕자의 난으로 불리는 가족 간 정권다툼으로 일관, 궁중을 넘어 수도 한성 전반에 걸쳐 한 시라도 비명과 피 냄새가 가실 길 없는 어지러운 정황의 연속이었다, 하매 백성들의 불안이 떠날 줄을 몰랐고, 정권과 왕실에 대한 의구심과 불만 또한 드높은 채 감해지질 않았다. 허니 최우선적으로 백성들의 공포와 불안을 잠재움에 아울러 조선왕조의 개국에 즈음한 역성혁명의 정당성을 제고시키는 일이 급선무였다.

고려조 중기 정중부의 무신 반란이 일어났을 때 그의 선봉에선 이가 바로 이의방이고, 그는 세종대왕의 직계 7대 조상에 해당한다. 하매 진즉에 나라를 통치한 경험이 있어 조선을 개국할만한 자격이 넉넉히 갖춰져 있음이란 당위성을 백성에게 강력히 주지시키고자 세종 자신의 가문을 정당화시키기 위한 발상으로 목조 이의방으로부터, 태조 이성계까지 선조 5대의 위대성과 치적을 알려 우직한 백성들을 설복하기 위해 일종의 영웅전이랄 수 있는 용비어천가龍飛御天歌를 가장 먼저 펴낸 동기가 됐음은 주지의 사실이다.

멀리도 아닌 바로 여기에 한글이 워낙 다급하게 재구성 창제됐다는 확고한 증빙이 들어있으니, 용비어천가가 발행되고 불과 3개월 뒤에 발간된 시가집 월인천강지곡月印千江之曲엔 벌써 빠지고 없는 문자 부호가 있었던 것이다. 이는 언어문자학 이론상 도저히 있을 수 없는 경우였다. 필요해서 고심 끝에 한번 만들었으면 쉽게 지워질 수 없거니와, 원래 없는 발음은 애당초 만들어질 수가 없기 때문이었다. 이후 시간차를 두고 차례로 총 4개의 부호, 마지막으로 20세기 중반 해방 무렵에 아래아(·)가 마저 사라진다. 그렇다 해서 한글에 대한 우리네 자긍심 구길 일 하나도 없다. 실용상 한글을 세계에서 가장 과학적이고 우수한 문자로 인정해주고 있으며, 시베리아 우랄 알타이 지방은 중국에서 함부로 말하듯 변방의 오랑캐는커녕 그토록 지구촌에서 문명의 선단을 점하던 우월한 문화를 가지고 따뜻한 남쪽 한반도로 남하한 아비 족의 멀고 먼 원래의 고향 즉 원적임을 또한 상기하자. 그렇다. 한글의 공식적 계통을 세계학계에선 하필 우랄알타이 어족이라고 딱히 지칭을 하는 덴 이와 같은 깊은 연관성이 있기 때문이다.

북방 아비 족으로부터 고조선을 비롯해 전 세계로 전파된 이상과 같은 내력으로 한글을 구성하는 문자기호가 비단 우리 글자에만 적용된 것은 아니다. 훈민정음 해례본의 서문을 작성한 정인지의 지적처럼 한글은 '자방고전'에서 유래했다고 문자의 유래를 분명하게 언급했다. 그랬다, 자방고전字倣古篆이란 지적은 기실 〈'자'라는 지방에서 오래전부터 전해 오는〉이란 서술문이었던 것이고, '자'라는 지방은 지금의 인도 서북쪽에 있는 자치령 구자라트 주를 지칭하는 것으로서 당시의 국명은 '샤' 왕국이었고 '샤'의 한자식 표면이 곧 '자'였던 것이다. 역시나 빙글빙글 웃으며 답하는 그네들의 언급도 그렇거니와 4천5백 년 전 우리네 고조선과 거의 같은 시기에 문자가 북방에서 도래한 이후로 오늘날까지 부호 하나 변치 않고 고스란히 사용되고 있음을 확인할 수 있었으니, 환웅시대 만들어지고 고조선 대까지 사용되고 잊었던 이 문자를 세종 임금께 다시 천거하고 끝까지 완성시킬 수 있도록 음운학 이론까지 전수해준 중국인 언어학자 황찬의 공로야말로 더할 수 없이 크달 수 있다.

여담이지만 '샤' 왕가는 최근까지 본토인 인도를 떠나 네팔에서 왕국의 명맥을 길게 유지해왔었다. 그러다 지난 2001년 6월 정신이상 왕세자가 연회장에 난입해 자동소총을 난사, 부왕과 왕비를 비롯한 고위급 10명을 살해하고 본인도 자살해버리는 비극이 발생, 결국 그 사건으로 네팔은 입헌군주제 왕정을 종결하고 2008년 민주공화국으로 정치적 근대화를 이루는 동기가 됐다.

지구상 문맹 퇴치에 공을 세운 집단에게 국제연합 유네스코의 자격으로 공여하는 상의 명예로운 이름도 다름 아닌 세종대왕상이 아니던가, 게다가 훈민정음 해례본은 유네스코 보존 기념물로 지정되지 않았는가.

그토록 어렵사리 숙성시킨 재사 성삼문成三問도 결국 나이 사십도 안 되는 불과 서른여덟에 사육신死六臣이란 허망한 이름표만 남기곤 죽었다, 아니 죽였다.

애모하던 소헌 왕후가 먼저 타계함을 추모하기 위해 석보상절釋譜詳節, 부처의 일대기을 편찬한 이듬해 1450년, 재위 기간 32년을 끝으로 세종대왕께서 승하하신 뒤, 집현전 소장파 동기동문이었던 신숙주申叔舟는 높은 직책을 두루 거쳐 드디어 영의정까지 지내면서 생육신生六臣이란 이름처럼 모든 복락과 부귀영화, 수명까지 다 누리며 살았다. 그럼에도 막상 한글이 본 격적으로 꽃을 피운 시기는 창제 당시인 4

대 세종조가 아니라 단명에 그친 5대 문종의 뒤를 이은 6대 단종도 계유정란癸酉靖亂을 일으켜 축출, 단종 애사를 전설처럼 남기고 집권에 성공한 수양대군으로 7대 세조시대였음은 특기할 만하다.

그렇다. 나라를 통치할 인재들이 마냥 절실한 가운데 세종대왕이 큰맘 먹고 앞서 만든 재사 현인들의 집단 집현전集賢殿이었지만, 막상 우두머리 최만리를 비롯해 훈구파 학자들이 번갈아 올린 반대상소는 뜻한바 문화혁신엔 되레 방해가 됐다. 이미 뼈골까지 중화사대사상에 깊이 물들어 있었기 때문이었다. 그나마 설득에 성공한 뜻있는 소장파 재사 여럿의 일생과 나라의 명운을 내걸고 가능한 은밀하게 재구성 창제한 한글이었다. 문자예속에 따르는 중화사상의 기나긴 지적 소나기에 나라와 백성의 의식은 피할 수 없이 물들었기에 더는 묵과하기도 어려웠거니와, 문화혁신이란 숭고한 뜻이 지워지지 않도록 무슨 일이 있더라도 한글이 무지몽매한 백성들 틈에서 뿌리내리고 꽃도 피우길 바람은 하늘에 닿았을 것이다. 하매 이의 중요성을 아는 누군가는 반드시 살아남아서 길게 한글이 생육 숙성되는 과정을 담당해야만 했으니, 그렇듯 서로 간 타협과 묵계 아래 씨를 뿌린 성삼문이 선비로서 충절이란 대의명분大義名分을 안고 대신 죽고, 꽃을 피워내야 할 신숙주가 전모를 가장 잘 아는 학자 입장에서 하필 살아남기로 했을 뿐이었다. 다행이 신숙주 대감이 살아생전 혼신의 기력을 다한 바 숱한 고전번역물에다 월인석보月印釋譜, 우리나라 최초의 음운서 동국정운東國正韻 등등 근 1천여 편에 달하는 한글 서적 편찬으로 한글은 일시나마 화려한 꽃을 피워내기에 이르렀다. 이로서 지금 봐도 가장 아름다운 금속활자 갑인자甲寅字의 확대개량, 성삼문 피의 약속과 세종대왕 위대한 소명을 함께 이룩한바 한글문학 최초의 전성기를 맞이했던 것이다. 저간의 정황이 이와 같다면 세간에서 쉬이 말하듯 변질되기 쉽다고 해서 숙주나물이라고 이름 붙인 만큼 신숙주 어른에 대한 곡해를 이제 그만 풀어낼 만도 하겠다.

아울러 1965년도 스승의 날을 제정할 때 이같이 세계문명사에 남을만한 위대한 업적을 기리기 위해 세종대왕 탄신일인 5월 15일을 스승의 날로 정한 일은 열 번을 돌이켜 생각해 봐도 기꺼운 일이거니와, 한글의 과학적 우수성에 감탄한 나머지 외국의 어떤 전문 언어학자는 이날을 특별한 기념일로 삼아 해마다 동료들과 함께 자축연을 벌이기까지 한단다.

문신 학자 황찬의 적극 천거와 유래, 음성학 강습까지 듣고 받아든 새 문자 아닌 새 문자가 현상에서 쓰이는 우리말과의 교호관계에서 아무래도 무리가 발생하기로 단순히 부호만 빌린 채 차라리 처음부터 완전히 재구성한 공로야말로 말할 수 없이 크다. 가림토 등 옛 문자 체계에선 성공치 못해 부자연스럽던 받침구현문제를 드디어 해결했다는 뜻인즉 세계 언어학계에서 한글 문자의 실용적 과학적 우수성에 대해 사람의 두뇌로 불과 3년 남짓한 기간에 재구성했다는 게 도대체 믿기 어려울 정도라며 크게 찬탄하는 바란 바로 열린 자세와 함께 '재구성, 독자성' 여기에 있다. 아울러 실용적인 면에서 대단히 긴요한 수단이자 한문에도 없는 '떼어 쓰기'의 발상은 19세기 후반 영국인 성공회 성직자가 영어문장에 대비한 한글 성경을 편찬하기 위해 최초로 구현함으로서 오늘날과 같이 높은 완성도를 갖추게 됐음에 더불어, 최초의 한글신문인 독립신문이 이틀 즉시 채용함으로서 공전의 대성공을 거뒀다 함을 지적하겠다. 그로서 황찬 어른을 비롯해 그 누구도 지적하지 못한바 한문에서의 관습처럼 문자를 모두 붙여 쓰든 관계로 골머리깨나 아프든 독해력의 난점을 일거에 해결할 수 있었던 것이다.

기능적으로 위대한 한글이 엄존하는 이상 역대 중국의 최고 지성인들도 머물러 살고 싶어 한, 해동성국이라는 한반도에 하필 통용되는 고유의 문자가 없었기에 긴 세월 중국문명의 일방적인 지적 소나기에 원 없이 젖고 또 속아온 억울한 역사가 반복될 일이 더는 없을 것을 확신한다.

문화의 척도는 역시 자생문자의 유무로 판단될 수 있다. 잉카, 아즈텍, 아메리카 인디언 등 남겨진 흔적이 있건 없건 자생문자의 뒷받침이 없었기에 지구상에서 사라져 간 고도문명이 숱하게 있었음을 우린 잘 알고 있으니까.

문자의 중요성을 말할 때 한 가지 특기할만한 역사적 사항이 있으니, 일본에서 천하의 보배로 여기는 문집 '만엽집'이 있다. 신라시대 궁중에서 작성된 것으로 알려진, 온통 중국식 한문으로 작성된 만엽집을 천여 년이 넘는 동안 이를 해석하기 위해 전문가들이 진력을 다했으나 이설만 분분할 뿐 여간해서 이뤄지기 어려웠다. 결국 1980년대에 들어서야 재일 한국인 교포학자에 의해 명백하게 해독이 됐으니, 구구한 문자해석일랑 전혀 필요치가 않았던 것이다. 그것은 바로 한자의 음가만 빌려온 이두식 표현으로 신라시대 궁중의 일상을 기록한 단순한 일기체였던 것이다. 당시 신라엔 고유의 문자가 없었음을 우린 안다.

감출 것 따로, 자랑할 것 따로 있달 때 세계문명에도 크게 기여할 수 있는 명품 중의 명품, 한글의 국제화란 오직 열린 마음에 있다고 단언한다. '포크, 나이프, 베란다, 테라스, 핸들, 빵, 셔츠…' 등 모두가 외국어의 전형임엔 분명하나, 지금은 틀림없이 한글화에 성공한 엄연한 한글로서, 일상에 사용되는 언어문자의 약 80%는 이미 한자 또는 여타 외국어로 도배가 되어 있음에 바로 한글의 미래가 달려있을 따름인 것이다. 일본어는 안 되고 영어는 된다? 한글의 순수성을 지킨다며 나무랄 데 없는 외래 어휘를 빼낸다면 그건 듣기에만 좋은 아부성 발언일 뿐, 막상 거꾸로 가는 한글정책이라고 본다. 부디 국수주의에 매몰된 졸렬한 배타성을 버리고 한글의 기본이 음성문자인 점을 잊지 않는다면, 외부세상의 탐스런 어휘를 얼마든지 받아들여 한글의 표현력을 보다 풍성하게 만들자는 활짝 열린 자세를 말함이다. 그럼으로써 보급에 실패한 국제어인 '에스페란토' 어를 충분히 대체할 수 있을 것이라 생각한다.

이같이 더없이 훌륭한 문자체계를 갖고 있는 배달민족이 독서율에서 OECD 국가 중 최하위를 유지하고 있다는 사실이야말로 커다란 아쉬움이자 수수께끼라 아니할 수 없다. 중국은 물론 문자체계에 그토록 단점이 수두룩한 일본도 두 번 씩이나 수상한 노벨문학상은 뒤로 제쳐 두고 말이다.

조선조에서 잊어선 안 될 가장 비극적인 사건이라면 역시 1592년 임진년에 발발한 임진왜란을 들지 않을 수 없다. 오죽하면 임진왜란 이전과 이후랄 만큼 전 국토에 걸쳐 송두리 채 뒤집힌 참상이었으니, 인명이야 말할 나위도 없으려니, 당시 유실되고 파괴되고 약탈당한 역사적 유물들이 어디 한 둘이었던가, 원인이야 이미 알려진 대로 정명가도征明假道 '일본이 명나라를 칠 테니 조선은 길을 열어 달라'는 뜻이었다지만, 유일한 상국으로 철저히 사대하던 명나라가 비록 쇠망의 길로 접어 들어섰을지언정 왜국의 무례한 요구에 선뜻 응할 수 없음은 당연했다.

왜인들의 발길이 스치고 지나간 지역에선 오늘날까지도 그의 아픈 흔적이 대를 이어 녹녹히 전승되고 회자되고 있음을 보면, 임진왜란 이전과 이후로 시대를 구분할 정도로 그의 폐해가 가히 전설이 되고도 남을 만큼 혹심하긴 했었나 보다.

내홍과 무능에 빠진 조선왕실의 애걸에 의해 어쩔 수 없이 전장에 참여한 중국, 조선에 못지않게 위기에 빠져 내부에서 거의 빈사 상태인 명나라의 의지는 처음부터 전장을 조선반도 바깥으로 끌고 나오지 못하도록 하는 데 있을 뿐이었고, 왜국 또한 명분만 '정명가도'였을 뿐 내심으론 조선반도의 분할획득 즉 백제계의 후손인 천황가의 대를 이어 내려오는 소망인 고토회복에 진짜 목적이 있었던 것이다. 그런 내심의 이유로 왜란이 벌어진 바로 다음 해부터 명과 왜는 당사자 조선은 빼고 은밀하게 협상에 들었지만, 막상 이순신이란 임자가 있어 조선반도 분할 점령이 뜻대로 되지 않자 모종의 음모를 꾸며 중국 송나라의 영웅 악비 장군처럼 누명을 씌워 옭아매고자 했으나, 그조차 서애 유성룡 대감의 방어로 뜻대로 되지 않는 바람에 이순신 장군의 목숨만은 그나마 부지할 수가 있었고, 백의종군이란 처절한 충성심을 바탕으로 곧 이어진 정유재란도 이겨낼 수가 있었던 점은 불행 중 다행이랄 수 있었음은 우리가 이미 알고 있는 바와 같다.

여담이지만 일본의 지리적 특성은 화산도 지진도 많은 데다 주기적으로 태풍이 할퀴고 지나는 등 자연재해가 워낙 혹심한 지역이다. 하매 어떤 민족이 모태라 부르는 자신의 국토를 아끼지 않겠는가만, 이처럼 안정감이 떨어지는 모태를 향한 애정과 원망이란 관념 즉 애증이 함께 병존하는 숙명적 트라우마를 안고 살고 있다. 따라서 모쪼록 안정된 대지를 소원하는 공통된 욕망이 의식의 저변에서 지워질 수가 없다. 필시 어디선가 안정된 대지를 꿈에라도 소망할 테고 그를 위한 대상지는 지구의 지형이 극적으로 바뀌지 않는 이상 곧 해동성국 한반도 지향성일 것은 자명하다. 게다가 일점일획이라도 오류도 바꿀 수도 없다고 천명된 6세기경에 작성된 일본서기 말미에도 또렷이 적혀있듯이 본토 한반도에서 벌어진 정권다툼 끝에 밀려난 백제계 유력자의 후손이 오늘날 일본 천황가문의 원조가 되었음에, 본토 한반도를 향한 실지회복이라는 망각할 수 없는 천황가의 원한이 대를 이어 유전됨이라는 작지 않은 문제점을 내포하고 있음을 알면, 맘먹기에 따라 충분히 쉬울 것 같은 한일 간 우호친선이 일시적이라면 몰라도 길게는 얼마나 어려운 일일 것인가 알 만도 한 일이겠다.

16세기 동북아시아를 휩쓸고 지나간 임진왜란을 막아낸 이순신 장군 승리의 전투력을 뒷받침한 거북선이 철갑선이란 사실은 의심할 바 없거니와, 서양 선교사가 찍은 흑백사진에 나올 정도로 19세기 후반까지 존재할 만큼 오랜 역사가 있다지만, 깡그리 사라져버리는 바람에 증빙하기에 어려워졌음은 큰 아쉬움이라 하겠다. 이 때문에 미국인 외교 고문 스티븐슨이 '조선인은 어리석어 문화를 영위할 가치도 능력도 없으니 선진국 일본의 보호는 당연하다'는 등 조선왕실의 외교 고문이면서도 일본인보다 더 일본을 위한 망발妄發을 함부로 공언하고 협력하는 바람에 1908년 3월 샌프란시스코에서 고종이 보낸 비밀 행동대원 장인환, 전명운 의사에게 저격을 받아 절명한 이유가 됐다. 일본에선 국가적 보물 1호로 추앙받는 조선조 막사발이 우리네에겐 황토 마당에 막 굴러다니는 개 밥그릇이었던 것처럼, 전체 20여 권에 총 4,500여 편으로 구성되어있는 일본의 보물 만엽집万葉集이 신라조정 궁중 여인네의 한갓진 일기책에 불과할 수도 있는 것처럼, 누군가에게 대단한 일이 누구에겐 한갓 예사로운 일일수도 있는 것을 스티븐슨은 일본의 회유공세에 취해 모르쇠로 일관했던 것이다.

　거북선의 모태가 당시 판옥선이란 내륙 항해에 유리한 평저선이었고, 한반도 전래의 형태랄 수 있는 배의 밑바닥이 평평하고 지붕이 있는 배를 일컫는다. 배 밑바닥에 용골대가 두 개인 평저선에 대응하는 뾰족한 용골대가 하나 있는 원거리 대양항해에 유리한 배를 침저선이라고 한다. 재래전통의 평저선을 바탕으로 만들어진 거북선은 뭣보다 가장 큰 특징인 제자리 360도 회전이 가능했고, 운송되는 화물량도 훨씬 많은 등 6년여에 걸친 임진왜란에서 승리할 수 있는 구조적 특징이 있었으니, 좁은 강 또는 바다 물목에서 재빠른 기동력으로 공수전환이 한달음에 가능했던 까닭이다. 선박의 물량에선 절대열세였지만 주어진 여건에 최선의 함선과 전법으로 임한바 일본함대는 결국엔 총체적인 해상전투의 패배로 돌려지고 말았다. 하지만 아이러니컬하게도 한반도의 평저선 덕분에 일본이 되레 구원을 받은 역사적 사실도 있으니, 고려조에 있었던 몽골제국이 주도한 일본열도침공이 그것이다.

　말하나마나 한 때 세계국가를 지향했던 내륙국가 몽골은 바다가 없다. 그러니 해양 전술은커녕 항해술에도 능할 리 없었고, 결국 한반도의 선박과 해운기술에 의존할 수밖에 없었다. 몽골은 점령지 고려에 명해 수백 척의 함선을 만들어 숙원이던 일본침공을 감행했다. 하지만 두 차례에 걸친 일본침공이 모두 실패로 돌아갔으니 바로 민물 또는 내해에서나 강한 특징이 있는 평저선단을 이끌고 대양해전에 임한 점은 대실패의 유일한 요인이 됐다. 이름처럼 뱃바닥이 평평한지라 대양에서 불어오는 파도와 너울엔 절대적인 취약성이 있었던 것이고, 마침 불어오는 거센 바람과 파도에 한 덩이로 뭉쳐져 있던 배들이 서로를 치고받아 스스로 깨지는 바람에 실전에 투입되기 직전에 숱한 병력과 함께 모두 고스란히 수장되어버리고 말았던 것이다. 이를 두고 일본이야말로 신들이 돕는 나라라며 자신을 다졌고, 이때부터 계절풍 태풍을 곧 신풍神風: 가미가제이라 이름 했다. 이상이 공식적으로 알려져 있는 역사상의 기록이고 해석이다.

하지만 쉿! 이는 상국 고려조가 절대위기에 봉착한 일본, 관할 지역을 통치하는 무관들 이른바 쇼군들 사이에 잦은 내분으로 막강 몽골제국 정규군의 침공을 당해낼 능력이 있을 리 없는, 대외적으로 거의 무방비상태에 놓인 일본열도를 도리어 구하기 위해 상국의 입장에서 내심 숨겨놓은 치밀하고도 교묘한 자폭전략 즉 고육지계苦肉 之計: 상대를 속이기 위해 스스로 자해하는 전술였다. 평상시 같으면 왕래를 극력 피해야하는 가장 위험한 시기, 일본 내해 세도나이카이瀬戸内海의 계절적 기상요건과 함께, 자체 평저선의 약점을 모를 리 없는 고려조였다. 하지만 점령자 막강 몽골제국의 강압적 요구 또한 따르지 않을 도리가 없었으니, 바다가 없는 몽골은 알 리가 없는, 평저선단에선 결단코 펼치지 않는 비상식적인 전술, 중국의 삼국지 적벽대전에도 나오는 저 유명한 해상전술 바로 연환계連環計: 모든 배를 하나로 엮는 전술를 수행한 때문이었다. 그 때문에 한데 엮인 군선들이 전투에 참여하기도 전에 태평양에서 불어오는 거센 파도와 너울에 서로가 서로를 격돌 스스로 파괴되고 말았던 것이다. 그러나 그 정도에 포기할 녹록한 몽골군이 아니었으니 고려의 은밀한 수법은 이내 들통이 났고, 결국 다시 이어진 몽골 고려 연합군에 의해 일본은 종내 막대한 전란에 휩싸이고 만다. 그 무서운 전란의 내력이 일본영토 북방 한반도를 바라보는 해안 곳곳에 유적으로 남아있는 방어벽 석성과 함께 민중 속에 설화와 민화로 남아서 오늘날까지 전해오고 있다.

또 하나의 여담이지만 대마도에 왜구의 근거지가 있었다는 사실을 역사는 속속 증명한다. 대마도는 알다시피 대한해협 바다 한가운데 동떨어진 온통 바위섬이다. 하매 자생하기 어렵도록 식수도 농토도 부족하기 마련이다. 그래도 거류민들은 어떻게든 먹고 살아야 했고, 그에 생활필수품의 공급을 일본과 한반도에 의지할 수밖에 없는 숙명을 안고 있다. 하지만 일본도 우리도 이를 애물단지로 사소하게 여겨 서로가 '너나 가지라'고 밀어 붙일 정도였다. 조선조 왕조실록에도 누 차례 기록이 있듯 일시적인 지원이 없지 않았다지만, 대마도 거류민들을 사소하게 여길 바에야 소통이 자주 끊기기 마련이었고, 그것이 그들로 하여금 살기 위해선 어쩔 수 없이 왜구가 되어 노략질에 의존한 연유가 됐다. 이처럼 중세기까지 대한해협 한가운데 바위섬 대마도는 임자가 모호한 무주공산에 놓여있었다고 봐도 과언이 아닌 것으로, 당시 거주민들을 생각해 약간의 배려와 은덕을 베풀었다면 그대로 자국의 영지에 복속시킬 수 있는 입장이었다는 말에 다름이 아니다.

한반도 중세사에서 가장 큰 통증이랄 수 있는 임진왜란은 곧 성웅 이순신 장군을 떠올리게 한다. 전쟁 초기부터 끝나는 7년 동안 개인적으론 차마 극심한 부침을 겪으면서도 군인다운 기개에 아울러 고품위 인격자의 자세를 잃지 않은 세계사에 빛나는 영웅 중의 영웅이었다. 장군의 진면목은 우리보다 오히려 외국에서 더 알아주고 연구되고 있단다. 더욱 아이러니한 일은 가장 앞장서서 이순신을 깊이 연구한 나라가 바로 패퇴당사국인 일본이란 점이다.

한 가지 극적인 실례를 들자면, 세계 모든 국가의 해군 사관학교에서 공부하는 정규 과목 중에 세계해전사가 있는데, 첨단 해양국가인 영국에서 발간된 군사학 교과서로서 권위를 단단히 인정받고 있다. 그 교과서 속에 16세기 조선 수군 사령관 이순신 장군에 대한 공적과 치밀했던 전략이 모범적 해군 전투사의 굵직한 한 페이지로 기술되어있고, 수백 년이 지난 현재까지도 많은 연구와 발굴이 이루어지고 있을 정도로 확고한 위상의 위인으로 기록되고 있다. 그러한 연구 성과 또한 바로 일본의 전쟁 사가들에 의해 정밀하게 밝혀지고 연구되어진 결과라는 사실 또한 기억할 만한 일이다. 자신들이 당한 패배의 원인을 철저히 분석하고 연구하여 타산지석他山之石으로 삼는 열린 자세는 결국 이순신 장군의 진면목도 함께 드러나도록 했으며, 결과적으로 그들에게 커다란 이득이 됐던 것도 사실이다.

20세기 초엽, 일본과 러시아 간에 발생했던 러일전쟁 때 벌어진 동해 해상 전투에서 당시 세계 최강의 위용을 자랑하던 러시아의 발틱 함대가 약 1주일간을 두고 벌인 함대함 해상전투에서 일본 함대에게 처참하게 궤멸 당해 고스란히 수장되어버린 역사적 사실이 있다. 당대 최고 최대의 무적 함대였고, 러시아의 자랑이자 오만이었던 38척 발틱 함대가 지구를 반 바퀴나 돌아 파김치로 지친 상태에서 지금도 러시아 해군사에 가장 커다란 수치로 남아있을 정도로 일본 함대에게 철저한 패배를 당해 동해 바다 독도 근해에 무참히 수장되어버린 것이다. 덕분에 러시아 제국 필생의 여망인 부동항 확보를 위한 남진 정책의 기치가 여지없이 꺾여버려 오랫동안 그 후유증으로부터 벗어날 수가 없었고, 그때 입었던 패배로 인해 시베리아 대륙횡단철도 건설과 함께 당시 거의 불모지나 다름없던 블라디보스토크 항구가 러시아 최대의 군항으로 개발됐던 것이다. 세계 역사의 방향이 그로 인해 바뀐 사실을 두고 세계 각국의 분석가들은 그렇게 된 요인을 엄밀하게 분석하기에 이르렀다. 그 결과 비로소 이순신 장군의 면모와 지략에 의한 결과라는 것을 알게 됐고, 장군의 전략과 전술, 배경이 보다 치밀하게 연구됐던 것이다. 1905년에 발발한 러일전쟁 해상 전투에서 정자전법丁字戰法, 敵前回頭作戰을 펼쳐 대승으로 이끈 이가 바로 '도고 헤이하치로東鄉八平郎' 제독이었는데, 청사에 남을 만한 대승리 해전이었음에도 유명 해전사에 기록되지 못하는 이유 또한 그 전법이 바로 세계 4대 해전으로 기록된 1592년 한산도 대첩에서 이순신 장군이 왜군을 상대로 평저판옥선을 개량한 거북선을 앞세워 사용한 유명한 전술 학익진鶴翼陣의 모방이었기 때문이며, 이는 도고 제독 자신도 인정했고 일절 개의치 않았던 것이다. 이에 도고 제독은 중세기 일본에게 통한의 패퇴를 안긴 엄연한 적장임에도 불구하고 조선의 이순신 장군을 가장 숭배하는 영웅으로 평생을 깍듯이 받들어 모셨다. 마치 기성 종교의 교주처럼 개인 제단을 세우고 밤낮으로 받들어 숭상하기를 서슴지 않을 만큼 이순신이라는 이름만 들어도 곧바로 옷깃을 여미고 몸가짐을 정돈할 정도로 철저한 이순신 절대주의자임을 자처했으며, 스스로도 자랑스럽게 생각하고 죽을 때까지 이순신 장군처럼 시속의 정파에 일절 물들지 않는 순수한 군인으로 행동했다.

세계 정복의 야망에 불타던 프랑스 황제 나폴레옹 군의 대양함대를 대서양에 수장시킨 또 하나의 세계 4대 해전, 저 유명한 트라팔가르 해전의 전쟁영웅 영국의 넬슨 제독과 견주어도 못하지 않다고 자신만만하던 그였다. 그러한 그도 죽을 때까지 조선의 이순신 장군과는 비교의 말조차 엄히 꾸짖으며 감히 함께 나란히 서기를 사양할 정도로 존경과 숭모의 태도를 끝내 잃지 않았다고 한다. 숭모의 염이 얼마나 깊었으면 폐허로 변해 버려져 있던 이순신 장군 영정을 모신 충무사의 재건도 그렇거니와, 지금도 우리 해군 요원들이 기본 훈련을 마치고 가장 먼저 경상남도 통영 한산도 제승당 이순신 장군 사당에 참배하기로부터 업무의 시작으로 삼는다는 굳건한 전통이 바로 도고 헤이하치로 제독의 깍듯한 명령으로부터 기인한다는 사실을 아는 일반인은 드물다.

오죽하면 우리의 역사평가를 타국에 의존하려는가, 이처럼 역사의 주역으로 사느냐, 조연에 그치느냐의 결과 차이는 명확하다.

숱한 피의 살육에 심각한 회한이 있었을까? 조선조는 7대 임금 세조 대에 일시 불교가 다시 발흥한 적도 없지 않았지만, 대체로 숭유억불崇儒抑佛 정책이 전 시대를 지배했다. 권력화 귀족화된 불교 교단의 잘못된 태도로 말미암아 민생이 도탄에 빠지고 종국엔 고려가 문을 닫는 지경에까지 다다른 쓰디쓴 경험이 워낙 진했기 때문이었다. 그래서 난 경상북도 김천 직지사 대웅전 용마루를 바라볼 때마다 보물이 아닌 반면교사로서의 청기와를 바라보며 한탄을 금치 못한다. 하매 언제까지나 그 자리에 영속하면서 부디 미련하고 어두운 사바세상을 향한 매서운 채찍, 속죄의 불망기로 남아 의식이 고루한 배달민족을 일깨우는 죽비의 역할을 다해 줄 것을 소망한다.

불교를 위시로 그 어떠한 외래종교라도 한반도에 들어와 하나라도 실패하고 물러난 것은 없다. 배달민족의 기질상 특별히 종교에 대한 관용성이 깊어서일까? 아니면 두 시대의 파국까지 불러온 이유의 큰 부분이 종교의 세속화에도 기인한다면, 대체 우리민족의 의식과 일상생활에 있어 종교란 어떤 의미를 띄고 있을까?

08
한반도의 종교사

　자고로 모든 종교는 고정적 문명과 이동성 문화의 중간단계에 속한달 수 있으며, 인간사회가 급박할 정도로 위기에 닥치지 않으면 발생하지 않는다. 그럼에도 모종의 종교가 횡행을 한다면 그건 혹세무민惑世誣民을 바탕으로 세력 모으기를 일삼는 즉 모조리 사이비라 칭해도 그르지 않다.

　전 세계를 통틀어 인류 공통적이자 원초적인 숭배대상을 들라면 '태양과 불' 즉 배화교拜火敎가 그것이다. 오늘날에도 전 세계에 4만 명 정도의 신자가 남아있다는 고대종교, 거의 모든 종교의 원형이랄 수 있는 조로아스터(자라투스트라)교를 비롯해 각기 종교마다 정규제례 예식을 지낼 때 반드시랄 만큼 가장 먼저 제단에 불을 밝히는 습속이 남아있음은 그의 확고한 증빙이랄 수 있으니, 우리 전래전통의 제례의식에서 향과 촛불을 제단에 가장 먼저 밝히는 이유도 역시 마찬가지랄 수 있다.

기독교는 알다시피 이스라엘 땅에서 발흥했다. 유대 땅은 이제도 그렇듯 척박하기 이를 데 없는 가혹한 환경 아래 놓여있다. 따라서 처연한 불모지대에서 민족이 생존을 하려면 불가분 지리적 이점을 살펴 상업 즉 동서양 중개무역에 종사할 수밖에 없음이고, 유난히 이재理財에 밝은 유대민족 고유한 기질을 형성했음에 아울러 물신이 주도하는 각박한 인심과 혹독한 생존투쟁이 난무하기 마련이었다. 이의 넘치는 탐욕으로 말미암아 한계에 다다른 부도덕성의 폐단을 말리고자 이웃사랑과 인류화합을 표방하는 기독교가 태동한 절실한 이유라 하겠다.

이에 비해 불교는 기독교와는 반대양상을 띠고 있으니 뭐든 풍성하고 사람 살기 좋은 이모작의 고장 인도 바라나시 녹야원에서 발생을 했다. 그의 넘치는 풍요에 따라 잦은 사치와 향락으로 인간 세상이 속으로부터 피폐해지고 말았으니 이의 종말적 폐단을 타파하고자 절제와 극기, 자비를 표방하는 자기 수양의 불교가 일어섰다. 이처럼 결핍하건 풍요롭건 다듬지 않으면 쉽게 몰락으로 빠져버리는 인간사, 그러면서도 늘 선함을 희원하는 이중성, 그 같은 자기 필요성에 의해 필연적으로 발생한 문명적 요소가 강한 종교가 형상과 경전이라는 문화적 요소를 도입함으로서 공감대를 가짐과 아울러 비로소 널리 전파가 쉬워졌달 수 있으니, 이처럼 피폐해진 사회가 종말에 이를 즈음에야 발생하는 최후의 수단 종교의 발생지는 결국 한 세대를 넘기지 못하고 모두 문을 닫았음에 유념한다.

한반도에서의 초기 종교는 역시 대자연을 대상물로 삼는 토테미즘(Totemism) 주격이었으니, 태양과 하늘을 숭배하는 제천의식은 그 모든 신성의 가장 근본으로 인정받았으며, 다음으로 모든 사물에도 정령이 들어있다는 이른바 만유정령설萬有精靈說에 근간을 둔 애니미즘(Animism)도 강한 존재와의 일체감을 소원하는 형태로 존재했다.

제천의식은 조직과 사회의 근본을 다스리는 법적인 요소를 강하게 갖고 있어서 초기엔 정치와 제사가 혼재하거나 융화하는 제정일치의 형태를 띠우기도 했으며, 조직이 작기로 모계사회의 입지에 어울리도록 할미 한사람으로 족했으나, 차츰 종교 특유의 엄격한 절차 원칙과 정치 특유의 임기응변 사이에 발생하는 괴리감으로 인해 입장을 분리해 가기 시작했다.

내가 곧 하늘이랄까, 천손사상天孫思想이란 신과 사람의 존재를 각기 별개로 두지 않고 하나로 융합된 동질동격임을 뜻한다. 눈이 부시다 못해 눈이 돌아갈 정도로 신문명을 속속 창조하고 있는 작금의 양태를 보면 인내천人乃天이란 의미가 더욱 확연해지고, 이야말로 한반도 배달민족 의식세계의 저변을 형성하고 있던 유심론唯心論으로서의 주체적 사상이란 생각은 강하다. 하지만 유물론唯物論적 실용주의의 단맛이 워낙 강력하다보니 유심론에 근거한 우리네 인내천 천손사상은 일단 고개를 숙이고 깊숙이 숨어들어야 했다.

원래는 소도蘇塗 뒤엔 도피안到彼岸, 마을 입구에 의연하게 서 있는 장승처럼 일부 샤면과 토템의 혼합 형태로 남아있는 전래의 전통유산이 주술적인 모습으로나마 간신히 지금껏 이어지고 있으나, 그토록 우월했던 천손의 본원은 단순신화 속에 가려진 채 현재에 와선 거의 실체가 감춰지고 말았다.

개별적 입장에서의 천손사상이 군집사회성을 띄면 저마다 주인 곧 민주주의가 된다. 따라서 이는 지당한 양태일 뿐 무슨 종교도 아니고 어떤 학문일 수도 없고 그래서도 안 된다. 그럼에도 무슨 학이니 어떤 교니 참칭하는 섣부른 작태야말로 실질에서 우리네 고유한 인내천 천손사상의 핵심을 도리어 가리는 역할을 하기 마련인 것으로 동학운동 제1의 실패요인이었다.

짐작컨대 완성에 가까운 철학이며 행동 기준으로서 인위적인 법률보다 한층 우월한 자율적 구속력을 기본으로 삼았던 고차원의 세상이고 생활 그 자체였으나, 후세에 도입된 외래사조에 의해 가려지고 중국풍에 의해 다시 왜곡되어 인위적인 형상과 계율의 어두운 그늘 아래로 감춰지고 말았던 것이다. 그때부터 한반도 배달민족은 숭고한 거소인 소도蘇塗를 깡그리 잃어버리고 말았으니, 그리스의 대 철학자 플라톤이 진실로 이 땅에서 구현되기를 바랐던 철인정치, 자연법칙 우선의 이상향이 바로 그런 모습이 아니었던가 하는 아쉬움을 차마 감출 수가 없는 것이다.

일본에서 황실의 조상으로 여기고 있는 아마데라스 오미카미天照大神 여신의 이름 중에서 조照자는 원래 곰을 뜻하는 웅熊자의 변형된 모습이 아닌가, 라고 생각할 수도 있다. 즉 천조대신天照大神이 아니라, 천웅대신天熊大神일 수도 있다는 추론이다. 두 글자를 나란히 놓고 본다면 그런 의식을 도저히 감출 수가 없다. 게다가 여신이란 공통점이야말로 이의 연관성 밀접성을 뗄 수 없도록 다짐 주고 있는 것이다.

한반도 기마민족의 일본 이주설은 이미 광범위하게 인정을 받고 있으며 당연히 천제 환웅과 웅녀의 사이에 태어난 배달민족의 조상 단군왕검의 어머니 웅녀가 일본 왕실의 조상신으로 모든 일본인들의 섬김을 받고 있어서 일본 신도의 원천으로 깊숙이 자리 매김을 하고 있다고 생각해도 전혀 어색하지 않은 것이다. 더구나 한국인의 곰에 관한 의식에 못지않게 일본인들의 의식세계에서도 구마 또한 한갓 예사로운 동물이 아니지 않는가.

그렇게 생성된 신화적 실체는 고구려 소수림왕 때(AD 372년)에 이어, 12년 뒤 백제로, 다시 AD 521년경 신라 법흥왕 때 등 중국으로부터 유입된 대승불교에 의해 다시 결정적으로 퇴색하고 만다.

안착 초기에 성공적으로 뿌리내리기 위함이었겠지만, 어느 곳에 가든 불교는 그 지역의 고유성을 깍듯이 인정하고 존중했다. 이는 자기주장에 대한 고집 또는 아집을 버리고 현지화에 자신을 온통 투료했다는 뜻이고, 그런 결과는 대단히 평화적이고 성공적이었다. 지금은 대승 소승을 막론하고 불교의 본산으로 인정받고 있는 티베트의 라마불교도 초기엔 중국의 고전소설 서유기에 자세히 묘사됐듯이 지역마다 고유의 밀교가 곳곳에서 독단적으로 성행했으나, 쿠마라지바라는 고승의 희생적 노고에 의해 이조차 모두 수용함으로서, 오늘날과 같이 발생지인 인도에서보다 더 불교의 총본산으로까지 자리매김하기에 이르렀다.

조선반도에서도 역시나 다름이 없었다. 한걸음 먼저 자리 잡은 샤머니즘과 아직 남아있는 토속 애니미즘과 적절히 타협과 융화를 꾀함으로서 농본민족 순박한 민중의 의식 속에 비교적 쉽게 안착할 수 있었던 것이다. 신선사상, 삼신사상에 무속신앙 심지어 단군 사상까지도 수용하길 머뭇거리지 않았단 말이다. 덕분에 우리 민속 또는 민화의 소재가 매우 폭넓고 다양해졌으니, 앞으로도 깊이 있게 돌이켜볼 요소라 하겠다. 공교롭게도 이는 호랑이가 담배 피우던 까마득한 시절 우리네 아비민족 환인조상들이 조선반도 배달민족과 합치하기 위한 융화수법과도 일치했으니, 일컬어 은근과 끈기는 우리민족 최대의 덕목이 되어 유전자 속에 하나의 인성인자로서 아예 자리를 잡았다고 볼 수 있다. 그러니 포용력과 수용성의 점에선 환인 조상님 편이 한 수 위였다고 말할 수 있겠다. 그렇다. 바깥사람 나를 버리고 현지인 그대를 앞세우고 존중한다는 겸허한 태도는, 언제 어느 때이건 손해를 입는 경우란 없는 법으로, 이는 태곳적부터 역사가 수도 없이 증명하는 일이다.

전략적 입장에서 지엄한 왕실과 상층부 귀족사회를 먼저 공략한 불교는 그동안 인위적 법률보다 내면적 자율을 지향했던 관대한 한반도 백성들의 의식체계에 일대 충격이었다. 엄격한 계율을 내세워 세속의 고통으로부터 해탈하는 과정을 통해 자기완성을 이룩하는 극기克己의 종교인 불교는 머지않아 민중의 전반적인 의식 안에 깊숙이 뿌리를 내리게 된다.

초기불교는 산속에서 가만히 은둔하지만은 않았다. 나라가 어려울 땐 직접 전쟁에 참가하여 운명을 같이하기도 했었던 반면, 직간접으로 국사에 참여해 적지 않은 부작용을 남기기도 했다.

현지의 다양한 습속과 밀교를 인정하는 불교가 토속의 소 의식과 결합하면서 기복신앙의 형태를 추가했고, 도참설圖讖說, 풍수지리와 결합해 점차 신비주의적 색채로 물들어갔다. 불교가 토속신앙과 결합했다라기 보다는 토속신앙이 불교의 경전을 비롯해 예배의 의식까지 받아들였다, 라는 편이 더욱 가까웠다. 이는 한반도 자생문자의 부재가 가져온 피할 수 없는 지적 문화적 소나기의 결과였다.

오래 전승되고 남겨지기 위해서는 무언가 표현할 수 있는 문자적 수단이 필요한 것은 당연했으나, 보편적 기록 수단이 미비했던 한반도의 거주민들은 중국의 문자로 된 경전과 예식을 이내 받아들였고 동시에 풍습까지 동화되어갔다. 당연히 기존의 의식과 질서는 외래문자의 강력한 영향을 받아 점차로 자주성의 상실을 불러오고야 말았다.

불교에 뒤이은 중국 고유의 유교 문화의 전래는 민족의 주체성을 결정적으로 훼손하는 결과를 초래했다. 불교는 그래도 발상지가 인도였던 관계로 비교적 중국의 사상적 영향을 덜 받았다고 할 수 있지만, 유교는 그 의미가 전혀 달랐다. 완벽한 중국의 사상과 문자로 엮어진 문화의 소나기였고, 일관성을 가지고 폭포처럼 쏟아지는 색채에 물들지 않을 도리가 없었다.

공자와 맹자로 집약되는 중국의 사상적 배경은 불교의 전래로 어느 정도 물렁해진 한반도 의식적 터전을 용서 없이 구축하기 시작했다. 학문에 대한 호기심으로 충만한 영리하고 순박한 백성들에게 망설이거나 견제할 틈도 없이 세포 속까지 목마른 대지에 내리는 소나기처럼 깊숙이 파고들었던 것이다.

불교를 이식함으로서 고유하고 차원이 높은 정신세계를 먼저 혼란스럽게 흔들어 놓은 뒤 주자학으로 대표되는 유교를 이식함으로서 중화사상을 향하는 의식화 단계의 정확한 수순이었다. 그들이 내미는 잣대가 기준이 됐고 그들이 내보이는 색깔이 표준이 됐다.

기상과 의지가 확실해서 항상 중국에게는 경계의 대상이었고 중국의 자존심은 한반도의 배달민족 앞에서는 별로 힘을 발휘하지 못했던 고대 관계는 계획적이고 집요한 외부의 세뇌정책과 내부 통치권의 우민화 정책이 맞물려 점차로 하나씩 마비되어 갔다. 어느 것 하나라도 지켜내기가 쉽지 않은 요소이건만 내우와 외환이 함께 작동하면 그에 넘어가지 않을 재간은 없었다.

삼국시대까지는 그래도 고유한 정신세계와 높은 수준의 자의식이 살아 있어서 국선, 화랑도 정신으로 이어지고 적극적인 주체성도 어느 정도 유지되어 있었으나, 고려시대에 접어들고 유교의 지속적인 혼입을 받으면서 양상은 판이하게 달라져 갔다. 유학의 발생처인 중국 안에서조차 현실과 거리가 멀다 하여 지켜지지 않는 과도한 의식과 예의가 의미도 모르고 강요됐다. 유교는 중국에서는 하나의 학문으로서 유학이었고 교육 수단이었으나 한반도에 들어와서는 그것은 종교이고 철학이고 생활 속으로 너무 깊숙이 자리를 잡고 말았던 것이니, 헛된 형식이 본질과 실질을 아울러 구축하게 된 것이다.

조선 시대에 들어와서의 유교는 주자학이란 이름으로 발상지인 중국에서보다 더 활짝 꽃을 피웠다. 형식에 지나치게 치우친다 해서 중국에서조차 오래전 거의 사문화 된 주자가례가 공전의 경전처럼 높이 받들어졌으며, 허례와 과도한 효 의식은 더욱 강조됐고 나중엔 한 집안의 재산을 거의 장자에게 세습되게 했다. 그런 다음 계속 이어지는 3년간의 시묘살이라든가 8대 조상까지 모시는 성대한 제사를 한 달에도 몇 차례씩이나 치르도록 하는 등 완전한 낭비성 지출을 예법이란 이름으로 강요해 여간해서 민간에 재산축적이 불가능하도록 인습으로 얽매어 뒀던 것이었다.

오죽하면 조선조 인조 조에서 숙종 조까지 고위직에 봉직한 문신 남구만 대감 같이 주자학의 폐단을 감연히 지적한 결과로, 시정을 어지럽힌다며 사문난적斯文亂賊으로 치부해 장기간 몹쓸 핍박을 당할 정도로 배달민족의 자주적 기상은 바닥까지 떨어져 버렸던 것이다.

가장 우수한 자격을 갖추도록 특별히 장자를 교육하고 훈육한 다음 인습과 허례의 굴레를 씌워 발전적이고 창의적인 일을 할 시간과 재산의 여유를 한꺼번에 앗아가 버렸다. 즉 왕실에서나 필요한 정도의 거창한 예식과 절차를 가난한 일반백성에게 효도란 이름으로 강요함으로서 허례와 허식의 무거운 굴레를 의식 없이 무비판적으로 짊어지웠던 것이다.

순수 민간자본은 사회의 자신감이고 국가 발전에 원천 에너지가 되지만, 허례허식의 농도가 짙은 유교적 환경은 민간자본이 성장하기 어려운 조건을 만들었다.

뿐만 아니라 경향각처 가장 살기 좋고, 볕도 잘 들고, 물과 바람에 안전하며 활용가치 높은 땅들은 소위 풍수지리상 명당이란 이름 아래

하나같이 묏자리 음택으로 변해 갔고, 거의 영구적으로 활용이 불가능하도록 철저히 버려진 땅으로 만들어버린 치명타까지 이어졌다.

유교의 해악이 미치기 한참 전 시대인 신라시대에 조성됐던 대왕들의 무덤들이 어디 명당자리를 골라서 자리했었는지 돌아보라, 대부분이 찾기 쉽고 가까운 곳에 옹기종기 모여 있는 모습 일색이 아니던가, 통일된 터전에서 한반도 최고의 황금기를 구가했던 통일신라시대의 고분들이 모여 있는 곳이 풍수지리적인 면에서 명당이라고는 결코 할 수 없는 평야지대가 대부분이었음을 상기해야 한다.

심지어 신라시대 최전성기를 구가했던 문무대왕 능은 상상을 초월한 채 동해 바다 물 한가운데 위치하고 있지 아니한가, 능률적이고 실질을 우선시하는 당시 오염되지 않은 한반도 조상들의 개방적이고도 실질적인 사고방식이 단연 돋보이는 대목이 아닐 수 없다.

유교가 들어온 이후로 불교는 중국의 의지대로 쇠퇴기에 들어갔다.

유, 불, 선의 순서에 입각해 중요 선호도가 정해졌고 혹세무민惑世誣民이라는 대접을 받으며 불교는 우선 고개를 숙이고 있어야 했다. 불교가 고개를 숙이면서 모계바탕의 전통적 의식체계도 천손사상과 함께 신선각의 그늘 안으로 깊숙이 모습을 감춰야 했다.

충과 효를 제일의 덕목으로 내세우는 주자학 즉 유교는 전 조선시대를 거쳐 거의 유일한 신앙이었고 철학이었고 생활이었다. 왕실의 위엄과 존재를 받쳐 주는 유일한 수단으로 확고히 자리 잡았고, 그러한 절대 위상에 도전이 가능한 모든 의식과 문물은 사문난적이란 명분 아래 철저히 이단시되고 차단됐다. 이처럼 유교는 정연한 논리와 깊은 학문적 공헌에도 불구하고 더욱 중요한 민족의 뿌리 근간을 철저히 말살시켜 버리는 역할을 먼저 충실히 수행했다. 심지어 중국 송나라 때 정돈된 주자가례朱子家禮를 우리네 고유한 전통으로 잘못 알고 지고의 가치, 예의 정통으로 높이 받들어 숭상했으니, 누더기 남의 옷을 좋아라 받아 입은 그런 넋 나간 사회가 길게 온전할 리 없었던 것이다.

현재에 와서도 한국인의 거의 전부가 유교신자라고 해도 틀림없을 만큼 깊은 뿌리를 내리고 있어서 여간한 노력이 없이는 우리 민족 고유의 정신은 다시 되찾기 힘든 지경에까지 이르고 말았다.

중국에서 시초를 이루고 만들어진 유교의 기본 틀은 대체 어떤 근거에 기초하고 있을 것인가, 유감스럽게도 그것은 고대 한반도 즉 고조선의 정신세계를 이루고 있던 자비 바탕의 홍익사상에 근거를 두고 있었으니, 한반도 고유의 폭넓고 발달된 홍익사상을 벤치마킹 삼아 중국은 자신들의 사상적 체계화를 이룩한 것이었다. 아울러 바깥 세상은 부계사회의 효율성에 주목할 때 우린 모계사회의 안정감에 머물러 있었다. 즉 수동적 관리형 모계사회에서 능동적 공격형 부계 사회로의 전환에 발 빠르지 못했다는 뜻이다.

차이가 있다면 고대 한반도의 의식 사조는 기본 골격이 성선설性善說이라고 할 수 있으나, 중국의 그것은 성악설性惡說을 기본으로 하고 있다는 차이 정도랄 수 있다. 학설 자체는 겉보기엔 정반대의 논리를 갖추고 있을지라도 추구하고 지향하는 방향은 고대 한반도의 인본의 체계적 바탕을 고스란히 답습했다. 이점은 다른 사람이 아닌 유교 발상의 시조로 추앙되는 공자의 여러 차례에 걸쳐 피력된 회고 담에서 명백히 알 수가 있다. 물론 공자의 선대 또한 동이족 출신이 란 점은 차치하고 말이다.

어느 편이건 무탈한 공중의 국태민안國泰民安을 표방하는 가운데, 맹자로 표현되는 성선설이란 인간의 기본 내면은 원래 선하고 착한 성품을 자연으로 갖추고 있어서 그 성질을 잘 유지하고 널리 유익하 도록 부단히 자기성찰을 게을리하지 않아야 후천적인 유혹과 오염 곧 탈선으로부터 견딜 수 있다는 논지이고, 법가와 순자로 대변되는 성악설은 인간의 기본성정은 본래가 동물적이고 사악한 것이어서 후천적인 교육과 끊임없는 자기수양으로 선함을 키움으로써 내부의 사악함을 억제할 수 있는 능력을 키워나가야 한다는 논지였다. 역 시 이상성이 강한 모계바탕의 성선설은 인간의 기본을 신과 같은 수 준으로 생각하는 반면, 현실성이 강한 부계 바탕의 성악설은 인간의 기본 성정을 다분히 동물적 바탕에 근거하고 있음도 주지할만하다. 더불어 우리민족 고유한 천손사상도 모계바탕의 성선설에 기반하고 있음도 쉽게 수긍할 수 있다.

유교가 조금씩 제자리걸음을 하던 조선조 후기에 비좁은 틈을 타 고 천주교가 전파되어 들어왔으나 제대로 공개적인 포교도 한 번 못 해보고 박해를 받아 위축되고 말았다. 그런 짧은 시간 사이에도 조선의 선량한 백성들은 정권 내부의 무능과 사회 각층의 부조리에 염증을 느낀 나머지 외부에서 들어온 서양의 새 진리를 수용하는데 반사적으로 무척 빨리 적응을 했고, 잠깐 사이에 신도의 수는 수 만 명에 이르게 됐으며, 천주교 말살 정책에 따라 신유년(1801년), 기해년(1839년), 병인년(1866년) 등 박해가 닥쳐왔을 때 그들은 무슨 용기로서 죽음조차 마다하지 않았던가.

가정에 아버지가 하나이고 하늘에 태양이 하나인 것처럼 조선 땅에서의 숭배대상은 제후일지언정 오로지 조선왕실 하나여야만 했다. 왕실의 위엄을 지켜주고 이론의 근거를 제공해 주는 것은 충忠과 효孝를 기본 덕목으로 내세우는 중국 태생의 유교가 확실한 뒷받침을 했다. 중앙집권 세습왕조시대의 유일 숭배대상인 왕실의 절대위엄 앞에 또 다른 상위숭배자로 등장하는 것은 왕실이란 지존의 위치를 송두리째 뒤집는 반역행위로 삼족을 멸하는 끔찍한 징치를 받아 마땅했다.

천주교의 수장은 현재와 마찬가지로 교황이고 제도 또한 철저히 영주제도에 입각한 봉건적 구조를 하고 있었다. 조선의 통치자는 단지 지방 또는 변방의 제후로서 왕이란 호칭에 머물러 있었거니와, 약소국가의 입장에서 사대굴종 할 수밖에 없는 황제는 중국 하나만으로도 부득불 벅찬데, 그 위로 교황이라는 또 다른 상위의 존재, 옥상옥屋上屋을 결단코 인정할 리가 없었던 것이다. 하매 조선왕실에선 맨입과 경전 하나만 가지고 들어온 주제에 언필칭 황제란 감당키 어려운 칭호만은 부디 삼가달라고 은근한 압력 혹은 설득을 폈으나, 대표적인 수구파 천주교단이 이를 들어줄 리 만무했고, 교리를 내세위 조상에 대한 제사까지 거부하는 등 충과 효를 동시에 거슬리는 바로 이점이야말로 '삼족을 멸'하는 전통적인 대역죄였으니, 이것이 순교란 이름으로 잔혹하게 천주교도 대량 희생을 몰고 온 근본적인 이유였다.

'암탉이 울면 집안이 망한다'는 속담의 시원, 때마침 조선조 제22대 정조임금이 죽고 수렴첨정垂簾聽政을 한 천주교도 대왕대비 정순왕후 경주 김 씨의 후광 아래 대세의 흐름을 휘어잡은 외척 세도가 김 씨를 대표한 노론 벽파의 입장에서 반대편인 정적 남인이 주류인 시파를 제거할 명분이 꼭 필요했다지만, 정파 싸움에 악용된 '교황'이란 일개 호칭 하나가 아무것도 모르는, 이리 치이고 저리 치이고 하는 선량한 백성들을 떼죽음으로 몰고 갈 가치가 있었는가, 우물 안 개구리 같은 천진하거나 시류에 조금쯤 우매한 동양의 처연한 백성들은 그깟 단어 하나 때문에 그렇듯 막무가내로 희생당해도 괜찮다는 말인가, 누천년 수구골통으로 살아온 벽창호 조선 왕실의 고리타분함과 파멸적 당파싸움의 현장에 그처럼 정면으로 항거해서 꼭 그렇게 경을 쳤어야만 옳았는가, 로마교황청은 그래서 '희생당하신 영령들 108위를 성인의 반열에 올려놓지 않았는가' 라고 이제 와서 답한들 난 한 마디도 새겨듣지 않겠다.

중국풍 유교의 근본은 일반 대중을 위한 계몽적 현실 교육이기보다는 남존여비男尊女卑를 은근히 표방하는 일부 특권 귀족 계층과 그의 자제들을 대상으로 한 선민교육 나아가 다분히 제왕적 학문이었다.

천주교와 함께 들어온 서양 학문의 다양성은 인문학이라는 유교적 이상성에 지나치게 천착한 해악을 꼬집고 산업화의 필요성과 실증과학의 중요성이 부각되는 바탕을 마련하기도 했다. 혹자는 동서양의 역사 주도권이 뒤바뀌는 변곡점을 구텐베르크의 금속활자로부터 잡기도 한다. 그러나 천년 동안 오랜 성역으로 굳어져 내려온 동양의 수구세력들은 이러한 변화를 결코 수용하려 들지 않았으며, 정략적 입장에서 서양학과 천주학을 동일시해버리는 잘못을 범하고 말았다. 따라서 이 모두를 척화비까지 세워가며 오랑캐 학문이라고 치부해 버림으로서 한반도가 닫혀 있었던 굳은 껍질을 깨뜨릴 수 있었던 커다란 기회를 스스로 무산시키고 말았다. 하지만 그토록 모진 박해와 고난을 겪으면서도 서양학이 일부나마 의식이 앞선 소수의 실학자들에게 남긴 자극은 적지가 않았다.

러시아의 자문에 따라 1897년 변방의 제후국에 머물던 조선도 대한제국으로 독립적 지위를 얻었고, 그때까지의 왕도 비로소 융희隆熙 황제라는 격상된 호칭으로 바뀌었다. 동시에 명동성당의 건립과 함께 천주교 운신의 폭에도 다소간 여유를 찾았으니, 명분상이나마 교황과 같은 황제의 품격을 갖췄다는 뜻으로, 이전과 같은 그악스런 탄압은 그럭저럭 피할 수가 있었다. 그러는 사이에 천주교에 동반한 서양학은 암암리에 민중의 저변을 착실히 파고들며 거부할 수 없는 실학의 바람을 조금씩 불러일으켰다. 조선조가 그 오랜 세습 왕조 전통의 문을 닫기 전에 천주학은 민중의 저변에서 제법 많은 신도 수를 확보했으며, 이용후생利用厚生의 눈을 뜨게 했으니 뒤따라 선교사를 앞세우고 들어온 개신교가 비교적 수월하게 퍼져나갈 수 있는 초기 희생타 역할을 대신했다.

　약 1700여 년 전에 들어온 인도 원산의 불교에 뒤이어 근세까지 1000년 정도를 중국산의 유교가 한반도 전체의 정신세계를 지배했으며, 200여 년 전에 들어온 유럽 원산의 천주교에 뒤이은 개신교가 교세를 빠르게 한반도에 정착시키면서 근근이 남아있던 배달민족의 천손사상은 1900년을 전, 후로 거의 모두 지워져 버리고 말았다.

　1824년 경주출생 수운 최제우로부터 서학에 대항하며 유, 불, 선의 가치를 통합해 자생적으로 발생한 동학사상이 민중들 사이에서 깊은 동조가 있었다지만, 크게 낙후된 사회를 변화시키긴 때가 너무 늦었음일까? 해월 최시형을 2대 천도교 후계자로 남겼을 뿐 별다른 성과를 거두지 못한 채 1864년 혹세무민惑世誣民 즉 삿된 언사로 사회와 민중을 어지럽혔다는 죄목으로 경주에서 체포, 아까운 나이 41세에 참수되고 말았다. 그 후 1894년 녹두장군 전봉준에 의해 만민평등을 내세우며 동학의 기치 아래 용약 거병이 있었고, 그에 해월도 지원을 아끼지 않았다지만, 시초의 연승과 달리 일개 농민의 힘으로 당시 세상에 막 등장한 막강 화력의 게틀링 기관총을 동원한 일본의 정병을 당해낼 순 없었다. 결국 최후의 결전지 공주 우금치 전투에서 회복이 어려울 정도로 관군에 대패, 잠시 도피 중에 옛 동료의 밀고로 김개남과 함께 체포 1895년 교수형이 집행, 운동은 일단 실패로 돌아가고 말았다.

　어떤 치유처방도 통하지 않을 만큼 이미 속속들이 무기력과 부패의 중병에 깊이 빠진 한반도였다. 하매 나라의 기반을 공고하게 유지해야 할 통치권 궁정 내부도 철저한 왕실 국수주의자 시아버지(흥선대원군)와 외세 일본을 등에 업은 며느리(민비)와의 사이에 벌어진 알력으로 근근이 남아있던 자생적 치유의 가능성과 시간조차 모두 헛되이 소모시키고 말았다. 도도한 세계사의 흐름에서 주류가 아닌, 변방으로 밀려났다는 뜻이다. 이는 역사에서 주인공이 아닌 보조자 즉 객체에 그쳤다는 뜻과 다름이 없다.

조선반도에 영입된 외래종교치고 어느 것이라도 실패한 채 물러간 것은 하나도 없다. 물론 대륙에 밀접한 지리적인 특성이 외부의 간섭과 강요 즉 영향력을 피할 수 없게 만든 지정학적 요인도 있기는 있다.

지금처럼 장거리 해상 교통수단이 발달하지 못한 덕분에 동떨어진 바다 한가운데 일본은 거의 완벽한 쇄국이 가능했다. 따라서 외부의 불필요한 간섭으로부터 비교적 여유로울 수가 있었으니, 내부 민간자본이 성장할 틈을 벌 수가 있었다. 게다가 미리 깨우친 선각자들이 있어 기술력에서 앞선 서양세계로부터 꼭 필요한 실용적 부분과 학문을 선택적으로 도입할 수 있었으니, 이 같은 한걸음 앞서 간 작은 동기의 결말이야말로 곧이어 지배민족과 피지배민족으로 갈릴 정도로 대단히 컸음이다.

서양에 산업혁명의 거센 바람이 불고 범선을 대체할 대형증기선이 나타나면서 비로소 대양이 열리고 육상 실크로드가 아닌 해상 실크로드가 열렸고, 본격적인 국가 간 무역시장 확대 즉 식민지 확보경

쟁과 함께 비로소 중국, 한국, 일본 등 동북아시아 3국의 쇄국이 거의 반강제적으로 깨어졌다. 비록 반강제적일지언정 19세기 미국해군 페리 제독에 의해 일본이 문호를 열게 된 동기와 시기도 중국과 한국에 비해 크게 이르진 않았지만, 하지만 기왕에 건전하고 넉넉한 민간자본의 축적이 있었고, 국제관계에 훈련된 실무자들이 제법 있었다는 점이야말로 일본이 한국, 중국과는 달리 단번에 아시아의 리더국으로 올라서게 된 직접적인 동기가 됐을 뿐더러, 이들이 민간자본 즉 신흥재벌들과 함께 당시 유행이자 세계사의 흐름인 식민지 확장정책에 넉넉한 후원자, 실무자가 되어졌음은 다분히 행운이었다. 이같은 정치와 재계의 협력전통은 길게 오늘날까지 이어져 뿌리 깊은 정경유착과 야쿠자(조직폭력단)라는 일본 고유의 정치풍토를 낳기도 했다. 이즈음의 능력자 활동가들은 역시 일반인이 아니었다. 갈 곳 기댈 곳 즉 임자인 주군을 잃은 낭인무사와, 시대변천에 먼저 눈을 뜬 일부 사무라이들이 쓸모를 잃어 녹이 슨 칼을 버리고 업종을 바꿔 새로운 지식층 실질적 활동층을 담당했다. 사쓰마, 조슈 등 일부 지방정부가 독자적으로 실력을 비축할 수 있는, 무인이 통치하는 지방자치 영주제도라는 정치적 특징을 바탕으로 오래전부터 준비되어온 행운이었단 말이다. 결국 서방세계의 높은 효율성에 한걸음 먼저 눈을 뜬 개혁적 지방을 본 따 각 지역의 영주들도 경쟁적으로 서양의 신문물을 받아들여 일본은 지극히 단시간에 근대화를 이룰 수가 있었다. 우리가 척화비까지 세워가며 서방세계를 양이(洋夷:서양오랑캐)라며 그들의 몹쓸 점에 대해 하필 귀를 기울일 때, 일본은 '동방에 살며 서방을 지향한다'며 그들의 쓸모 있음에 적극 눈길을 돌렸던 것이다.

어느 시대 어느 세계건 무인이 칼로서 통치하는 조직치고 문화다운 문화가 발달하는 경우란 없다. 그 때문에 일본열도는 문관이 각별히 숭상 받는 조선반도와의 교류를 통해 신선하고 선진적인 문화적 수혈을 간절히 원했으니, 한일관계는 곧 칼과 붓을 통한 문화적 수혈관계를 겨냥한 역사라 단언해도 그리 크게 틀리지 않을 것이다. 과거엔 말이다.

어떤 이유에서든 역사가 흐릿하고 별 볼 일 없는 나라치고 후세들의 교육과 새로운 문물에 집중하기 마련이다. 미국이 그랬고 일본이 그랬다. 이에 비해 대기업체도 마찬가지지만, 역사가 유구한 나라치고 제 역사의 제 무게에 눌려 변혁과 개혁의 발걸음이 느리기 마련이다. 한국이 그랬고 종이호랑이라고 칭한 중국은 더 말할 나위가 없다. 해서 천지개벽이랄까, 쥐구멍에도 볕 들 날 있달까, 종종 역사의 주체가 바뀌는 경우, 양지가 음지되고, 음지가 양지되는 그런 극적인 경우도 없지 않은 것이니, 국지적인 역사라 칭하기보다 차라리 지구촌 전체적인 통사라고 표현함이 옳겠다.

현재 일본 내의 신교, 구교의 신자는 전부를 합쳐도 전 인구의 1%를 넘지 않는다. 나머지 99%는 전술한 전통 신도의 신자라고 해야 할 것이다.

백제로부터 전수 받은 불교와의 접목에 성공한 신도를 제외하면 일본에 들어간 외래 종교는 한반도와는 달리 기독교를 비롯해 어느 것 하나 온전히 뿌리내리기에 성공한 것이 없다.

한반도에서는 그토록 완벽하게 정착한 유교조차도 일본에서는 전통 신도의 그늘 아래 동화되고 속해지고 말았다. 따라서 일본의 국민들은 모두가 유교 신자라고 해도 크게 다르지 않겠지만, 동시에 모두가 유교 신자가 아니라고 해도 거슬리지 않을 정도로 신도의 품 안으로 불교와 함께 밀착 융화됐다. 전통 신도의 저변이 든든하다 함은 외래의 철학적 사상의 도입과 정착을 가로막는 가로막으로 작용했다는 해석도 가능하나 전래의 전통가치를 수호함엔 당연히 유리했다. 덕분에 일본은 문명국가에선 거의 유일하게 약 8만이 넘는다는 조상신 숭배가 기본인 샤머니즘 즉 천황이라 불리는 무당이 지배하는 신도국가로 남아있으며, 사상적인 면에서 진취성이 다소 빈약함에도 불구하고 사회가 전반적으로 흔들림이 적은 역설적인 이유랄 수 있다.

전 인구의 30%가 넘는다는 한국의 기독교 신자들은 일본에서 기독교가 온전히 뿌리내리기에 실패한 것을 두고서 자신들의 능력에 스스로 위안을 삼기도 하고, 일본의 기독교 신자들 또한 한국의 교회가 엄청나게 부흥한 점을 크게 부러워하곤 있지만, 자신의 넋 즉 정체성을 상실한 채 헛된 남의 영혼에 기대기 하는 그것이 그토록 자랑해야 할 만한 내용인가 하는 점은 아무리 고쳐 생각해봐도 의문이 아닐 수 없다.

이제까지 짚어 본 한반도 종교사의 편린들 안에서 논자는 아무런 해결책도 제시하지 않고 있다. 그러나 그 안에 스스로 선택 결정해야 할 문제점들만은 충분히 열거됐다고 생각한다.

멀리 산꼭대기 봉화대에선 뭔가 알 수 없는 단속적인 흰 연기 신호를 연속 피워 올리고 있었다.

잠시 시험운행하면서 느낀 멀미가 아무래도 가볍지 않았다. 계속 '비잉 빙' 도는 느낌과 그치지 않는 구토 증상은 염려가 작지 않았으니 불가피 손을 봐야 할 지경이었다. 하지만 머신 자체가 최소한의 설계와 구성으로 제작됐으니, 이 최첨단 복잡한 머신의 보수를 위한 설비와 부품이 제대로 구비되어 있을 리 없었다. 있는 거라야 만일을 생각해 가볍게 포켓에 집어넣은 휴대용 기초적인 약식도구뿐이었으니 말이다.

시간 여행이란 분명히 우주의 스트림에 역행 또는 거역하는 중차대한 업무가 아니던가, 그런 여행 중 한순간이라도 정신을 허투루 가지면 돌이킬 수 없는 파국으로 빠져들기 십상이었으니, 이제와 같은 어지러운 증상을 안고는 앞으로의 순조로운 시간 여행에 자신이 없었기 때문이었다. 차라리 궁즉통窮則通을 주요도구로 삼아 어디 한번 시도는 해 보기로 했다.

해당 부분이 어디에 위치해 있는지 알 수 있을 정도일 뿐, 정비용이랄 수 없는 일개 구성 매뉴얼을 메인모니터에 올렸다. 나머지는 운에 맡길 따름이었다. 오직 바라는 바는 보수 중에라도 지금 이상으로 더 심각한 사태가 벌어지지 않기를 바랄 뿐이었다.

자이로스코프 작동 부분을 찾아내는 건 어렵지 않았다. 오히려 맞지도 않는 빈약한 도구를 가지고 굳어있는 나사를 빼내는데 온갖 수고와 공력을 들여야 했다. 결국 얼마나 시간을 물처럼 흘려보낸 뒤 체결용 나사 하나를 완전히 망가뜨리고 나서야 겨우 자이로스코프 운행 부분을 손에 들 수가 있었다.

다행이라면 다행이랄까, 먼저 눈에 띈 부분은 검게 변색된 스파크 갭이었다. 회로의 전원 부분에 달려있어서 외부로부터 혼입되는 불의의 전격에 대항하고자는 일종의 보호 장치였다. 이야말로 하늘이 도운 격이랄 수밖에 없으니, 이로서 더 큰 고장이, 비극적 사고가 방비됐음을 알았기 때문이었다. 아찔했다.

자세히 살펴본즉 동작엔 필요치 않기로 본래의 모듈엔 붙어있지 않은 것이었으니, 결국 부친의 깊은 배려와 우려로 차후에 부가된 것이란 흔적이 역력했다. 게다가 보호 장치는 하나만이 아니었으니, 반대편에 직렬로 부착시킨 속단퓨즈는 아직 멀쩡했다. 만일 속단퓨즈에 이상이 발생했더라면 그건 작지 않은 큰일이었을 것이다.

"아버지께서 절 구하셨네요."

혁인 가슴이 먹먹했다.

파손된 부품은 없어도 사실상 전체적인 동작엔 지장이 없는 안전을 위한 일종의 부가장치였으니, 제 직분을 너무나도 훌륭히 완수하고 끝마친 소모성 일회용 부품, 혁은 망가진 스파크 갭을 회로에서 간단히 떼어냈다. 다른 부분은 맨눈으로 확인이 가능하지 않은 것 투성이였으니 천천히 침착하게 다시 본래대로 위치시키는데 시작 못지않게 제법 오랜 시간이 흘렀다. 시험을 해봐야 결과를 알겠지만,

일단의 보수를 무사히 마친 뒤 바라본 봉화대 연기 신호는 그새 그쳐 있었다.

 이처럼 완벽하도록 치밀하게 설계 제작을 해내신 부친과 형에 대한 정념이 새삼 샘물처럼 솟아올랐다. 하긴 혁이가 어리기도 했겠지만 사춘기 무렵 어른의 당부로부터 가급적 이탈하고자 이르는 말씀을 외면하고 속 깨나 썩인 과정이 없지 않아 길게 있었다. 그 나이가 돼봐야 어른들의 입장을 알고, 들을 말귀도 생긴다는 말씀이 지금처럼 간곡하게 여겨지는 적도 드물었다. 하긴 숱한 역경을 앞서서 경험하고 능히 이겨내신 입장이 어련하실 것이며, 후세라면 그 누군들 일러줘도 알아듣지 못할 뿐, 겪어보지 않고도 그의 선험적 지혜를 감히 짐작이라도 할 것인가.
 말릴 수 없는, 밀물처럼 밀려드는 회한과 그리움의 정념에 혁은 몸을 내맡기고 생각에 빠져들었다. 대저 어른의 입장, 후세의 안녕을 생각하는 선대의 심중이란 역시 그때가 되어보지 않으면 도시 알 수 없는 것일까?

09
유교와 예절

1895년경 구한국 말기에 대한제국 정부 고종황제의 칙령으로 전국에 공포된 단발령이 있었다. 당시까지 결혼한 모든 남성들에게 통일된 유일한 공식 헤어스타일이었던 상투를 자르고 신식 짧은 머리를 하도록 강제한 정책이었다.

1895년 단발령이 내려지게 된 정확한 동기는 잘 알려지지 않았다. 일본의 내정간섭에 의한 길들이기 시책이었다고도 하고 자체 내부에서 보건위생상의 문제 때문에 시행하게 됐다고도 한다. 동기야 어쨌든 당시 사대부라 할 수 있는 유생 선비들로부터 목숨을 건 의외의 저항을 불러왔다.

예와 도덕이 땅에 떨어졌다 해서 가문의 명예를 지킨다는 명분으로 겨우 상투 하나를 지키기 위해 집안 대대로 내려온 족보를 안고 불구덩이에 뛰어들어 귀한 목숨을 끊을 정도로 적극적인 반발까지 있었다. 이처럼 공중의 정의라면 몰라도 한갓 예를 지키기 위해 목숨까지 내던진 경우를 역사상에서 찾아내기란 결코 쉽지 않은 일이다.

유학의 4서5경 중 하나인 효경孝經에 이르기를, 신체발부身體髮膚 수지부모受之父母 불감훼상不敢毀傷 효지시야孝之始也라 해서 '머리카락 한 올에서부터 신체의 모든 조직은 부모님으로부터 물려받은 것임으로 함부로 소홀히 하면 안 됨에서 효는 시작된다'는 엄격한 유교 논리를 하늘처럼 숭상하던 당시의 지식인들에겐 마른하늘에 날벼락이나 마찬가지였을 것이다.

뒤에 입신행도立身行道 양명어후세揚名於後世 이현부모以顯父母 효지종야孝之終也 '몸을 세워 도를 행하고 후세에 이름을 날림으로써 부모를 드러내는 것이 효의 끝이다' 이처럼 당시 선비들의 꼿꼿한 기개를 매우 바람직한 것으로 교육받은 사실이 분명히 있었다. 미풍양속美風良俗을 수호하기 위한 저항을 바람직한 행위라고 분명히 가르침 받았던 것이다.

하지만 의미를 보다 솔직히 말하자면 단발령 자체보다는 일본의 강권적 내정 개입을 통째로 부인하려는 의식이 앞섰을 것이랄 수 있다. 어쩌면 극심한 부정부패와 보신무능에 빠진 기성제도에의 항거가 그런 식으로 표출됐는지도 모르겠다. 이를 즈음해 시대가 달라지면 예의 기준도 달라지는 게 옳은 일인가 하는 의문이 들기도 하는 아주 가까운 역사적 사실 하나가 있다.

1960년대 후반부터 한동안 대도시를 중심으로 서양식 장발이 유행하던 시기가 있었다. 지금에야 상상도 할 수 없는 일이겠지만 당시엔 제 머리카락도 제 마음대로 기를 수가 없었던 이른바 전통사회의 미풍양속을 해친다는 논리였으며, 법률로 강제될 정도로 엄격하게 적용된 틀림없는 범죄 행위에 속했다. 이렇듯 예전엔 장발이 목숨을 걸고라도 지켜야 할 미풍양속이었고, 불과 얼마 후엔 장발이 신종 오랑캐의 소행처럼 흉악한 것으로 치부됐던 것이다. 심지어 오전에 학교라는 울타리 안에선 상투수호가 꿋꿋함과 지조의 대명사로서 미풍양속이었지만, 오후에 학교 담장 바깥으로 나오면 장발은 곧 신종 오랑캐들의 소행이어야 했다. 세상 어디엔들 존재치 않는 오랑캐 말이다.

미풍양속과 오랑캐 속성의 동시공존, 그럴 수도 있는 일이었다. 시간이 흐름에 따라 사회 가치관은 문화변천과 함께 변동될 수도 있는 일이니까, 하지만 장발에 대한 해석 논리를 변화가 가능한 논리라고 너그럽게 이해해 줄 사람이 지금은 없다.

더욱 놀라운 일은 불과 한 세대가 바뀌지도 않아 어른들 또는 기성세대 자신들이 이 같은 가치관의 변천을 앞서 두둔하고 강제적으로 집행했었다는 사실이다. 그렇다면 자신들이 어렸을 때 목숨을 버릴 만큼 옳았던 가치 기준과 성장했을 때 그것이 멀리도 아닌 당대에서 정반대로 달라져도 되는 것인가 하는 의구심을 피할 수가 없었던 것이다.

결국 인지가 우매했던 시기에 강압적 수단으로 사회의 모든 의지력을 장악하기 위한 일개 상징적인 수단 우민정책愚民政策 이상도 이하도 아니었고, 의식이 저급한 상태에 머물러 있던 보신 행태의 기성세대들도 힘과 권세에 함께 부화뇌동附和雷同했었다는 슬픈 사실이 아닐 수 없다. 그것이 아니었다면 전혀 상반되는 두 가지 논리가 서로 난처해지지 않을 수가 없음이니. 만일 전시대 장발에 목숨 거는 논리가 맞는 것이라면 후세의 단발 논리는 설득력이 없어지고, 후세의 논리가 맞는 것이라면 전시대의 목숨을 건 장발 논리가 일거에 그른 것이 되고 만다.

변화가 적당한 완충 기간을 두고 있었다면 혹시 모를 일이었으나 불과 5-60년 사이 동세대 안에서 한 가지 가치가 그처럼 극단적으로 변화할 수 있다는 논리는 설득력이 사라지고 마는 것이다. 뿐만 아니라 오전 수업 시에 교과서 안에선 옳음이 오후 규율부의 두발 단속엔 아무런 도움이 되지 못했음이니, 오류와 모순이라도 이런 경우란 없었다.

남에게 해악을 끼치지만 않는다는 전제 아래 개인의 개성을 존중한다는 차원에서 자유논리를 우린 찬성하고 있다. 다만 당 시대 우리 사회 대중 의식 평균율의 현주소 하나는 의심할 바 없이 확인될 수 있었음이니, 결론은 머리카락은 단지 저절로 자라는 머리카락에 불과했을 뿐, 장발과 단발 두 가지 예의 예시가 모두 틀렸던 것이다.

통치권은 대중 의식 수준을 정확하게 읽고 알고 있었던 것이고, 일사불란一絲不亂한 모습으로 국가 발전을 위한다는 명목 아래 대중은 좀 더 말 잘 듣는 멍청한 상태에 머물러야 했으니 이것이 곧 우민정책愚民政策이다. 전자는 자발적 우민이었고 후자는 정책적 우민의 차이일 뿐, 극단적인 반발과 사회 분란을 불러왔을 뿐, 사회퇴보라는 점에서 결과는 똑같다.

그렇다면 우리 민족에게 있어 예란 무엇이었으며 어떤 의미를 가지고 있었을까, 이의 답변을 위해 극적인 예를 한 가지 더 들어보자.

구한국 말기에 안경이 한반도에 대량으로 도입됐다. 당시 앨런이라는 미국인 왕실 고문은 지독한 근시안으로 두터운 안경을 꼭 써야 할 정도로 눈이 몹시 좋지 않았었다. 뿐만 아니라 고종 황제 역시도 집무 중엔 안경을 착용했었단다.

이런 환경에서 앨런은 고종 황제를 알현할 때 스스로 안경을 벗고 앞에 나아갔었다고 한다. 일이 안 될 정도로 거의 앞이 보이지 않는 난처한 상황임에도 황제 앞에선 서슴없이 제 눈과 같은 안경을 벗었다. 그의 이유란 단 한 가지, 상사 혹은 어른 앞에선 상대방 어른의 흉내를 내지 않는 것이 당시 우리식 긴밀한 예절의 기본이기 때문이었다. 따라서 앨런처럼 예를 아는 사람은 오랑캐일 수가 없고, 양반으로서 기본이 갖춰져 있음을 인정받는 동기가 됐고, 이후 추구하고자는 업무가 일층 손쉬워졌음은 물론이다. 자기 겸손함의 극치랄 수 있는 불편함의 감수였고 이에 감동해 다른 사람은 몰라도 앨런만은 자유롭게 왕실 내에서의 활동성이 보장됐었다고 한다. 실질과 진전보다 형식과 교과서적인 예법이 앞장선 부인할 수 없는 관념상의 허구였던 것이다.

적절하진 않을지 모르겠으나 쉬운 예를 하나 더 들어보자.

우리가 청소년 흡연을 극력 반대하는 이유란 대체 무엇일까, 이웃나라 일본만 하더라도 자식은 물론이고 며느리까지 시어른의 면전에서 스스럼없이 담배를 피워 문다.

원래 담배란 남녀노소를 가릴 필요가 있는 예의상의 물건은 분명 아니다. 다른 이에게 행위적 위안과 자그마한 충족감을 주는 것이라면 또 다른 이에게도 마찬가지일 수밖에 없다.

많은 사람들의 궁핍한 주장처럼 담배가 그토록 건강에 해로운 것이라면 남녀노소를 가려 해악을 끼칠 일도 아니지 않겠는가, 그것을 정부가 전매사업으로 독과점한다는 것 자체가 가장 설득력이 떨어지는 일이기 마련이다. 가림의 이유를 구태여 밝혀야 한다면 우리만의 전통과 예법을 내세워 어른과 아이를 가릴 뿐이라 하겠다. 그럼에도 불구하고 마시는 술만은 예외적으로 여유가 있었다. 관혼상제의례 덕분에 술은 음식에 속할 수 있었으나, 담배는 오로지 성인 즉어른만이 즐기기 위한 기호품 의미 이상은 없었기 때문일까?

결국 어른이 행사하는 행동과 권리를 면전에선 감히 흉내 내지 않는 것을 우린 예의 기본, 겸손함의 기초로 삼았던 것이고 이는 다른 민족의 예절 개념과는 근본부터 달랐던 것이다.

모두 허울이고 값싼 권위였다. 어른의 권위를 흔들림 없이 세움으로써 사회와 의식의 기둥 또한 확고하게 세운다는 의미였고, 여기서의 어른이란 행실과 처신을 물문하고 장유유서長幼有序란 명제 아래단지 나이순으로 따졌음이며, 배달민족 의식의 저변에 유전자처럼자리를 잡았다.

국가 가족 개념 또한 이러한 의식을 바탕으로 다른 민족에 비견되기 힘들만큼 완고한 계층구조(Hierarchy)를 형성하고 있었으며, 여기에절차와 허례를 앞세운 중국식 복잡한 예의범절이 적극 도입되면서단순 명료했던 종래의 원천 가치는 뒷골목으로 저 멀리 물러나고 말았다. 기존의 확고하고 간단한 예절과 수입된 복잡한 예의가 공존함은 그만큼 복잡하고 까다로운 요식 행위로 예의 자리를 예법으로까지 군히고 말았음이니, 덕분에 동방예의지국이란 어려운 호칭은 얻었을지 몰라도 그것이 가지고 있는 감춰져 있는 비현실적인 해악도 적지 않았던 것이니, 민중의 지적 허영심을 부추긴 나머지 하염없는 논리모순 속으로 실체도 분별력도 없이 깊숙이 빨려들었던 것이다. 이것이 발전은커녕 정체를 넘어 퇴보가 아니고 무엇이었을까, 고루하고 정체된 의식체계로 인해 후세가 잘못된 예법으로 유연성을 잃고 군어진 사회가 망하지 않고 버틸 재간은 없었으니, 이처럼 획일화된 유교와 성리학에의 과도한 집착으로 민중 사회의 복리는커녕 가느다란 실학조차 자리 잡긴 불가능했던 것이다.

예의가 어려워지고 까다로운 절차에 입각해 법이란 이름을 달고 워낙 높은 곳으로 올라가 버리면서 말 그대로 요식행위要式行爲에 그칠 뿐, 실제적인 효과는 한참 줄어버리고 말았던 것이니, 예절에 관한 다섯 수레의 양서가 마음에서 우러나는 한줌의 미소만 같지 못함이다. 예절의 본질은 쉽기 짝이 없는 것이라서 아예 교본이 필요치 않는 것이니까. 노자의 도덕경에서처럼 '도가도비상도道可道非常道, 도를 도라고 표출되는 즉시 도는 도가 아니게 된다'는 불립문자不立文字, 모든 이치를 문자로 표현할 수 없음의 뜻을 되새기고자 한다.

진정한 예는 미소와 같은 것으로서 언어 문자와 절차 예법의 다양함에 구애받지 않는다. 행동과 표정으로 전파 전승됨이 원칙이기에 기록에 의한 기술적 수단에도 전혀 구애받지 않는다.

불필요한 교과서, 언제 미소를 띨 것인지 규정에 둘 수 없는 것처럼 언제 어떻게 무슨 절차로 예를 표하라는 설정도 의미 자체로 웃기는 것이 되고 만다. 이처럼 보통 사람들에게 있어서의 예는 미소 띤 얼굴 하나로 모든 덕성을 총망라할 수 있음이다.

　세계 어느 민족이고 흉내조차 내기 어려운 예의 기본을 까마득한 오래전부터 우린 가지고 있었고, 이의 뿌리는 앞으로도 오랫동안 유지될 것이다. 잠시 잃어버린 미소일지언정 배달민족이 세계에 자신 있게 내놓을 수 있는 미래지향의 덕목은 오로지 이것 하나뿐이라 해도 과언이 아님이다. 다만 예의 탈을 쓴 형식을 예의 절대 원칙으로 잘못 알고 숭상했던 과거 인위적인 허례 행위를 다시 생각하지 않는다면 그간 예의 성문화에 따른 허례와 허식에 과거처럼 계속 단단히 매어 있게 될 것이고, 가려지고 숨어있는 우리 예절의 실체는 교과서에도 나오지 않을 것이다. 후세는 오직 어른의 평상시 행실에서 깍듯이 보고 배울 뿐 문자와 명령으로 지켜지는 게 예가 아니고, 가르치고 시켜서 띄워지는 게 미소가 아니기 때문이다.

　상식을 알고 항상 명심하면 매사가 예에서 어긋남이 없으나, 법도와 격식이 앞서 버리면 상식이 도리어 깊숙이 숨어들기에 예는 대표적인 허례허식이 된다. 당연히 애쓰고도 낭비와 구설수 이외엔 남는 게 없다. 물 흐르듯 순리 바탕의 예는 미소와 함께 일상생활 속에 살아있음이지 그때만 지키도록 법도에 둘러싸인 형식과 격식의 선반 위에 높이 올려져 있음이 아닌 것으로서, 인위로 강조되는 예법은 곧 예도 아니고 법도 아니게 되고 마는 것이다.

아무리 예방적 노력을 기울이고 주의를 환기시킨단들 지켜질 수 없는 몹쓸 세속적 관습도 마저 지적하지 않을 수가 없다. 군대의 서열화가 그것으로서 군대가 공인된 철저한 계급사회라 하지만 처지가 같은 일반장병들 사이에도 입대순서에 따라 상하가 엄격하게 구분되는 일례가 그 대표적이랄 수 있으니, 심지어 살인으로까지 연결될 정도로 도를 넘는 병사들 간의 폭압적 행태야말로 오로지 삼강오륜三綱五倫의 한 조목인 장유유서長幼有序라는 엇나간 의식구조에서 기인한다. 능력과 덕성 등 인품과는 아무 상관없이 오로지 나이와 서열에서 앞서면 무조건 어른 곧 상관이라는 고루한 인식이 그렇듯 실질로부터 어긋나도록 만들었던 대표적인 허례허식이며, 일개 조폭들의 신조를 변별력 없이 무조건 신봉한 나라치고 망하지 않은 나라가 없는 이유인 것이다. 심지어 유교의 발상지라는 중국조차도 말이다. 이래서 되는 집안은 실수도 미소가 된다지만, 망해가는 집안은 깍듯한 경전도 반드시 뒤집어봐야 하며, 공맹이 죽지 않으면 이 바탕에 인내천 천손사상은 언제까지나 기를 펼 수가 없는 이유랄 수 있다.

유교뿐만 아니라 무릇 지구상에 모든 종교가 주창하듯 인간과 이웃을 향한 도덕성 확립은 얼마든지 존중하고 받아들일 만하다. 하지만 표면적인 주장이 옳다고 해서 그의 이면에 감춰진 모순과 오류까지 일괄 수용할 필요는 없고 그래서도 안 된다. 더구나 오직 저들의 교세 확장을 위해 벌이는 술수라면 그것은 감춰진 악덕 즉 위선에 그치고 말 것이니, 모쪼록 사리분별력을 키워 십분 주의를 기울일 일이다.

예나 미소가 천상의 웅대한 대원칙엔 다소 모자랄지 몰라도 현실을 사는데 소극적인 요소는 결코 아닐 것이다. 아울러 예의 기본은 보암직하고 듣고 보고 배울 수 있는 행위적 대상일 경우, 서열과 상관없이 내 안으로부터 스스럼없이 우러나오는 존경심을 자연스러운 기반으로 삼아야 한다. 이 정도 예와 미소만 현상에서 실천해도 절차적 예법, 형식 우선의 허례로 인한 지난날 과오의 절반쯤은 용서받을 수 있지 않을까?

⁙

어제 정오 무렵 연구소 옥상 출발 시각으로부터 근 24시간이 지나 있었다. 혁은 머신을 움직이기로 했다.

일련의 신중한 절차 끝에 머신은 다시 시간 여행 영역 어둠 속으로 접어들었다. 고도를 높여가며 일부러 좌충우돌하는 바람을 찾아 선체를 내맡겨봤다. 아무렴 시작처럼 머신은 제 중심을 잘 잡아줬다. 멀미도 없었고 안도의 한숨 한 모금과 함께 모든 시름과 위험이 사라졌다. 하지만 선체에서 떼어진 방어막 하나를 잊으면 안 되는 일이었다. 이젠 부품 하나의 문제에 그침이 아니라 머신 전체의 안위와 직결되는바, 현상계로 생환할 수 없다는 파국적 결과가 남아있을 뿐이기에 뇌전이 일어날만한 흐린 날씨를 극력 경계해야 함이 그것이었다.

머신의 시대선택 모드를 이제까지 사용해오던 상대선택 방식에서 절대선택 방식으로 전환했다. 상대선택이란 머신이 머물러있는 지금의 시간대를 항상 기준으로 앞뒤로 시간을 지정하도록 되어 있으나, 절대선택은 첫 출발시의 시간대를 기준으로 변동되게 되어있었다. 시대 입력 칸엔 1,800년을 입력했다.

있을 수 있는 오차를 감안해도 통일국가 한반도에 이제 막 17세기가 끝나고 18세기가 시작되기 직전, 조선조에 세종대왕 다음으로 문화 창달에 힘을 쓴 22대 정조임금의 치세가 막을 내린 시점이었을 것이다.

안개일까? 구름일까? 선택한 산 정상부에 머신이 무사히 착륙하자마자 조망창 바깥으로 바라본 대기는 눈으로 앞을 분간할 수 없을 정도로 매우 흐렸다. 하늘을 올려다보매 거기도 마찬가지였다. 이상한 일이었다. 만일 비라도 내릴 듯한 기상상태라면 어서 탈출하든지 주변이 충분히 안전이 보장된 장소라면 그치고 마를 때까지 한참을 기다려야 할 것이기 때문이었다. 혁인 도달한 시간대에 어김이 없음을 믿고 일단 기상분석 시스템을 작동시켰다. 바깥의 대기를 흡수해 안에서 분석하는 시간이 수 분가량 걸렸나보다.

고운 먼지였다. 주황색 극심한 황사 먼지가 지금 시대의 대기를 온통 가득히 채우고 있었던 것이다. 머신의 안전을 생각해 기상상태가 개선될 때를 기다리며 바깥으로 나가는 일은 잠시 보류해야 했다. 막간을 이용해 우주식사도 하고 주변 감시 장치만 켜놓고 모처럼 쉬고 기다리면서 생각을 다듬는 시간을 갖기로 했다.

황사가 동기가 됐을 것이다. 혁인 한반도 전반적인 영토에 대한 단
상을 떠올렸다.

10
한반도의 지리

광대한 아시아 대륙의 오른쪽 끝에 자리 잡은 한반도는 지리적인 이점에 못지않게 단점도 함께 갖고 있으니, 머문 곳의 특장을 잘 살펴보다 이로운 방향으로 적응성을 구하면 그만이지 지엄한 자연계 흐름이 절대우선인 지구상에서 완벽한 장소를 일컫는다는 자체가 어쩌면 무리랄 것이다. 차라리 각기 다른 지역적 특성들을 살피고 경험할 수 있다는 사실에 여행의 묘미가 더해진다고 생각하면 다양성이란 측면에선 되레 행복하달 수도 있는 일이겠다.

주어진 지리적 특성에 맞춰 거류민들의 의식주 양태가 결정되고 이는 곧 문명적 요소라고 했다. 조선반도에 삶의 터전을 잡은 농본 민족은 당연히 그에 어울리는 식생활이 자리 잡았고, 주업인 논농사에 주된 노동력을 제공하는 소牛야말로 가족 이상으로 친근하고 귀한 존재가 아닐 수 없었다. 하매 늙고 병들거나 불의의 사고로 쓰러진 소를 제외하면 큰 재산인 축우로서의 소를 잡아먹는 경우란 거의 생각할 수도 없는 일이었고, 심지어 조선조 말기까지 긴 세월 동안 법규로 강력하게 규제를 가하기도 했다. 따라서 내일의 재산인 송아지가 먹고 자라야 하는 우유 또한 일상에서 음용하는 경우가 자리 잡을 수 없었기로 조선반도 민중의 절반가량은 우유의 주성분인 유당(Lactose)을 소화시키는 체질이 미처 자리를 잡지 못했고, 이는 아예 모계사회 전래의 유전적 특성으로 굳어졌다. 그에 비해 북국이 시원인 아비민족은 엄연히 육식을 위주로 하는 유목민족이었으니 나머지 절반가량의 민중은 그나마 우유를 소화시킬 수 있는 북방형 체질을 갖게 되기도 했다. 채식과 곡물 위주 농본민족의 고유한 특성이랄까, 영양가가 적은 먹거리를 충분히 흡수 소화시키기 위해 위장은 큰 편인데다, 소장의 펼친 길이는 약 6미터로 세계민족 중에도 가장 긴 편에 속한다고 한다.

무려 36억 년에 이르는 오래된 한반도 지질역사의 풍화, 침식작용 덕분에 대지는 독기를 완전히 내버리고 오늘날과 같이 깨끗이 정화된 모습으로 정착됐다. 그러나 대지가 유독 독기만 골라서 배출한 것은 아니었다. 독기와 함께 대지가 품고 있던 다양한 영양소마저 당연히 물에 씻겨나가고 말았다. 하매 나무들이 한 해 동안 정성을 다해 열매를 만들고 나면 땅의 지력(영양소)이 그만 쇠하게 되어 다음 한 해는 열매 맺기를 걸러야 하는 해거리라는 생육지연 현상을 치르고 있다. 오랜 세월 독기와 함께 씻겨나간 영양소 결핍이 가져온 현상이다.

땅의 색깔 또한 풍부한 유기물 함유로 인한 검은 색 계통이 아니라 독기와 영양소가 모두 제거된 붉은 황토색 또는 도자기 생산에 좋은 회백색이 많다. 대지 겉 표면의 녹색을 살짝 걷어내면 전 국토 어디를 보나 온통 붉은 산과 밭으로 한반도 자연의 독특한 색깔을 형성하고 있다.

충적토 또는 퇴적층과 같이 대표적인 비옥한 토질은 일부 하천의 범람원이나 강 하구 삼각주에 약간 있을 뿐 일반 평야 지대엔 거의 남아있지 못하다.

그런 오랜 세월에 걸쳐 정화된 깨끗한 산하를 타고 흐르는 냇물은 당연히 맑은 물일 수밖에 없으니, 근래까지도 계곡 아무 곳에서 흐르는 물을 떠 마시더라도 탈이 나는 경우가 드물 정도로 물의 정결함 하나만큼은 온전히 믿을 수가 있었다.

세계적으로 높은 품질과 약리 효과를 자랑하는 고려인삼이 한반도에서 잘 성장하는 이유도 바로 이렇듯 해로운 독기가 철저히 제거된 토양의 클린(clean) 효과 때문인 것을 부인할 수 없다. 얼마나 치밀하게 토양이 세척되고 독기가 제거됐으면 일부 지방에서는 지장수라는 이름으로 식용 음용이 가능하기까지 했겠는가.

대지가 세월의 흐름에 따라 잃어버린 것은 비단 영양소뿐만 아니라 표토의 흙도 함께 잃어버렸다. 덕분에 지표 토양의 깊이가 얕아지는 결과를 초래했고 영양소 결핍에 더해서 표토의 깊이가 얕음으로 수목의 뿌리가 자유롭게 뻗어 나가는 것을 방해하게 되고 말았다.

식물적 특성상 수목이 지상으로 30미터를 자라려면 땅 밑으로도 그만한 깊이의 부드러운 토양이 마련되어 있어야 가능한 것이지만, 토양의 얕은 깊이로 인해 자유롭게 위로 자라시 못하는 수목은 사연히 뿌리의 억눌린 모양에 대응하여 양옆으로 힘겹게 뒤틀리게 됐고, 활용 가치를 위주로 한 실용성보다는 시인, 묵객, 화가들의 예술적 표현 소재, 또는 가정 대부분의 주된 연료로서 땔감에 더욱 적합한 모습이 되어졌다.

지난 19세기 후반, 당시 조선 정부에서 초대 외교 사절로 25대 철종 임금(강화도령)의 외딸 영혜 옹주의 부마(금릉위)인 박영효 공사를 미국으로 파견했을 때 [한, 미] 수교를 기념하기 위해 조선을 대표하는 수목인 토종 소나무 몇 그루를 뉴욕 시 공원 한편에 이식했었다(여담이지만 바로 이때 공사 일행이 미국으로 향하는 선박 안에서 국제간 외교 전례인 만국공법萬國公法에 따르기 위해 시급히 만들어 낸 것이 바로 최초의 태극기였단다).

식목의 결과는 역시 표토 깊이의 넉넉함과 영양소의 풍부함으로 한반도에서 익숙한 구부정한 형태와는 달리 조금의 휘어짐도 없이 올곧은 자세로 찌를 듯이 뉴욕의 하늘을 한 세기가 넘는 오늘날까지 얼마든지 훌륭하게 장식하고 있다.

아울러 육지의 비옥한 토양은 바다로 흘러들어 광대하고 비옥한 개펄을 형성하는 훌륭한 조건이 되기도 했다.

대부분의 지형과 주요 하천이 동쪽에서 서쪽 바다로 흘러 들어가는 동고서저東高西低의 경사구조이기에 당연히 서해 바다의 깊이는 육상의 지속적인 토사유입으로 점차 얕아졌고, 개펄이 유난히 발달하는 원인을 제공했다.

한반도 동쪽으로 흐르는 얼마 안 되는 하천들은 그 길이가 짧고

경사가 가파른 이유로 쓸려 가는 토양의 모습도 빠르고 거칠어서, 대부분의 동쪽 하안(河岸)가는 모래 또는 그 이상으로 굵은 자갈밭의 상태를 유지하고 있으나, 서해와 남해로 흐르는 하천들은 그 길이가 수 백 Km에 이를 만큼 길고도 완만해서 알이 굵은 토양은 도중에 단계적으로 쌓이게 되고, 바다와 만나는 하천의 마지막 출구에서는 매우 곱고 미세한 분말 형태의 토양만 쌓이게 되어 독특한 삼각주와 범람원의 진흙과 같은 기름진 평야지대 개펄을 만들어 준다.

게다가 뺄 수 없는 연례행사, 매년 봄철 환절기에 중국 대륙 고비사막과 황토고원을 발원지로 북서 계절풍, 편서풍을 타고 날아드는 막대한 양의 미세 황사가 대부분 빗물에 씻겨 내려가 영양분이 적은 뺄밭에 소중한 미네랄 성분을 더해 주는 역할을 해주고 있으니, 황사가 도시생활에 끼치는 일단의 불편함 못지않게 국토 전반에 걸쳐 미치는 이로운 점 또한 막대하다. 역할이 이처럼 분명한 황사라도 한창 결실기에 찾아온다면 상상하기 어려운 피해를 예상할 수도 있었겠으나, 본격적인 농사철을 앞두고 벌어지는 연간 약 60억 톤이란 막대한 양의 토양보충, 객토효과는 한반도의 주업인 논농사에도 지대한 이점을 가져다주고 있으니, 대자연의 조화치곤 일부 껄끄럽고도 일면 반가운 연례행사가 아닐 수 없다.

주지하듯 바다의 논이랄 수 있는 개펄의 구성성분 중 대다수인 47% 정도가 사암(砂岩, Sandstone) 성분이란다. 알다시피 덥고 건조한 내륙지대에서나 있을 수 있는 사막이 없는 한반도 내륙지역엔 서남해안의 극히 일부 지역을 제외하면 사암이라곤 거의 존재치 않는다. 한반도 해안에서 단 한 발짝만 바닷물을 벗어나도 여간해서 만나지기 어려운 사암성분이라면, 그렇다. 온 서해안을 가득 메우는 그 많은 양의 개펄이 수수만년을 두고 중국 대륙에서 불어오는 황사가 주된 원인이란 사실은 뭣보다 확고한 증빙인 것이다. 게다가 봄날 황사 철에 이어 곧 대지를 말끔히 씻고 내려가는 여름날 긴 장마가 이어지고 있다. 이와 같은 기름진 황사가 아니었다면 영양분이 고갈된 척박한 붉은 황토밭에 기대어 생존할 생물은 별로 없었을 것이다. 이처럼 황사가 알고 끼치는 해악 못지않게 모르는 새 떨궈 주는 이로운 점을 우린 간과하고 있으니, 은근하고도 지속적인 대륙의 지리적 영향력을 온전히 배제 하긴 불가능할 것이다.

혹독하리만큼 엄중했던 산림녹화정책과 가정용 에너지 전환정책에 힘입어 전 국토의 녹화사업은 온 세계가 인정해 줄 정도로 공전의 큰 성공을 거뒀다. 이 같은 성공은 황사와의 유기적인 관계에도 영향을 미치지 않을 수가 없을 것이다.

먼저 산림의 필터 작용과 정체 시간의 장기화로 해양으로 흘러내리는 황사의 양이 대폭 줄어들 것은 확실하다. 따라서 해안선 간척사업과 함께 뻘밭의 생성과 발전을 약화시키는 근원적 요인이 될 것이나, 산림작물과 농작물의 생장엔 매우 긍정적인 요인이 될 것이니 그의 공과는 따로 연구가 되어져야 할 것이다. 아울러 우거진 산림이 저수효과를 늘려감에 따라 댐의 기능도 제한되어질 것이다. 벌써 짧은 기간임에도 불구하고 작은 소하천에 무수히 설치된 소규모의 물막이 보들이 고운 황사를 가둬 하상이 높아져 천정천을 이루는 바람에 제 역할을 거의 잃어버려 생태계에 도리어 악영향을 끼치는 존재로 차츰 변해 가고 있음에 대해선 보다 진중한 재고가 있어야 할 것이다. 이 같은 이치에 대해 무심했을 땐 충청남도 방조제처럼 비싼 예산과 온갖 노고를 들여가며 왜 아닌 하구 둑을 쌓아 강물과 황사가 바다와의 소통을 차단, 둑 안에 고인 물이 썩음으로서 결국 다시 수문을 열어야 했던 어처구니없는 경우도 우린 알고 있다. 하천이 살아서 움직이는 생물체라는 사실을 몰랐을까? 그런즉 생물체에게 필수불가결의 배설구인 항문, 자연계의 자연스러운 흐름을 억지로 막아서 목숨이 온전할 생체는 있을 수 없는 일이었다.

안다. 사회를 움직이고 유지하는 근간이 농본사회에서 산업사회로 나아가 정보문화사회로 이전됨을 말이다. 하매 근래에 들어 더욱 중요하게 인식되어야 하는 것은 국가의 산업과 경제의 근간이 달라짐, 즉 풍조 변화에 따라 황사는 긍정과 부정의 영향력을 다시 판가름 받게 될 것이다. 기관지계통의 건강은 물론 정밀기계, 청정기술이 필요한 첨단과학기술 분야에선 극약같이 여기는 존재가 바로 미세황사이기 때문이다.

당연한 주장이지만 앞으로 세워질 황사 대책도 자연과 인공과의 전체적인 조화를 고려해 수립되어야지 단순 편의대로 도시형 방어일변도의 정책이 되어선 안 될 것이다. 피할 수 없을 땐 차라리 즐기란 말이 있다. 생각하고 활용하기에 따라서 이득도 해악도 될 수 있다는 뜻이다.

유지의 영양소가 바다로 흘러들어 비옥한 또 다른 해양성의 토양을 형성했으니 에너지 대체의 점에서 보면 크게 손해랄 것도 없을지 모르지만, 그토록 엄청난 영양소와 크기를 가지고 있는 뻘밭을 유용하게 가꾸고 양식할 활용기술이 아직도 원시시대의 단순 채집형태에 머물러있을 만큼 거의 전무하다는 사실에 있다.

우리의 독특한 자연 조건이 외국의 그것과 매사 일치할 수는 없는 법이라 자연 조건의 특수성에 어울리는 독자적인 뻘밭 활용기술이 생겨도 벌써 생겼어야 하지 않을까 생각해본다. 서양식 교육 사대주의가 너무 뿌리 깊숙이 의식의 저변을 지배하고 있기에 자신들의 소중한 가치를 인식하지 못하거나 하찮게 여기게 되는 어리석음의 단적인 증거랄 수 있다. 잠시 께름칙한 황사 먼지도 기실은 한반도의 지리적 위상이 우리에게 가져다주는, 그것도 장마처럼 매년 연례행사로 데려다주는 막대한 천복일 것을 나는 믿는다. 반복하지만 피할수 없으면 즐기라고 했다. 광대한 개펄에 사는 굴, 꼬막, 피조개, 세발낙지는 좋아해도 황사만 막을 수 있는 방법은 없다.

봄, 여름, 가을, 겨울 뚜렷한 사계절이 있어서 사람들의 생활 습관 또한 어느 때 미리 준비를 하고 어느 때 집중적인 노고를 쏟아야 할지를 잘 알고 있다.

여름철 한창 더울 때의 최고 기온은 섭씨 영상 40도까지 오르며 겨울 가장 추울 때의 최저기온도 영하 약 20도 정도에 이른다. 물론 국지적이고 기록적인 최고기온과 최저기온은 이보다 더욱 차이가 나겠지만, 평균적인 면에서 볼 때 그렇다는 뜻이다.

연중 기온의 변동폭이 거의 60도에 이르는 기온 조건은 각기 계절에 맞춰 살아가는 지혜와 요령을 확실히 자리 잡도록 했다. 그것은 다양한 의미의 적응력으로 나타나기도 하여 변동 상황에 적절히 대응할 수 있는 부지런한 행동유형이 자리 잡게 했다. 때에 따라서는 번개 치듯 서둘러 일 처리를 하기도 하지만, 때론 이해하기 힘들 정도의 완만한 행동으로 마냥 여유를 부리기도 하는 것이다.

사계절 기온의 변화가 거의 없거나 적은 열대지역 사람들이 나태하고 게으른 성격을 띠고 있는 것과도 이해를 견주어 볼 수 있겠지만, 비교적 영리하고 성실한 성품이 특성으로 정착된 것은 사실이다. 그러나 전술한 바와 같이 비옥하지 못한 대지 조건과 기온변화의 다양함으로 인해 들이는 수고와 노력에 비해 얻어지는 소득이 결코 넉넉한 편은 아니었다.

충분한 여유가 없는 일조량과 곡식의 짧은 생육 기간으로 인해 일년에 단 한 번뿐인 수확의 기회를 때론 천수답처럼 다만 하늘의 처분에 의지해야 하는 경우도 있어서 일부 운명론적 인성의 발생도 가져오기도 했다.

비가 많기로 정평이 있는 인도 아셈 지방의 1만 mm엔 비할 수 없겠으나, 강우량도 연평균 1,200mm-1,500mm 정도로 전 세계 평균치의 근 두 배에 달할 정도로 농경에 모자라는 편은 아니지만 장마철, 여름철에 대부분이 집중하는 등 불평등하기에 수확에 대한 안정감은 떨어지게 되고 늘 곤궁한 때를 대비해야 하는 절약이 큰 미덕으로 권장됐다. 그로 인해 하늘에 운수를 내맡기는 숙명과도 같았던 천수답을 적극적으로 해소하는 등 수확의 안정감과 양적인 증대를 위한 노력은 오랜 시간에 걸쳐 다방면으로 강구되어졌다. 그에 따라 강 하구를 막아 농토를 넓히는 이른바 간척사업이 무조건 능사로 여겨진 적도 있었고, 일부 강 하구와 개펄의 중요성을 깨우친 인사들의 격렬한 저항을 불러오기도 했으니, 육지의 중요한 배설구랄 수 있는 하구를 막아 성공한 예를 거의 찾아볼 수 없음은 부자연을 전제로 당연한 일일 것이다.

한 국가의 고유한 사회적 특성은 불가분 그 땅이 가지고 있는 독특함에 영향을 받아 형성되며 이를 문명이라도 한다. 열대지방은 열대지방대로, 극지방은 극지방대로 나름대로의 생활 패턴이 결정되는 것이다. 이러한 지리적 요인을 겸허 순순하게 받아들여 그에 맞춰 더불어 사는 게 선조들의 유구한 삶이었다.

각기의 민족은 그에 알맞은 쓰임새가 분명히 있다. 자국 영토의 쓰임새를 잘 살펴 장점을 부양시키면 앞선 국가가 되고, 소극적 운명론적 자세로 임하면 낙후된 국가의 오명을 벗어나지 못해 속국으로 전락한 예는 얼마든지 많다. 다 버리고 멀찌감치 이사 가지 못할 바엔 제 바닥 고유의 장점을 살피기 위한 노력을 다시 부추겨야 할 것이다.

다른 지역과 전혀 같지 않은 이 같은 독특한 정황을 외면하고 우린 그동안 숱한 오해와 편견 속에서 살아왔으며, 전 국토의 묘지화처럼 일컬어 명당일수록 영원히 땅을 망치게 한 양태는 지금도 사라지지 않고 엄연히 우리네 사고 속에 남아있다.

우리가 말하는 대자연의 모태란 땅 즉 대지에 근저를 두고 있다. 지구상의 모든 식생은 땅을 떠나선 존재할 수가 없다. 강과 바다에 사는 생물들도 땅을 의지함엔 다름이 없다. 나아가 지구 자체를 논할 때 우린 바다를 염두에 두지 않는다. 먼 우주에서 바라볼 때 푸른색의 지구는 온통 물의 덩어리라 칭할 순 있을지라도 기실은 땅덩어리 이상도 이하도 아닌 것이다.

물은 상황에 따라 얼마든지 모양도 바뀌고 역할도 바뀌고 때론 없어지기도 하는 등 상태 변화가 심하지만 대지는 결코 그런 일이 없다.

학자들은 모든 생물체의 시초가 바다 즉 물로부터 기인했다고 하지만, 그것도 대지라는 버팀반이 있었기에 가능했을 뿐이다. 이처럼 대지는 모든 만물의 기반이며 수용체랄 수 있는, 그래서 생명의 모태라 부르기에 아무런 이의가 없음이다.

우린 다만 지구형 생물계에 익숙하기로 확고히 단언할 순 없으나, 미생물이라면 몰라도 순수하게 기체로만 이루어진 천체에 지적생명체가 생존 발전할 가능성은 희박하다. 대지 자체가 유기물의 원천으로서 이미 생명 덩어리이기 때문일 것이며, 하매 영국의 과학자 제임스 러브록이 1978년 주창한 가이아이론(Gaia theory)이 설득력을 크게 갖는다니 이 역시 대지 중요성이랄 수 있다.

사람들은 불로서의 햇빛과 물을 완전 별개의 것을 넘어 상극의 것으로 쉽게 인식한다. 서로 융합할 수 없는 양극단의 존재로서 말이다. 그러나 과학과 원소의 기초를 알고 있는 사람들은 수소가스 핵융합반응의 결과로서 태양이 존재하고 거기서 열과 빛이 엄청난 에너지의 형태로 복사되어 나온다는 사실을 어렵지 않게 이해한다. 우주구성물질의 최 일선인 수소는 물의 가장 기본을 이루는 주요 원소이기에 결국 물의 또 다른 형태로서의 태양이고 빛이고 열기라는 뜻이다. 덕분에 지구와 그에 기대는 무수 생명체들이 무탈하게 살아가고 있음은 다시 생각해 봐도 막급한 축복일 따름이다.

아울러 서로 상극이라는 물과 불 사이에 상보하는 하나의 매개체를 둘 때 이 둘은 극적인 융합의 묘미를 갖게 된다. 솥을 얹으면 식사를 준비하는 적절한 역할을 수행해주고, 하다못해 목욕을 하던 빨래를 삶도록 함으로서 온갖 이로운 관계인연이 발생하는 것이다. 따라서 각기 객체로서 성격상 상극이라고 쉽게 단정 지어선 옳지 않은 것이고, 편견이거나 단견일 뿐 관계인연에 따라 답도 고정된 하나가 아닌 것이다.

우리가 그동안 그토록 절대성을 가지고 신봉해 온 정성에 비춰 만일 종래의 풍수지리이론이 1/10 아니 1/100만이라도 근거가 옳은 것이었다면, 근세사에 큰 오점으로 기록되어있듯 다른 나라의 압제 밑에서 식민지 노예생활의 아픔이 발생했을 리가 없을뿐더러, 아직까지도 미개한 상태에서 민족정기가 피폐되고 그도 모자라 민족이 둘로 갈라지는 최악의 불리한 상황은 설마하니 일어나지도 않았을 것이다.

그토록 철저히 풍수지리이론에 성심을 다한 결과로서 허무맹랑한 맹신의 믿는 도끼에 발등이 찍혀도 여러 차례 반복해서 찍힌 결과가 되고 말았다. 풍수상의 길흉화복吉凶禍福은 희망과는 정반대로 역작용을 해왔던 것이며, 이처럼 역사에서 잘못된 중국식 풍수지리이론이 가져온 폐해는 이루 헤아릴 수 없을 정도로 많고, 그의 여파는 오래고도 깊다.

이상에 근거해 와우蝸牛형, 호복虎伏형, 비익飛翼형, 포란抱卵형 등등의 배산임수背山臨水를 위시로 온갖 형세를 대비해 길지라고 소문난 지형을 쫓아다니며 샅샅이 읽어봐도, 이른바 묏자리 명당이라고 하는 곳이 하나같이 군사지리학 상의 방진方陣술 이상도 이하도 아님을 명백하게 밝혀내게 됐다.

결국 기존의 풍수지리이론은 공격과 방어의 일개 군사적 적용원칙일 뿐 현학적인 문자와 인위적 형식논리로 왈가왈부曰可曰否할 성질의 것이 전혀 아닐뿐더러, 마음과 몸 씀씀이와 상관없이 단지 돌아가신 분의 묘소나 잘 씀으로서 내세의 안녕과 복락의 보장요소는 더더욱 아니었던 것이다. 오히려 자신들을 지켜주는 지형상의 명당급소를 우리 스스로 모두 영구히 못 쓰는 땅으로 만들어버리고 말았으니 외부의 침입으로부터 방어할 능력을 말살하도록 할 따름이었다. 이쯤 되면 또 불교와 결탁한 중국식 풍수지리학에 감춰진 계교計巧, 학문으로 위장된 교묘한 책략策略이 대번에 드러나고 만다. 실체의 근원도 원리도 모른 채 오직 현학적이며 허황된 결론만 수입했던바, 중국 문자의 소나기로 인한 의식상의 오류는 이처럼 워낙 뿌리가 깊었던 것이다.

오래된 멀리서 찾을 필요도 없이 이와 비슷한 경우가 비교적 최근세에도 있었다.

한반도 산전 경계 곳곳에 일세가 막은 깃으로 판명된 쇠말뚝이 발견됐고 실제 작업에 동원된 증인도 살아있었다. 어떤 호사가 풍수쟁이의 꼬임으로 한반도 지형의 우월한 기세 즉 명당의 맥을 끊으려했다는 설이 정설인 양 서슴없이 받아들여졌고, 그를 뽑아내자는 운동이 애국호국이란 명분을 등 타고 전국에 걸쳐 만연됐고, 실제로 위대한 국가적 사명인 양 끊임없이 이행됐던 것이다. 일설에 의하면 전국 360여 군데에 걸쳐 박혀있다고 주장하며, 사기꾼들이 늘 그렇듯 대표적인 호사가 가십 언론이 호응해 숫자에 허황된 의미마저 연계시켰던 것이다. 하지만 사실은 일제가 식민지 초창기 한반도 전체 토지를 측량하기 위해 요소마다 박아놓은 중간 측지점에 불과했던 것이니, 뒤에 일본은 저들의 땅 일본열도에도 무려 3천 개가 넘는 측량용 쇠말뚝을 스스로 박았다고 자인했는데 그럼 이는 어떻게 해명할 것인가? 우리가 헛된 풍수지리에 온통 몰입되어있다고 일찍부터 철저한 실용주의를 다만 숭상하는 일본도 그러할 줄 알았는가? 상식과 실질을 숭상하는 민족은 결단코 그러하지 않는다고, 존중은커녕 한심하다고, 아직 멀었다고, 그들은 뒤에서 안도하며 비웃는다. 무지몽매함에 빠져 계속 정신 차리지 못하면 역사는 어제의 지나간 문제가 아닐 수도 있다는 말이다.

과학발달에 힘입어 인지가 발군으로 향상된 작금의 시대에도 효율성 면에선 우리 민족 원천의 풍토이론의 원천가치엔 변함이 없다. 억지 창조된 형식과 눈치 명분이 아닌 대자연과의 합일, 경천애인敬天愛人에 바탕한 실천적 공존의식이기 때문이다. 이에 비해 중국식 풍수이론의 허구성은 이미 오래전에 종말을 고했어야 하나, 아직까지도 민중의 저변에서 혹세무민惑世誣民하며 어처구니없이 몹쓸 폐단을 질기게도 이어가고 있다. 교활하게도 학문이란 허세 위에 후손의 발복을 위한다는 기복祈福사상을 슬그머니 부가한 것이다. 모두가 허위임에도 불구하고 말이다. 이 같은 상식 밖의 허망한 풍수이론이 지금도 일반의 머리에서 지워지지 않고 있으며, 그래서 배달민족의 수난은 아직 끝나지 않았을 뿐만 아니라, 근세 역사에서처럼 길게 반복되고 있다.

　복술卜術에 의한 인성의 의존적 폐해는 효과와 원인이 빤히 드러나 있기 때문에 쉽게 제어가 가능하고 때론 강제도 가능하지만, 풍수사상은 자신의 기만성과 해독이 학문적인 모습으로 포장된 기복사상으로 교묘하게 위장하고 있어 쉽사리 제어가 불가능하고 길게까지 그의 독성조차 반복되고 만다. 독성의 반복인즉 고통의 반복이며 기초가 허위인 만큼 내성도 생기지 않는다.

　말이 필요치 않은 당연한 상식과 기본이 지켜지지 않는 우물 안 개구리 후진 민족이 대접받지 못함은 당연한 일, 현실을 희생해 미래를 보장한 적 없고, 현실의 정당성을 살리기 위해 미래를 함부로 앞당겨 쓴 적은 많다. 현실과 미래를 모두 망칠 만큼 오래전에 죽은 조상이 후손의 창창한 앞길을 끝까지 방해를 넘어 유린하고 있다니 가공할 만큼 두렵고도 무서운 일이다.

11
유학의 허점

　기나긴 세월을 답습하면서 우리네 풍토와 의식적 원단을 뿌리째 훼손시킨 중국식 풍조의 기망과 허점을 왕창 드러냈으니, 기왕에 내친걸음 차이니스 디스카운트 삼아 보다 극적인 실례 몇 가지를 들어 우리 원본의 가치를 일부나마 드러내고자 한다.

　안빈낙도安貧樂道, 얼마나 학문에 몰두했던지 나이 스물아홉에 벌써 백발이 됐다는 공자의 수제자 안연顏淵, 삼십 일생을 궁핍 속에 살면서도 흔들림 하나 없이 늘 만족해할 줄 알았다던 안연, 나이 불과 서른하나에 급거 요절함으로서 공자를 대성통곡케 했다는 그 안연이 사는 방법이자 일상의 태세를 일컫는 말이다.

　이따금씩 단어 안빈낙도安貧樂道를 생각할 때마다 '나 같은 민초에겐 진정 어려운 일인가?' 탄식하며 한참씩 난망해 한 적이 있었다. 결국 오래 두고 떠나지 않는 혼돈과 좌절을 견디다 못하는 와중에 절박해서도 좋고, 우연이라도 좋다. 어떤 연유로 안빈낙도에서 과감

히 '도'자를 빼 '안빈낙'만을 취함으로서 깨우쳐지는 충격은 하마 쇠
망치로 머리를 얻어맞는 듯 한동안 정신을 바로 차릴 수가 없었다.
역시 큰 진리는 더는 곳에 묘미가 있었으니, 아하! 형이상학적 헛된
구호 '빛 좋은 개살구'로부터 지당한 실상으로 간단히 끌어내릴 수가
있었단다.

옳다. 감하고 더는 누구네 평범한 일상생활이 꼭 그러할 뿐 이같
이 보편타당한 실상에 공연히 '도'자를 붙여선 안 되는 일이었다. 그
럼으로써 현학玄學이란 지적 우월감에 고대 선비님들은 스스로 만족
할 수 있었을지 몰라도, 이는 오로지 관념상의 허구로서 실상에선
해선 안 될 일, 전형적인 곡학아세曲學阿世였던 것이다. 불경에서 주창
하는 고집멸도苦集滅道 역시 하나도 다를 바 없더라.

역시 그랬다. 유교 지고의 경전인 논어라 해서, 지엄한 불경이라
해서 그의 도그마에 무조건적으로 몰입할 필요는 없었던 것, 긴 세
월을 공부해 내려오면서 일부 자기중심에 골몰한 성과주의 선비들
이 교묘한 끼워 넣기로 논어의 원본을 때때로 오염시켰단 판단은 틀
리지 않을 터, 관념 속에서 인식을 누적시킴이 아니라 기성의 앎 즉
숱한 오해로부터 덜고 빼고 깨뜨리는 일상, 실체적인 노정을 통해
'참'을 구하고자 했던 자세는 결단코 옳은 것이었다.

'의식적 덧칠'이야말로 공연한 관념상의 유희였던바 '비우고 빼기'를
깨닫는 즉시 일로 허풍선, 구두선口頭禪을 깨는 이른바 '차이니스 디
스카운트'에 들어갔다. 요란했다. 기성의 고정관념이 깨어지고, 유교
의 도그마가 무너지는 소리는 먼 산골짜기에 하마 엄청났다. 하긴
뭔들 새로 꾸미고 더하려 들자면 임의롭기에 수고롭다 할지라도, 공

연히 가득한 데서 빼고 감하자면 전혀 힘들게 없는 일이니까.

기왕에 논어를 재구성하다가 찾아낸 한 가지 실례를 더 들자면, 사람 나이 40이면 불혹不惑을 해야 한다는 논어 위정爲政편에 나오는 저 유명한 구절이 있다. 뒤이어 나이 70을 종심소욕불유구從心所慾不踰矩라고 했다.

주지하다시피 불혹이란 세간의 유혹과 타협으로부터 마음이 '흔들리지 않음'을 뜻한다. 70의 덕목 종심소욕불유구從心所慾不踰矩란 '마음이 시키는 대로, 하고 싶은 대로 거리낌 없이 행해도 기준과 도리에서 어긋남이 없어진다.' 라는 뜻임은 우리 모두는 알고 있다.

여기서 논어와 유학儒學 또는 주자학朱子學으로 통칭되는 중국사상의 고전 중에 고전에서 치명적인 오류를 찾아낼 수가 있었다. 긴 세월 중에 지고의 경전 논어가 단 한 차례라도 책상머리를 벗어날 수 없었던 이유, 발상지였던 중국조차 유학을 버렸던 이유, 이를 깊이 신봉한 사회치고 종래엔 모두 망했다는 이유를 말이다.

위정 편에 상기의 선언은 다분히 선언적 의미일 뿐 실체적 행동이론은 아니었던 것, 이를 실행 가능한 행동이론으로 실상에 적용시키려면 40대의 덕목과 70대의 덕목을 서로 맞바꿔야만 됐던 것이다.

즉 한창 기운이 넘치는 40대에 행위의 방종을 힘써 다스려야 하고 從心所慾不踰矩:종심소욕불유구, 실제 행동능력이 떨어지는 70대 어른이 돼서야 비로소 점잖게 불혹不惑에 이를 수 있음이 실행논리로서 맞는다. 그전까진 늘 흔들리는 가운데 반성과 자책의 과정을 거칠 수밖에 없고, 긴 흔들림의 기간을 이겨내는 가운데 비로소 서서히 70 불혹에 들 수가 있음이다. 일을 하지 않겠다면 몰라도 한창 기운이 넘치는 나이 40에 성인이 아닌 다음에야 누군들 사리분별이 명확하지 않은 채 불혹은 불가능하며, 행동이 어긋나도 변명의 빌미가 될 뿐이며, 이미 일할 기운이 쇠한 나이 70에 행위적 '종심소욕~' 선언은 어차피 아무 소용도 없는 허구일 뿐이었다. 그간 지고의 진리라 믿고 있었던 기성의 앎 즉 편견들이 한꺼번에 허물어지는 소리는 산골짜기에 하마 엄청났었다.

잘못된 학문의 자세가 얼마나 외람된 지를 증명하는 범례는 찾아보면 얼마든지 많다. 개 중에 극적인 예시 하나를 마저 들어보자면…:

옛 조선조에 주위로부터 높은 학덕을 숭앙받는 아무개란 선비님이 있었다.

그에겐 세 가지 일생의 소망이 있었으니,

첫 번째 귀감이 될 훌륭한 인물을 만나는 것,

두 번째 세상에 좋은 양서란 양서는 모두 찾아 읽는 것,

세 번째 세상의 아름다운 경치를 모두 감상하는 것이라면 신선도 부럽지 않겠다, 라고 말했단다.

주변 사람들은 이를 올곧은 선비의 반듯한 귀감으로 여겨 극력 찬탄하고 권장해 마지않았음은 물론이다. 하지만 오늘에 필자는 어른의 함자 앞에다 감히 별호 한마디를 덧붙였으니, 진견자眞犬子: 진짜개자식라고 말이다.

왜, 자신이 스스로 남에게 귀감이 될 인물일 생각은 갖지 못했던가?

왜, 명예를 걸고 세상에 빛 될 글 한 줄 손수 남길 발상은 갖지 못했던가?

어찌, 제 머무는 주변을 단 한 뼘 치라도 살만한 장소로 만들 생각은 갖지 못했던가?

오로지 자기편익 위주의 철저한 이기주의자이기에 선비 모씨는 진짜개자식이며, 군중심리에 휩쓸려 이를 무비판적으로 극력 칭송한 당 시대 사람들도 별반 다를 게 없겠더라.

서양의 인문철학은 매건 의심 또는 질문 아닌 게 드물지만, 동양철학의 그것은 '가라사대'曰, 왈 또는 '여시아문'如是我聞, 난 이렇게 들었다으로 시작하는 답변 아닌 게 오히려 드물다. 미심쩍은 바에 질문을 내고 시대에 따라 달리 나올 수 있는 답변을 차차로 궁구해 나아가는 과정에 곧 진전이 있을 뿐, 수 천 년 전에 나와 한 번 고정된 답변이 시대를 불문하고 영속적으로 들어맞긴 어려운 일이었으니, 이점이 서양과 동양사상의 가장 큰 차이점이랄 수 있다.

자기수양과 각성이란 유학이 가진 커다란 장점에도 불구하고 그의 이면에 감춰진 옳지 못한 계략계교를 우린 더이상 묵인할 수 없고 그래서도 안 된다. 게다가 유학 나아가 유도儒道까진 용인할 수 있겠지만 본바닥에서조차 삼가던 일, '교敎'라 참칭하며 종교적 색채까지 두텁게 덧쒸웠으니, 죽거나 망하지 않곤 제 발로 의식상의 함정, 어리석음을 탈피할 가능성은 없었다.

여담이지만 어느 나라 건 지폐에 초상이 오를 정도면 이르나마나 최고의 위인이 아니면 불가능하다. 오죽했으면 한국에서 통용되는 지폐 그것도 두 종류의 앞면에 율곡 이이, 퇴계 이황 유학자 어른 두 분이 반듯하게 인쇄돼있겠으며, 이는 유학의 발상지 중국에서도 일절 예가 없다 하니 최근 중국의 인문학자들마저 이에 감동한 나머지 이를 부적처럼 지갑에 꼭 한 장씩은 넣어 가지고 다닌다 하겠는가, 설마하니 비상금은 아닐 터….

▼

조망창으로 바깥을 봐하니 황사의 기세가 많이 누그러졌다. 하늘엔 푸른빛이 제법 제 기운을 찾았으니까. 오래 머신 안에 머무르다보니 허리도 시큰, 골치도 지끈, 어쨌든 혁은 바깥으로 좀 나가고 싶었다. 머신을 정돈하고 바깥으로 나왔다. 아닌 게 아니라 머신은 역시 주황색 황사로 가득히 덮여있었다.

먼저 바깥 정돈을 하고 볼 일이었다. 황사의 성분을 믿을 수 없으니 초고전압 전계가 머신의 피부를 덮으면 어떤 장애가 발생할지 알 수 없기 때문이었다. 다시 안으로 들어가 타월을 가지고 나와 선체 곳곳을 손길이 닿는 데까진 닦아내기 시작했다. 말하나마나 금세 타월은 황사 투성이가 됐다. 안됐지만 대기 중에 수차례 탈탈 털어가면서 가능한 세심하게 머신의 몸체를 닦아냈다.

어디 개울물 좀 얻을 수 있을까에 생각이 미치자 옆에 작은 골짜기로 어디 한번 찾아 나서 보기로 했다. 아하! 제법 높은 고지대임에도 혁인 옹기종기 모여 있는 묘지 몇 개인가를 만났다. 봐하니 누구네 가문의 공동 선산인 듯 했다. 오랜 묘지부터 최근간에 만들어 미처 풀도 자라지 않은 새 봉분이 뚜렷이 눈에 띄었다. 봉분이 있는 묘지도 기실 우리네 것이 아니다. 말하나마나 중국풍의 그것일 따름이다.

참으로 질기게 살아남아서 끝까지 한반도 전토를 유린하는 고약한 습속으로 가장 소중한 땅을 영구히 못 쓰도록 의도한 고도의 책략일 따름이란 내용은 앞장에서 간곡하게 기술한 바 있다. 그렇다면 이토록 끈질기게 한반도를 유린해야 하는 이유가 없지 않을 것이니, 중국이 뜻하는 무서운 종결적 음모 하나를 말해보고자 한다.

12
중국과 동북공정

현실세계에선 중국 동북공정東北工程에 대한 의논이 분분하다.

광개토대왕비 감춤으로부터 발해 입지까지를 송두리째 자신들의 영역으로 흡수하고 있음을 시작으로 중국이 고구려의 유물 유적을 자기네 것인 양 유네스코 인류 문화재로 등록한 것도 미구에 필연코 통일이 되고야 말 해동성국 한반도에 대비한 명분 확충임은 당연한 일이다.

우리는 이를 패권주의의 암수를 감춘 중화주의에 입각한 자세와 소유권이 불안정한 만주지역에서의 입지를 확고히 하기 위한 전략으로 이해를 하지 않으면 안된다. 하지만 중국의 입장에선 소름 끼칠 정도로 가공스럽고 매우 교묘한 수단을 감추고 있으니 우린 이를 염려하지 않을 수가 없다. 그렇다. 중국 동북공정의 최종 목표지는 서울에서 춘천을 잇는 라인 곧 한강 이북에까지 두고 있음이 그것이다. 기분대로라면 추풍령 이북까지라도 중화흡수주장은 가능할진대, 이는 막상 쉬도 먹으려들 지 않을 것이다. 완충지대로서 족할 뿐 막강한 외풍과 직접 대면하기가 버겁기로, 오래전부터 한반도를 대하는 의식, '입술이 없으면 이가 시리다'는 순망치한脣亡齒寒을 빌미로 방어의 부담만 늘기 십상이기 때문이다.

국제사회와 역사학계의 비아냥거림과 대국의 염치를 불문하고 고구려 역사를 그들의 것으로 해석코자 함에는 바로 이 같은 무서운 명분 축적에 있을 따름인 것이다. 하물며 엄격한 역사조차 창작하기에 익숙한 그들에겐 하나 어려운 일도, 이상한 일도 아닌 것이다. 하매 역사 내내 반목과 투쟁으로 일관했던 북국 유목기마민족들에게 새삼 추파를 던지는가 하면, 저들이 욕심껏 최대한 확대한 국경선인 만리장성 안쪽으로 고대 치우천제의 유적을 세우고 정돈하는 등 염치없는 작태가 근자에 활발하게 벌어지고 있다.

역사의 원단인 진실을 앞서가는 꾸밈새는 없다. 불과 1980년대 들어 동북공정의 일환으로 대륙 각지에서 맹렬하게 만들어지는 역사적 흔적들, 아직 페인트도 채 숙성되지 않은 새 유적들이 자꾸 발굴되는 실제 고대유물들과 조금씩 어긋나자 서서히 자기 딜레마에 빠지는 중인 것이다. 하지만 우리로선 그 어떤 양태라도 꿀릴 게 없다. 어떻게 꾸미든 자기모순과 한계를 낱낱이 드러내는 셈이니까 말이다. 지금은 발굴되는 유물들이 늘수록 우리의 입지만 더더욱 확인시켜주고 있으니, 더이상 속임수가 발생하지 못하도록, 실상이 변질되지 못하도록, 두 눈 바짝 뜨고 감시하면서 조용히 추이를 지켜보기로 하자.

고구려를 자신들의 옛 조상이라고 우기고 들면 고구려가 한창 발흥할 때 할당되어 있던 한강유역 더 내려가는 추풍령 영역까지 총 한 방, 손가락 하나 대지 않고 고스란히 옛 영토라는 착실한 명분이 저절로 갖춰지고 만다. 그것도 북한이라는 불안정하고 만만한 테두리 방어막이 갖춰져 있는 남북분단의 기회를 놓치려 하지 않을 것은 뻔하다. 그렇지 않아도 입지가 불안정한 세습왕조 북한 내부에 어떠한 문제라도 발생한다면 이를 빌미로 중국은 우방국의 안정에 도움을 준다는 명분을 내세워 6.25 내전의 그것처럼 거대한 군대를 북한 지역에 떳떳하게 파견할 수가 있으며, 북한과 맺은 중조상호방위조약과 혈맹의 안정을 돕는다는 명분을 내세우는 한 북한은 감히 우방국 중국에게 총구를 겨누긴커녕 이를 제지할 명분이 깡그리 사라지고 만다.

때론 술수와 책략을 도입 저들 스스로 명분을 만들어 군대 진주의 명분을 내세워도 이상할 게 없을 지경에 와있으니, 다만 그렇게 되지 않기를 바랄 따름인 것이다. 상황이 이 지경에 이르면 자연스럽게 한반도의 북녘은 저들 중국의 영향력 아래 놓이게 되고, 한반도 전역은 영구분단, 중화복속을 피할 수 없게 된다.

중국이 더욱 강성해져 동북아시아 유일 강국으로서의 제 위상이 갖춰진다면 갈려진 한반도는 독자적인 목소리를 더더욱 잃어버릴 것은 자명하다. 그 이전에 서둘러 한반도는 하나로 자주통일을 이룩하지 않으면 안 되는 시간적인 중요성은 민족의 명운이라 칭해도 모자라지 않는다.

고래로부터 상술 이재理財술에 한해선 유태인 저리 가랄 만큼 중국은 도저히 공산사회주의가 불가능한 천성적 기질을 띠고 있다. 철저한 공산주의자 모택동과 그의 일파 4인방이 사라지고 일단의 붉은 기치가 내려지자마자, 때를 기다렸다는 듯 무섭게 밀고 치올라오는 그들의 발전성을 보라, 그간 길게 안으로 '쉬쉬'하면서 참아왔던바 오늘날 빠르게 기지개를 펴는 중국의 속 깊은 굴기崛起를 생각하지 않을 수 없다.

미세정보망이 우주에서 한눈으로 지구 전체를 통찰하고 있는 이 시대에 미국은 남한의 지정학적 중요성에 대해서 절대적으로까지 의미를 부여하고 있진 않다. 있으면 유리하고 없어도 그만이란 동북아시아 전술은 1950년 1월 애치슨 방어라인이 그어지던 시절부터 변치 않는 사실인 것이다. 껄끄러운 지역 관계가 중국과의 사이에서 발생할 것 같으면 언제라도 철수함으로서 3차 세계대전 발발이라는 마찰의 빌미에 휘말리지 않으려 할 따름이니, 한반도는 애치슨 선언으로 북한의 오판에 의한 침공을 불러왔단 사실에 유념해야 할 것이며, 2차 세계대전과 태평양전쟁 종전 후 졸지에 방향을 잃고 공황상태에 놓인 미국 내 군수산업 재건에 숨은 목적이 있었을 뿐, 이처럼 자국의 이득을 앞세운 미국의 태평양 방위선 바깥에 한반도는 오늘도 분명히 놓여있음을 잊지 말아야 한다. 용케도 당시 유엔 초대 사무총장이던 트리그브 할브란 리의 자신의 명운을 내건 유엔군 참전이란 용단이 아니었더라면 김일성의 한반도 적화야욕은 계획대로 성공을 거뒀을 것이며, 어떤 요인이든 미국의 영향력이 약화되는 상황이라면 가만히 놔둬도 한반도 전역은 중국의 그늘 아래로 서서히 스며들

것은 자명한 일이다. 아무리 그럴지언정 중국의 진출은 동북공정의 완성도에 따라 한강 이북에 멈추려 할 뿐, 그 이하까지 즉 한반도 전역에 대한 욕심을 내진 않을 것이다. 명분에서 침략자라는 국제적인 부담만 크게 증대될 뿐 득보다 오히려 실이 많기 때문이다. 말하자면 최전방에 방어책으로도 완충지 남한이 있어서 오히려 중국에 득이 될 것이란 뜻이며, 미국 일본 등 강한 맹수들과 바로 코앞에서 마주한다는 사실은 차라리 재앙에 준한달 수 있기 때문이다.

동북공정 계략에 따라 한강 이북을 내준다면 남한 나아가 한반도는 영원히 기를 펼 수가 없다. 일본과의 관계를 생각해서라도 이같이 허울로서의 약체화된 남한은 단지 저들에게 필요한 소모적인 요소를 조공으로 받아 즐길 수 있는 말 잘 듣는 입장으로 눈에 보이는 곁에 늘 납작하게 엎드려 있어야 안전할 따름이다.

한반도가 제 위상을 잃지 않고 그간의 역사도 지켜 나갈 수 있으려면 하루라도 빨리 자주적 통일을 이룩하지 않으면 안 된다. 단순한 소망 이상으로 하나 됨이 중요한 이유는 이처럼 급박한 상황을 상정하기 때문이며 중요도는 도를 넘어서 필연으로 엄존하는 것이다. 한반도가 서로 갈려 있어선 명분과 기운에서 허망할 정도로 약화될 수밖에 없을뿐더러, 그의 무능함에 대해 입이 열 개가 있어도 변명할 말이 없어지기 마련이다.

지금의 시기를 놓치면 한반도 통일의 가능성은 중국의 적극적인 방해로 물 건너가고 말게 될 것이다. 중국 동북공정의 목표가 표면으로 표출되고 국력 또한 동북아의 패자로 인정받게 되면 굴기崛起

의 자만심 중국도 더이상 자신들의 중화주의 세계국가 팍스 지나 (Pax China)의 야망을 감추려 들지 않을 것이다.

이를 염두에 둘 때 국경이 한껏 좁아지고 국제 관계가 보다 긴밀해진 작금의 상황을 인지해 국제간 선린우호 외교관계 확대에 최대한의 공력을 기울여야 한다. 독자적인 입지가 표출되기 힘든 전 방위로 포위된 지리적 입장을 염두에 두고 한반도의 안정화 정책은 세워져야 하는 것이니, 그러자면 국민 개개인이 보통이상으로 의식적 선진화와 함께 내외간의 실력이 아울러 함양돼야 함이 필연의 선결 조건이 된다.

한반도의 지정학적인 특성을 우린 그간 너무 소홀하게 생각하고 있었으니, 이웃 국가들보다 자각에서 그만큼 뒤쳐져 있었음의 반증인 것으로, 남들은 이미 다 알고 있는 우리 일을 막상 우리만 모르고 있지 않았는지 다시 되돌아볼 일이다.

중국의 동북공정이란 이처럼 은밀한 계교, 가공할 만큼 무서운 일이 아닐 수 없다. 게다가 이런 치밀하고 장구한 음모를 수 천 년을 내려오면서도 일점인들 희석시키지도 않고 전승되고 있으니 이점이야말로 머리가 아찔한 일이다. 그러자니 원리도 깊이도 없이 자가당착에 빠진 우리를 얼마나 어리석고 우둔한 민족으로 여길 것인가에 생각이 미치면 밤잠도 안 오고, 밥맛도 떨어지기 마련이다. 이런 작태가 너무 오랜 세월 우리 강토와 의식을 깊숙이 적시고 들었으니 종래엔 우리 스스로 자침하는 모습을 띄우기도 했다.

다행이었다. 멀지 않은 작은 계곡에서 더 작은 웅덩이를 마침맞게 찾아낸 것이다. 하긴 누구네 가문의 묵은 선산 묘소 군락인지라 접근하기에 그리 달가울 린 없을 테니 인적을 찾기 힘든 것도 혁이에겐 충분히 유리한 점이었다.

웅덩이에 다가가자 미리 웅덩이를 점령하고 있던 울긋불긋 무당개구리들 여럿이 제 알아서 자리를 비켜 물러가줬다. 사방을 둘러봐 분명히 안전한 곳임을 누 차례 확인 또 확인하고 혁인 모처럼 답답한 헬멧도 가동 전원을 켜둔 채 완전히 벗었다. 양치질도 하고, 얼굴도 휠휠 씻고, 목도 시원스레 훔쳤다. 금수강산 청정지수란 딱히 이를 일컫는 말일 것이니 개운하기 이를 데 없었다. 더더욱 반가운 일은 '까닥 까닥' 높직한 주목나무 위에서 까치 두 마리가 때마침 정겹게 울어준 것이다. 멀고 먼 아득한 시간대에서 찾아온 후세의 용기 있는 방문을 알기나 한 듯이 말이다. 분명 내 땅이 맞았다.

저들 까치도 개구리도 나름대로 이 땅에서 수수만년을 영위하며 사람들과 함께 살아가고 있다. 공동생명체로서 금수강산의 일각을 확고히 점유하고 있다는 말로서 이의 개연성을 가볍게 여긴 우리 인간들이 막상 금수강산을 이름만 남겨주게 하지 않았는지 생각해볼 일이다.

학도 사라졌고, 호랑이 빔도 늑대도 사라졌고, 여우마저도 이 땅을 외면했으니, 협력보단 경쟁을 취했을까? 그들의 터전을 한 뼘이라도 더 갈취해야만 이 땅의 사람들이 먹고살기가 가능했을까? 그들을 모두 아내고 우리네 사람들끼리 평화를 누리며 살자는 태도에 무슨 설득력이 있을까? 임자들이 모두 떠난 바탕을 금수강산이라고 어찌 칭할 수 있으며, 종내 사람들이라고 무사할 수 있을 것인가 말이다.

이나마 날씨가 좋을 때 머신을 움직여야 했다. 윗옷도 벗어 구석구석 말끔하게 털어내고, 샘물가에 벗어뒀던 헬멧도 다시 쓰고, 혁인 머신에 올랐다. 지금이 조선조 말기에 해당한다니 이젠 원점인 현실세상으로 돌아갈 일인 것이다.

생각해보면 그 짧은 하루 남짓한 시간에 참으로 많은 경우를 겪었다. 하긴 만년에 걸친 시간 여행이 어디 그리 간단할 리 있겠는가, 피로가 한꺼번에 엄습해왔다.

태양이 뉘엿하니 사위가 어둑하질 무렵 혁은 침착하게 머신을 가동시켰다. 시대선택 수치를 절대시간 원점, 현대시각으로 어제 출발한 바로 그 시점을 입력하고 레버를 당겼다. 원점표시기에 나타난 거리를 역산해 고도를 변경시켜가며 바람을 찾는 일은 역시 조심스럽고 시간이 많이 걸리는 일이었다. 드디어 머신은 칠흑 같은 어둠 속을 미끄러지듯 나르듯 바람을 타고 이동하기 시작했다. 몇 차례인지 가까워지는 거리를 확인해가며 바람의 고도를 바꿔가는 요령도 이젠 제법 숙련이 됐다.

바깥세상은 근대에 가까웠다. 이제부턴 혁이가 태어났을 때이다. 그 시점의 한반도 남한에도 온갖 난관이 휩쓸고 지났지만 그래도 늠름했다. 지난한 36년 일제식민지의 암울함에 이어 꼼짝없이 망할 줄 알았던 6.25 동란 내전의 위기도 잘 참고 지나갔다. 현대사의 시초부터 굴곡과 사연은 그칠 틈이 없었으니, 길게 곪아 터진 사회 불만이 고려조 중엽 무신반정의 그것처럼 집권당 자유당의 부패에 찌든 사회에 약발이 더는 먹히려 들지 않자 대수술이외 다른 대안은 없었을까, 극도로 문란한 3.15 부정선거에 항거하는 4.19 학생시위를 옳게 수습치 못하는 무능한 장면정권을 밀치며 종내 1961년 5.16 군사혁명을 불러왔다.

13
근대화의 물결

눈이 돌아가도록 동분서주하는 세계사가 경쟁적으로 외부 식민지 개척에 분발할 때, 정체성과 주체성까지 잃은 혼란기 구한말 우리 민족의 현실은 암울함 그 자체였다.

장구하게 흘러 온 절대 유일 가치로서의 유교적 예의범절과 충효사상은 허망하도록 실전에서 맥을 추지 못했고, 도리어 감춰져 있던 그의 폐단은 즉시 국가와 민족을 허망한 퇴락을 몰고 왔다. 인문학 편방에 과도하게 치우친 나머지 실증과학과 사회생산성이란 기초기반이 나약했기 때문임은 자명했다.

그 속에서도 일부 가진 자와 기득권층은 자신들의 입지를 지키기 위해 그간의 수구논리를 꼭꼭 지켜내야 했고, 대중은 그들의 흉내와 베풂에 생존의 근거를 목매야 했다. 이야말로 귀족주의 세습적 계급주의와 일부 정치 관료들이 당리당략에 골몰한 말로였던 것이고, 수천 년 동안 획일적으로 고정된 채 시급히 변화 발전되는 국제화의 현실성을 외면한 고루한 사고방식과 수구제도권의 결론이었으니, 말 그대로 근대화를 위한 시대과도기를 겪어야 했다.

세상은 국제화란 이름 아래 밖으로 눈을 크게 뜨고 먼저 눈뜬 자와 후발자의 가름은 잠깐 사이에 가혹할 정도로 명운이 갈리게 됐다.

태동이며 시작일 뿐 아직 국제 관계의 실증적 규범이 확정되어지기 전이라서 힘에 의한 필요 논리에 따라 약탈 선점 방식으로 국제화의 흐름은 주도권을 먼저 서두르는 측에 의해서 일방적으로 정해졌다. 선진 개화 침탈 지배민족과 미개화 수탈 피지배민족의 갈림이 그것이며, 그것은 깊은 역사성과는 전혀 상관없이 단지 한 걸음, 능동성과 수동성 단지 한끝 차이였다.

그즈음 민중의 의식은 혼란의 극을 달릴 수밖에 없었다. 그간 철석같이 믿고 신뢰하고 있었던 가치가 단숨에 부정되는 기간은 워낙 짧았고, 무너지는 공백은 너무도 컸다. 하지만 이도 세태를 보는 눈이 있고 의식이 살아 있는 극히 일부 계층에서의 일이었고, 대부분의 백성과 민중은 워낙 공고한 수구적 태세, 무지몽매한 상태에 머물러서 우왕좌왕 혼란을 벗어나지 못했다. 민족과 국가의 미래가 암울함 자체에 머물러 있는 상태에서 개인 간의 의식은 지극히 단편적인 사고에 머물 수밖에 없음은 당연했다. 먼저 생존, 잘해서 출세지상주의가 그것이었다.

국가가 형평을 잃었을 때 실현이 가능하고 알려진 방책이란 개인별 출세지상주의가 유일한 탈출구였다. 이 역시 세습적 계급주의가 퇴조하면서 넓어진 개인 간의 기회 부여는 우선 기존 가치인 수구적

타성을 가질 수밖에 없었고, 그것이 평민도 관계官階에 진출할 수 있다는 열린 방향으로 몰입되어짐이 일반이었다. 당시까지도 사회구성이 그리 폭넓지 못했기에 신분 상승의 여지는 거의가 감투 벼슬로 일컬어지는 관계로의 진출이 대종이었다. 일부 상업과 제조업 등이 여지를 가지곤 있었지만, 민족자본이랄 만큼 든든한 산업사회가 세워지긴 한참 이른 시점이었다.

여기에 대두된 대표적인 한 사람이 곧 무관 박정희 육군소장이었다. 반성하지 않는 역사가 다시 반복된 것이다.

잘 알려졌다시피 그는 평생 여러 차례의 극적인 변절과 배반을 감행했다. 지금에 말하기 쉬워 변절일 뿐 당시 어둔 사회의 실정과 연줄 백줄 하나 없는 일천한 평민의 입장에선 거개가 그렇듯 수단과 방법을 가리지 않는 출세지상주의가 당연한 발로였을 것이다.

소학교 교사에서 충실한 일본 군인으로, 일본 군인에서 다시 한국 군인으로, 남로당원 동료의 피를 부르는 배반을 거쳐 다시 변절, 민주당 독재와 부정부패 제거란 명분을 등에 업고 1961년 용약 5.16 군사혁명을 일으켰다.

이처럼 개인이 가지고 있는 능력을 성심을 다해 최대한 충성심을 베풀 대상은 고상하게 국가와 민족도 아니었고, 사상적 원리 주관과 철학과는 아무런 상관없이 언제나 당 시대의 권력 주체일 따름이었다. 결국 자기 앞길을 가로막는 출세에 방해되는 부류는 능력을 불문하고, 정의 비정의도 불문하고, 선과 악도 차치하고 누구든 숙청과 숙정의 대상이 됐으며, 종국엔 자신조차도 끝을 모를 자기 욕망의 희생양이 되고야 말았던 것이니 무능하고 못난 시대가 낳은 마지막 극적인 희생이었다.

무관 박정희에게 이 민족은 나태와 부패무능만 눈에 띌 뿐이었으니, 민중과 민족에 대한 치밀한 국가관은 필요가 없었다. 어차피 당시의 현실에선 이 같은 요소들이 전혀 가치가 없는 존재로 벌써 낙후 전락되어 있었기 때문이었다. 수천 년을 지탱해 온 전래의 유교풍 전통조차도 그러했다. 그에게 있어 자신의 주변은 희망이 사라진 줄도 모르는 무지몽매한 우물 안 개구리였고, 바깥세상의 실체적 문물이야말로 지긋지긋한 가난을 벗어나려면 어서 따르고 배워야 할 지당한 흐름이었을 것이다. 따라서 시류에 한걸음 먼저 눈을 뜬 박정희는 당 시대 주도 세력에 항상 충실할 준비가 되어 있었고 성실성도 갖추고 있었으며, 실제로 그렇게 변동되는 사회 주도권의 향방에 조속히 따라가면서 배전의 노력으로 차곡차곡 실현시켜 나갔을 뿐이다. 이에 더불어 당시 민중으로선 드문 대구사범학교에 이어 일본 사관학교까지 나온 고등 학습인이었기에 이론과 함께 실천능력 또한 충분히 갖추고 있었다.

행위의 잘잘못을 떠나 끈질긴 민족 뿌리 의식을 그는 간과했을 뿐, 이같은 이유로 그를 혁명가라느니 풍운아라느니 하는 가벼운 선언은 오히려 진실을 오도하는 발언이 되고 만다. 그는 당시의 피폐한 과거와 무능에 빠진 제도를 일거에 부정하고 열려진 가능성을 쫓아 발 빠르게 오로지 출세지상주의를 실현했을 뿐, 경쟁적으로 급변하는 동북아시아 나아가 세계사 국제정치의 급변하는 판도변화에서 박정희의 변절 역시 그의 횟수만큼 성실하게 또 적극적으로 추종했을 뿐이었다.

위기는 곧 기회라 했던가, 그래도 가난과 무지에 대한 박정희의 통한은 어려운 시기를 만나 되레 원 없이 의지를 펼칠 기회를 갖는다. 혹독한 6.25 내전까지 길고 어두운 터널에 갇혀있던 탓에 사회와 국가 인프라가 뭔들 일천한 여건에서 악전고투惡戰苦鬪는 당연했다. 하매 맨땅에 헤딩하는 식의 돌파구는 의외로 독일, 당시 서독으로부터 열렸다.

극도의 외화결핍으로 막상 일다운 일은 벌일 수가 없을 즈음 첫 돌파구는 인력수출에 있었음은 주지의 사실이거니와, 10여 년에 걸친 광산노무자와 간호사 등 선인들의 노고는 아무리 위로와 칭찬을 넣어도 남음이 없다. 그악스러울 정도로 부지런한 선인 선배들의 자세는 거의 유럽 최초로 독일로 하여금 배달민족의 성공 가능성을 먼저 인지케 해줬고, 보다 원대한 사회개혁 총 5차례에 걸친 경제개발 5개년 계획의 밑바탕 역시 합리성인 면에선 둘째가라면 서운해 할 독일의 권유와 지도를 빠짐없이 따랐으니, 초기 독일을 반석 위에 올려놓는데 성공한 나치당의 당수 아돌프 히틀러의 국가사회 개발방식이 바로 그것이었다.

일부 친미파 인사들은 공산주의 전력이 있고 변절에 능한 박정희는 믿을 수 없어도 한반도의 지정학적 이점을 생각해 미국의 내밀한 계획과 지원이 한국발전의 원동력이었다고 쉬이 말하고 있으나, 이는 사실과 다르다. 한국의 가능성을 너무 낮춰보고 다만 일시적인 식량 원조에 그치는 등 진정한 독립주권확보에 협조는커녕 은근히 방해만 했을 뿐, 중요한 포항제철 건설을 비롯해 자립에 필요한 모든 산업적 시도는 오직 독일의 안내와 전폭적인 지원으로 이뤄졌음이다.

머리카락을 수집해 가발 정도의 손재주에 의존한 사소한 경공업 제품뿐이었을 뿐인 한심한 산업 바탕에서, 딱정벌레란 이름을 가진 독일의 국민자동차 폭스바겐 사의 비틀을 본 따 국산국민자동차 개발에 매진 포니의 생산에 성공했고, 그에 따르는 산업계 파급 견인 효과와 독일 아우토반에 필적하는 경부고속도로 건설, 중화학공업을 기치로 포항제철 등 당시 우리로선 감히 흉내도 내기 어려운 고난도 중공업단지가 서독 지원단이 제시한 계획표와 협력에 맞춰 속속 세워졌다. 비좁은 한반도 땅덩어리와 자원도 내세울 게 별반 없는 여건에서 해외 수출 드라이브 정책으로 성장 동력의 방향을 잡은 것이다. 경제성장의 견인요건을 우선 재벌 중심으로 잡은 방향성과 함께, 조상들의 피 값 대일 청구권 자금의 수용 등은 당시 야당으로부터 격심한 온몸 반대에 부딪치는 등 다소간 논란의 여지가 일부분 없진 않았다. 하긴 나중엔 차례로 대통령이 됐지만 당시 야당의 수뇌 급 인사들이 한남대교 경부고속도로 공사현장 입구 중장비 앞에 드러누워 누굴 위한, 뭣을 위한 반대인지 온몸으로 항거하던 처절한 모습을 두 눈으로 또렷이 바라보며 자란 필자이기도 하다. 그에 자유민주주의 정당정치란 우리민족에겐 정녕 천형인가? 라는 자탄을 금치 못하던 기억이 생생하다.

숙명적으로 따라다니던 가난을 면하기 위한 나라의 시간은 바쁘고 갈 길은 멀지, 혁명가 박정희가 주도하는 한 미국으로부터 전폭적인 지원은 생각하기 어렵지, 근대화에 경험이 있을 리 없으니 선진 경험자로부터 이르는 대로 따를 도리밖에 없었다. 어쨌든 19세기 전 시대 비스마르크 철혈재상 시절에 씨앗이 뿌려지고 후대 아돌프 히틀러에 의해 결실이 거둬진 선진공업국 독일의 그것처럼, 그들이 내민 일련의 산업혁신은 동북아시아의 저개발국 한국에서도 폭발적인 대성공을 거뒀고, 국가사회 인프라 구축과 함께 적절한 국가위상을 드디어 갖추게 됐으니, 이를 독일 '라인강의 기적'에 빗대 고스란히 '한강의 기적'이라고 불렀다.

그러나 같은 물이라도 대업을 성사케 한 하마 극적인 물은 따로 있었다. 물론 영리한 두뇌와 성실한 활동이 뒷받침됐기에 가능했겠지만, 당시 서독을 방문해 외화획득이란 명분으로 파송된 광부와 간호사 등 많은 한국의 젊은이들 앞에서 연설을 하던 박정희 대통령이 차마 가슴이 복 바쳐 도중에 연설을 중단하고 영부인 육영수 여사와 그들과 함께 어울려 하염없이 눈물을 흘리던 진술한 모습을 서독 텔레비전이 고스란히 생중계를 했고, 이것이 반신반의에 머물러있던 정치권과 하인리히 뤼브케 대통령을 비롯한 서독 위정자들의 심중을 단박에 뒤흔들어 일거에 역전, 전폭적인 지원을 약속받게 됐던 것이다.

독일이 이러할진대 철저한 미국 편이었던 자유당의 이승만, 민주당의 장면 임시정권을 퇴진시킨 전 남로당원 박정희 군사혁명정부가 미덥지 않기로서니 일시적인 식량 원조에 그칠 뿐, 한국이 산업화에 시동을 걸 수 있도록 지원을 애원해도 꿈쩍은커녕 당시 케네디 대통령은 아예 만나주지도 않던 쌀쌀맞은 미국이었다. 비밀유지기한이 지나 대중에 공개된 당시 국제연합 외교문서를 보면 말로는 우방이자 혈맹이라는 미국도 듣기 좋은 일시 립서비스에 그칠 뿐, 다만 한반도의 지정학적 입지요건이 공산주의 팽창을 저지할 수 있는 턱밑 교두보에 바짝 위치하고 있음에 활용가치를 두고 있을 뿐, 체제와 이념경쟁의 방어 제1선으로서의 매력이란 자국의 이념과 이득에 뜻을 뒀을 뿐, 속내로는 한국민족의 기질적 무능함에 대해 다분히 부정적인 생각을 못내 감춰두고 있었음이 사실이었다. 심지어 어느 인도인 국제연합 공명선거감시단원은 "한국에서 민주주의가 싹을 튼다는 건 쓰레기통에서 장미꽃을 피워내는 일과 같다"라고까지 노골적으로 개탄하지 않았던가, 그때까지 배달민족이 내보인 못난 행적을 보노라면 이도 무리는 아니었다.

제1차 세계대전이 종료된 뒤 평화를 희원하는 국가 간 협의에 의해 국제연맹國際聯盟, League of Nations이 1920년 조직되어 스위스 제네바에 본부를 뒀으나, 일본, 독일, 이탈리아 등의 자진탈퇴에 이어 참혹한 제2차 세계대전을 막지 못하는 등 운용실패를 딛고, 역량이 보다 강화된 새 조직이 1945년 미국 뉴욕에 본부를 둔 오늘날의 국제연합國際聯合, United Nations (UN)이었다. 당시 초대 사무총장이던 노르웨이 출신 트리그브 할브란 리에 의해 안전보장이사회(Security Council, 안보리)의 6.25 한국전쟁 참여 결정이 신생 유엔이 내린 공식적인 결의 제1호였단다. 게다가 우드로 윌슨 당시 미국 대통령의 국제연맹 창안 제안에 의해 1919년 파리평화회의가 대대적으로 개최될 즈음, 일본의 한반도 부당침탈을 세계만방에 호소하기 위해 조야에서 은밀히 대표단을 파견했고, 이 대표단에 힘 즉 정당성을 실어 주기 위해 전국적으로 발생한 한반도 내 시민운동이 바로 저 유명한 3.1 독립만세운동이었음을 상기하자면, 이 같은 약소국가 한국이 21세기 전반 드디어 8대 유엔 총수인 반기문 사무총장을 배출하고 압도적인 지원 아래 연임까지 했으니, 늘 변방에 머물러있던 한반도가 숨겨져 있던 잠재력을 발동, 세계사 무대중심에서 거둔 외교상의 분명한 쾌거였다.

그에 더해서 우리에겐 그간 일개 과자 회사에서 판매 신장을 위한 상술 삼아 보급한 이름 '빼빼로 데이'라고 가볍게 여겨져 왔지만, 유엔 가입국이 아니라도 세계 어디서건 매년 11월 11일 11시(부산표준시) 한날한시에 하나의 똑같은 구호 아래 대한민국 부산 쪽을 향해 일어서서 1분간 정중히 묵념의 예를 올리는 공식행사가 약속되어있다. 그것은 '부산을 향하여: Turn Toward Busan!'라는 구호가 그것으로서, 이날은 바로 제1차 세계대전이 종료된 날이자, 영연방 국가들에겐 공통의 현충일(Remembrance Day)이며, 미국에겐 제대군인의 날(Veterans Day)이기도 한 공중의 기념일로서 6.25 한국전쟁 당시 종군기자였던 캐나다인 빈센트 커트니 씨에 의해 2007년 제창되어, 처음엔 영연방 국가들 모임에서 시작됐으나 곧바로 세계 각국으로 퍼져나가 드디어 유엔 공식구호로 확대 제정됐으니, 바로 대한민국 제1의 항구도시 부산에 세계 유일의 유엔군전몰자 묘지공원이 마련되어 있기 때문이다. 그곳엔 한국전쟁에 참전했다가 전사한 유엔 11개국

2,300여 명이 잠들어있음을 기억하고, 세계평화에 대해 모두가 다시금 되새겨 생각해볼 일인 것으로서, 부산시 남구 유엔공원묘지는 곧 유엔의 소중하고도 세계에서 유일한 성지로 지정됐다. 마치 전 세계 무슬림이라면 선지자 마호메트가 태어난 중동지방 이슬람교의 성지 메카를 향해 하루 5차례씩 정규예배를 올리는 것처럼 말이다. 한국정부는 이 공원묘지를 1955년 유엔본부에 영구 기증했고, 그 후 2007년 대한민국 근대문화재 제359호로 지정등록 오늘날엔 유엔에 의해 직접 관리가 이뤄지고 있다.

여기에 작고도 기발한 에피소드 하나가 숨어 하나 있으니, 한반도가 한창 전쟁 중이던 1952년 12월, 차기 미국 대통령 후보 아이젠하워를 비롯한 UN 사절단이 당시 임시수도이던 부산시 묘지공원을 참배하고자 할 때, 방문 시기가 하필 엄혹한 겨울철인지라 묘지 전역엔 붉은 황토색이거나 누렇게 빛바랜 잔디들만 썰렁하게 보이는 게 여간 볼썽사납기로, 미군 담당자의 무조건적 녹화작업 하청을 받은 고 정주영 현대그룹 회장이 워낙 다급한 나머지 임기응변으로 낙동강 주변 농지에서 자라는 청보리를 매입, 대거 이식함으로서 불과 닷새 만에 온 묘지를 새파랗게 뒤덮어 담당자로부터 원더풀이란 감탄사를 유발케 했단다. 그런 창조적 신용 또는 신화를 바탕으로 미군의 관급공사를 도맡아 처리할 수 있었으니, 현대그룹 성장 초기에 막대한 공헌을 한 바도 있다고 한다.

그렇다, 사람이 일생을 살아가면서 피할 수 없이 만나지는 시련이란 뛰어 넘으라고 있는 것이지, 걸려 넘어지라고 있는 건 아니란다.

미국이 한반도에서 행사한 전쟁 무공과 젊은이들의 희생, 막대한 투자를 구태여 폄하할 생각은 없다지만, 저들의 전략과 이해에 따라 손쉽게 이뤄진 한반도 분단, 절반의 절반만이라도 한반도 입장과 미래를 고려했더라면 무슨 일이 있어도 남북분단으로 흐르게 하진 않았을 것이다. 그럼에도 오늘날 한국이 떳떳하게 또 보암직하게 자립해 어느덧 세계질서의 한복판에 우뚝 선 모습을 두고, 원래의 속셈은 감춰둔 채 자기 행위와 민주주의 신념에 대한 세계를 향한 공치사에 여념이 없음 또한 사실이다. 스스로에게 공로훈장이라도 주고 싶을 정도로 말이다.

박정희는 다행히 가장 밑바탕으로부터 시발을 했기에 운도 개척할 수 있다는 자기노력을 바탕으로 입지를 인정받을 수 있었으나, 일부 입지가 이미 정점에 다다른 이른바 기득권층 인사들은 자기보호 본위 보신주의 발상이 앞섰기에 매국노, 친일파의 흐름에 따를 수밖에 없었다. 그만큼 기존의 사회제도와 생활상에 염증을 느꼈거니와 설마하니 구석구석이 썩고 낡아빠진 한반도가 다시 일어설 줄을 몰랐다거나, 막강한 일본이 그렇게 쉽게 허물어질 줄을 몰랐다거나 했을 것이다.

시기적 필요악이라고 평가할 수 있을까? 악착같이 조국 근대화를 달성하고자 하는 혁명가 박정희의 옹골찬 독재에 굴곡이 없을 순 없었다. 혹세무민惑世誣民의 전형이랄까, 인습상의 폐단이 거의 망국적 수준이라 그랬겠지만, 나라를 망치게 하는 미신타파란 미명 아래 우리의 민속인 당집과 굿이 먼저 호된 철퇴를 맞았고, 그로서 전례민속과 전통의 급속한 퇴락과 함께 그나마 희미하던 민족혼은 거의 소멸 지경에 이르고 말았다.

이상 시대인식과 함께 인간 박정희의 존재성, 난세에 통치권자의 역할에 대한 기탄없는 생각을 가감 없이 펼쳐봤다. 어려운 시대에 오늘날과 같은 산업국가로 세계무대에 곧추설 수 있는 기틀을 설계하고 결과적으로 반듯하게 성사시킨 공로에 대해선 무한감사를 드리지만, 화무십일홍花無+日紅 열흘 붉은 꽃은 세상에 없다든가, 독일 라인강 기적의 주인공 히틀러처럼 한국 한강의 기적 주인공 박정희도 총탄에 의해 풍운의 운명을 비운으로 닫았으니 이는 분명한 역사상 아이러니다.

우리에겐 극단의 고초였던 한국동란으로 말미암아 태평양 전쟁 패전으로부터 오히려 급속한 복구가 가능했던 일본, 패전으로부터 불과 20년도 안 된 1964년 제18회 동경올림픽 개최 이후로 일본은 사상 최대의 호황과 번성을 세계가 모두 감탄과 부러움 혹간 질시를 받는 가운데 구가했다. 하지만 동경올림픽 대약진 이후 미처 30년도 안 되는 사이에 부동산 버블을 위시로 사회 곳곳에 피워진 자본 거품이 걷히면서 기나긴 불황의 늪으로 빠져든다. 사회결핍으로 인한 통증을 줄이기 위해 스피드를 우선하자니 절차적으로 불가피한 과정이었을까? 아무리 후발국이라 해도 한국으로선 그런 건 본받고 따르지 않아도 좋을 일이었음에도 말이다.

제11대, 12대 전두환 대통령의 전개에 이어 제13대 노태우 대통령 시절에 치른 1988년 제24회 세계올림픽 스포츠 제전은 확고한 하나의 분수령이 됐다. 세계사 흐름에 늘 변방이자 수동적이었던 한반도가 비로소 사상 처음으로 약소국가 영원한 후발국이란 허물을 벗고 국제사회에 능동적인 국가로 당당 등장했음을 알리는 주체로서의 포효, 사자후獅子吼가 됐던 것이다.

오랜 기간 계속 실패만 거듭되던 조선조 초기 세종대왕의 사고혁신과 문화개혁이란 숭고한 의지가 이제 비로소 꽃을 피울 것인가, 생각하던 서울올림픽 그로부터 불과 10년 남짓한 즈음에 터진 시련, 저 전설 같은 고난의 시기, 언필칭 단군 이래 최대라는 불황고비 IMF(International Monetary Fund: 국제통화기금) 미증유未曾有의 외환위기 환란을 맞은 것이다.

한 나라가 길고 오랜 구습을 탈피하는데 걸리는 이른바 과도기는 나라의 연혁에 따라 대가도 치를 만큼 치르고, 시간도 걸릴 만큼 걸려야 하는 의무적 통과의례가 되어야 했나보다.

14
IMF 환란

20세기 말미 제14대 대통령 김영삼 정권 말기에 혹여 불필요할 정도로 자극적인 발표가 될까봐, 또는 당시 정권이 온통 실책의 누명을 뒤집어 쓸까봐, 한국 정부가 언론보도의 자제 즉 엠바고를 요청한 바가 한 가지 있었다. 저 지난 20세기 종반 한국은 초유의 외환보유고 부족으로 극심한 외환위기를 겪은 적이 있었다. 이는 위험성을 미처 인지하지 못한 채 무서운 단기외채를 개선하지 않고 계속해서 시간만 끌고 온 안일함 때문이었다. 그로 말미암아 IMF 구제금융이란 전설적인 고난의 시기가 21세기 초반까지 한동안 한국사회 전체를 괴롭힌 일이 있었다. 기실 이의 발단은 환차익이란 가벼운 이득에 빠진 나머지 상환의 유예와 기간의 조정 등을 상식선에서 믿고 안심하고 있던 바를 따라주지 않고 역이용한 일본 대장성과 미국 국무성의 협잡과 농간으로부터 기인했던 것이다. 물론 자신감에 지나치게 도취되어 대비책이 미진했던 한국 정부의 책임은 1번으로 크다. 그러나 이것이 일본이 쥐고 있던 단기외채란 유리한 바가 한국에 미치는 효과를 확인하기 위해 실험 삼아 한번 당겨본 일본 정부의 올가미였던 것이다. 생각보다 크게 흔들리는 한국이었고 덕분에 커다란 아픔과 국제적 망신은 있었을지언정 한국경제계 전체가 자본의 거품을 청산하고 투명성을 확보하게 되는 부수적인 효과도 있긴 있었다. 아울러 이 같은 일본 대장성의 수작은 국제금융에 어두웠던 한국을 교육 훈련시켜주는 성과를 말함이다.

하지만 위 기술은 표면상의 결론적인 내용일 뿐 외환위기에 감춰진 진짜배기 내막 하나가 따로 있었으니, 바로 당시 소비에트연방 즉 소련이 그 주범이자 위기의 시발점의 한 축이었던 것이다. 당시 한국은 적대적 공산국가인 중국을 비롯해 소련과도 거의 동시에 전격적인 수교를 이룩했었다. 이를 위해 한국은 암암리에 막대한 액수의 달러를 소련에 제공했으니 이는 외교가의 공공연한 비밀이었다.

당시 소비에트 연방(소련)은 1986년 4월 26일 현 우크라이나 체르노빌에서 발생한 원자력 발전소 원자로 폭발사고와 당연히 연계되어 있다. 무려 26,000명 이상이 사망한 것으로 추정되는 희대의 원자로 폭발사고 후속처리를 위해 막대한 현금이 즉시 투입됐고, 그로 말미암아 달러 유동성이 급격히 악화됐던 점이 소련 붕괴의 시발점이 됐던 것이고, 총체적으로 소비에트 연방의 해체와 공산주의의 종말을 앞당겼던 것이다.

이처럼 급박한 외환수요가 발생한 소련에 한국이란 구세주가 등장했으니 거의 달러를 주고 적대국이면서 공산주의 종주국과의 수교라는 외교적인 성과를 산 셈은 사실이었다지만, 고르바초프 당시 소련 서기장은 한국과 수교 이듬해인 1991년 결국 소비에트연방을 해체함으로서 오래 누적된 막대한 국가예산적자와 해결방법이 없는 외채위기를 일거에 해소코자 했다. 그로 말미암아 마르크스-레니니즘, 볼셰비키 혁명으로 통칭되는 소위 공산 혁명은 독일에서 일어선 지 70 수 년 만에 공식적인 실패를 맞게 된다. 공산주의의 발생지 독일은 동서가 통일이 되는 반면, 현실적 종주국 소련은 막상 망해서 문을 닫고 해체되는 지경에 이르렀음이란 의미 있는 점을 말함이다. 그의 충격과 좌절 때문이었을까? 1994년 한반도 분단 제1세대 김일성이 죽음으로써 기적처럼 후끈하던 한반도 통일에의 기운과 열망은 외환위기와 함께 우리에겐 통한으로 점철된 20세기를 외면하고 온전히 사라지고 만다.

그간 소련은 공산권의 종주국임을 자처하며 이의 유지와 공산체제 확장을 위해 호응하는 주변국들에게 석유와 식량 등 자원을 거의 무상으로 지원했다. 덕분에 수혜국들은 몇 차례에 걸쳐 세상을 휩쓴 식량과 자원, 유가 폭등에도 아랑곳없이 최대의 호황을 누릴수 있었으니, 바로 이점이 소련의 적자누적과 체증의 요인이 됐으며, 종국엔 소비에트 연방해체로까지 몰고 갔던 것이다. 특히 미처 준비가 안 된 북한과 쿠바는 소련이 원유의 대금을 경화로 요구하는 바람에 졸지에 급전직하急轉直下 나라가 흔들리는 지경으로까지 어려운 상황에 빠져들었고, 덕분에 우크라이나, 카자흐스탄, 우즈베키스탄 등 동구권 여러 연방국가가 사실상의 독립을 맞이했으니, 어쨌든 고르바초프가 그토록 고심했던 개혁改革, Reform, Perestroika과 개방開放, Glasnost이란 연착륙軟着陸, Soft Landing엔 일단 실패를 했다. 그 바람에 계획대로 우리에게 들어와야 할 달러가 일시에 끊겨 외환 수급에 차질을 불러오는 바람에 불가피 한국은 흑자도산, 외채위기에 봉착하게 된 결정적 동기이자 고난의 시발점이 됐던 것이다. 물론 당장엔 견딜 수 없는 통증으로 전국은 들끓었고, 역사상 초유랄 수 있는 자발적 전 국민 금 모으기 운동으로 전 세계인의 심금을 뒤흔든 의외의 신화도 있기는 있었다. 그로서 한반도 민족의 정당성을 일거에 제고시키는 반대급부의 성과에 아울러, 북한과의 외교전에서 승기를 거머쥐기 위한 남한의 시기적 상황에 더해, 소련이 남긴 부채를 대부분 끌어안지 않을 수가 없었던 러시아로부터 차차로 우월한 과학기술을 부채에 대신해 입수하게 됐으니, 최초의 한국인 우주인(이소연)을 비롯해 민수용 핵 기술, 쇄빙선(아라온) 개발, 헬리콥터(수리온)의 국산화 성공, 최초의 우주로켓(나로호) 발사 성공 등 일거에 국가의 최고급과학기술을 단기간에 몇 단계 향상시키는 성과로 이어졌다. 외채위기 당시엔 숱한 가정이 깨어지고 어떤 개인은 죽을 만큼 견디기 힘들었다지만, 결과적으로 전반적인 국가경쟁력이 크게 상승된 점이야말로 한국에겐 불행 중에도 큰 다행, 전화위복轉禍爲福이 됐으니, 이는 강력한 우방 나아가 혈맹이라 주장하는 미국도 협조하지 않는 발군의 성과임엔 틀림없는 사실이었다. 협조는커녕 이면의 방해공작으로 핵심원천기술이 한국으로 더 이상 이전되지 못하게 했다는 아쉬움을 지적하지 않을 수 없다. 우리보다 우리를 더 잘 안다는 증빙은 행여 아닐까?

외환위기로 말미암아 한국사회 곳곳에 숨어있던 거품도 함께 꺼져

들었다. 늘 염려스러웠던 부실기업과 일부 방만한 재벌은 물론이려니와 망국적이라 개탄을 금치 못하던 부동산 버블이 먼저 꺼지는 충격은 크기만큼 요란했다. 연착륙 소프트 랜딩을 기대하긴 시간상 절차상 너무 틈이 없었고, 권세와 자본의 협잡과 외면 아래 그동안 저변에 쌓인 사회의 그늘은 워낙 짙었다. 일부에서 토지공개념이 조심스럽게 회자되던 바로 그때쯤이다. 그의 여파가 고스란히 서민경제에 남겨진 공백 탓에 아무런 희생 없이 불황의 늪에서 쉽게 헤어 나올 가능성이 적었으니, 순환계의 중추 중산층은 일거에 몰락했다. 덕택에 천민자본주의와 결탁한 금융 산업의 숨겨진 고약한 모습이 전면에 드러나는 계기가 됐으니, 자본주의의 총본산 미국에서 먼저 부동산이 나락으로 떨어졌고, 당연히 부동산담보대출 금융상품 서브프라임 모기지론(Mortgage Loan)이 붕괴됐다. 그 결과 모건스탠리 은행의 막대한 손실을 필두로 대출금이 돌아오지 않는 대형은행이 먼저 파산했고, 오죽하면 파편을 직통으로 맞은 월가에선 금융 산업의 못된 속성을 고발 파괴까지 주문을 강요하는 공산사회주의를 떠올리게 하는 위험한 대형 민중시위가 연일 발동했겠는가, 금융거품 붕괴로 인한 불황, 파국에 준할만한 경제공황의 처절한 역사가 미국에겐 처음도 아니었던 것이다.

가진 것의 9할쯤 잃어도 세상 살기에 끄떡없는 여유 있는 인사들, 전문자본가들이나 어디 한 번 승부를 걸어볼 수 있는 수단이 투자 아닌 분명한 주식투기인 것이다. 소액투자자 이른바 개미들은 주식업계와 그런 전문꾼들에게 밑돈을 모아서 보필해주는 단지 희생양에 그칠 뿐이니, 손에 든 게 전부인 일반서민들이라면 감히 투기 쪽으론 얼굴을 돌리지도 말고, 눈도 마주쳐선 안 될 일이다.

눈먼 목적물로서 오직 빼먹을 대상일 뿐, 재테크란 미명 아래 개미들로 하여금 가만히 앉아있어도 현금이 늘도록 통장을 늘려줄 얼간이 거간은 없다. 함에도 방카슈랑스? 어슈어뱅커? 펀드? 하나같이 빛 좋은 개살구 이른바 '돈 놓고 돈 먹기'라는 호객의 전형 즉 야바위꾼의 협잡과 속임수 이상도 이하도 아니었다. 이처럼 과거 공황 사태에 비해 이번엔 신조 외국어의 어지러운 언어 농간으로 민중의 눈과 귀를 막는 속임수가 더해지고, 그것이 현금의 단맛에 무릎 꿇은 수구언론과 밀접하게 결탁함으로서 정당성이란 떳떳한 명분까지 확보할 수 있었으니, 근작뉴스를 빙자해 매 시간마다 야바위꾼 앞잡이 삼아 전파를 남발하는 호객의 폐단은 제 크기를 얼마든지 키워나갈 수 있었다.

'언론은 정보를 공평히 제공하기만 할 뿐, 선택과 판단은 독자의 몫이다.'

전가의 보도처럼 민중 여론의 질타로부터 도피책이 마련되어있음을 우린 안다. 언필칭 사회적 공기公器로서 여론을 대표하고 사회정의를 선도함으로서 정도를 표방한다는 언론이 돈에 썩으면 참을 수 없는 고약함을 넘어 망국적 병증이 될 뿐더러, 이의 유혹으로부터 탈피하긴 자기 살을 떼어내는 고통을 수반하는 만큼이나 어렵기 마련이다.

그랬었다. 땀 흘려 씨 뿌리고 애써 가꾸는 굴뚝 산업의 정직한 생산성에 기대면서도, 아무런 수고 없이 현금유혹일변도의 금융계 펀드는 모두가 거품이자 야바위 노름과 영락없이 똑같았다. 모기지론이 사라진 것처럼 미국 월가 민중시위의 결과로 금융계를 풍미하던 언어의 농간들은 외견상으론 일단 자취를 감춘 듯 보였다. 하지만 눈에 빤히 보이는 거금의 현찰에다 대다수 민중은 이제나저제나 제 잔꾀에 넘어가는 헛똑똑이들이었으니, 참말로 불확실한 곳에다 뭣보다 확실한 자신의 현찰을 거는, 너무도 손쉽고 달콤하고 위력적인 현찰 거저먹기 공인된 치부 수작을 외면하긴 역시나 어려울 것이다.

각개의 개미들이 각성되지 않는 이상 금융, 주식, 투자은행, 보험업계의 현찰에 대한 매력적 속성이 쉽게 사라질 순 없었으니, 때리는 시어미보다 말리는 시누이가 더 밉다든가, 끝내 각성하지 않는 언론과 함께 지금도 현금 우려먹기 협잡은 명백히 살아서 더욱 교묘하게 행사되고 있다. 순진한 혹자들은 떡도 그릇이 넘쳐야 민중들과 나눌 수 있을 것이라 주장하지만, 속된 자본은 떡이 넘치기 전에 얼른 제 그릇을 키워나갈 뿐, 한갓 떡고물 정도라면 몰라도 떡 자체가 정직하게 분배되는 경우를 본 적이 있는가? 이처럼 인간사회의 제2선에서 분배와 선순환을 도와야 할 자본이 자칫 목적이 되어 맨 앞 제1선에 나설 경우 발생하는 피치 못할 부조리이자 언제든 다툼과 갈등의 근원이 되고 말았다.

20세기가 저물기 전 요동치는 동북아시아 국가 간 역학관계는 외화위기 금융위기에 그치지 않았다. 1990년 소련과의 수교에 이어

1992년 드디어 중국과의 수교가 북한과 대만이 설마 하는 사이에 지극히 전격적으로 있었으니, 당시 한반도는 남한의 역동성과 함께 전반적으로 통일에의 움직임이 여실히 숙성되고 있었다. 그러나 한반도의 자발적 통일을 수용할 준비가 미처 안 된 일본, 중국 등 주변국가들은 이를 두려워했거나, 어쩌면 아예 통일 자체를 원치 않을 수도 있었다. 이미 제 입지를 확고히 인식한 한반도가 자주적 통일을 이룩한다면 그로서 명색이 또렷한 나라가 될 것은 자명하며, 맹주 미국을 등에 업은 기운 센 이웃이 곁에 있다면 주변국들 특히 중국에겐 조심을 넘는 큰 재앙으로 여겨질 수도 있었다. 그간의 역사가 그렇듯 한반도는 말 잘 듣는 이웃으로 안전하게 고개 숙이고 눈에 잘 보이는 곁에 납작 엎드려있어야 마음 편할 따름이었으니, 두뇌가 영리한데다 자발적인 힘까지 갖춰진다면 패권자를 꿈꾸는 입장에서 저들의 뜻대로 전략구사가 어려워질 것은 자명한 일일 테니까.

그처럼 20세기 말 남한이 외환위기로 휘청거리는 틈을 타 21세기 초반 중국은 홍콩반환으로 발생하는 경험과 이득을 이어 받기 위해 한창 신의주 자유무역 특구 개발에 들떠있던 북한의 기세도 억누르고 한창 고조된 한반도 자주 통일에의 열기를 함께 꺼뜨리기 위한 한 가지 손쉬운 책동을 결행한다.

결국 이성계의 위화도 회군으로 유명한 신의주 황금평 특구개발에 총체적 권한을 위임 받은 어우아그룹 양빈楊斌 회장, 네덜란드 국적의 중국인 재벌 행정장관을 외환관리법 위반이란 사소한 이유를 들어 전격 구속 감금시킴으로서, 한반도에 그토록 팽배하던 통일에의 열기를 일시에 꺼트려 버린 안타까운 통한의 역사가 있었다. 말로는 형제국가, 피를 나눈 맹방이라 칭하는 북한에게 차마 못할 짓을 한 것으로, 이야말로 한반도를 대하는 중국의 본색, 그것이랄 수 있다.

역사상 얼마든지 확인할 수 있는 상술과 치부의 자질 면에서 미뤄 봐도 원래 중화민족은 결단코 공산사회주의가 자리 잡을 수 없는, 되레 철저한 자본주의적 기질을 소유한 나라이다. 세상에서 탁월하다는 유대인과 비교를 해도 전혀 뒤떨어지지 않을 정도로 말이다. 그것이 근 1세기에 걸친 칩거 끝에 골수 공산주의자 모택동이 죽고, 10여 년에 걸쳐 역사를 거꾸로 가게 한 문화대혁명을 자행한 홍위병의 주역이자 개혁개방에 걸림돌인 강청 등 4인방이 일시 과도기적 통치권을 잡은 화국봉의 손에 일거에 숙청되면서 본격적인 회생의 기회를 맞았다.

일련의 흐름을 봐 시대의 명운은 명백히 중국 편이었다. 청나라가 문을 닫은 지 근 1세기 만에 새 지평을 이어 받은 부도옹不倒翁 등소평의 흑묘백묘론으로 대변되는 이른바 개혁개방에 돌입하자마자 눈부시게, 가히 폭발적인 경제성장을 기록했음을 보면 알고도 남음이 있다.

기원전 2700년 즈음에 성립한 고대 중국 최초의 국가 하夏나라에 이어진 은殷나라를 별칭 상商나라라고도 부르며, 그들의 상술이 오죽이나 뛰어났으면 요즘에도 장사치들을 상인(상나라 사람)이라고 칭할 만큼 상술의 대명사가 되었을 것인가, 그것은 공산주의의 토대인 유물론적 입장이 아니라, 오히려 방인에 가까운 철저한 무한경쟁 자유시

장경제의 효시였던 것이다.

19세기 중엽 거센 흐름이던 세계화에 등한시한 탓에 한때 종이호랑이라 불렸던 중국이 한동안 바깥세상에 내보이길 각별히 꺼려하고 안으로 소리 죽이며 특히 조심하던 문구, 뜻글자 굴기屈起: 숙이고 참다와 굴기崛起: 떨치고 일어서다를 소리글자인 우리 한글은 구분하지 못한다.

한나라의 오랜 정체기를 극복하는덴 전쟁 이상으로 효과적인 수단은 없음이 사실이다. 특히 미국처럼 본토가 전쟁에 의해 파괴되지 않을 공산이 큰 안전지역일수록 효과적이다. 미국의 막강한 기술력을 바탕으로 생산력이 기왕에 확보된 데다 장기간에 걸친 불황에서 헤어 나오기 힘든 입장에서 벌어진 두 차례의 세계대전과 태평양전쟁은 차라리 기회였다. 큰 전쟁을 수행하느라 막강한 생산력이 먼저 되살아났고, 이의 소득증대를 바탕으로 거대한 소비시장까지 열리게 됐다. 세계시장을 선도하는 미국의 흡인력은 엄청났다. 성능 좋고 값싼 외국제품들이 경쟁적으로 미국의 거대소비시장으로 밀려들었다. 덕분에 미국사회 전반은 사상 최대의 호황과 행복을 누리게 됐다. 이때 만들어진 문구 미제 즉 메이드인 유에스에이는 높은 품질과 행복의 대명사가 됐다.

물론 상황에 따라 적용은 달라질 수도 있으니 베트남 전쟁이 그것이다. 오만하달 정도로 자신감에 한껏 취해있던 막강 미국이 그만 전쟁에서 최초로 패배를 당한 것이다. 전면적인 전쟁에 익숙한 전통적 서구식 전투행태가, 깊은 밀림 속 소수정에 의한 게릴라 전법엔 절대 취약했으며, 자유 베트남 또한 정부 요로마다 뿌리 깊은 부정부패가 만연된 바람에 내부에서부터 패배의 조짐은 이미 농후했던 것으로, 믿기 힘든 일이었다. 덕분에 전쟁비용으로 인한 막대한 전비가 고스란히 재정손실로 남겨졌고, 미국 재정적자의 시발이 되어 종내 자체로서 재정위기, 다른 나라에겐 외환위기를 가져왔으니, 이의 위기 역시 중동전쟁으로 인해 탈피 가능할 수 있었다. 미국의 달러가 세계 유일의 기축통화가 아니었다면 국가부도사태를 피할 수 없었을 뿐더러, 누가 뭐라든 미국이야말로 말로 하듯 평화 민주주의 수호자는커녕 부인할 수 없이 가장 큰 전쟁상인이었던 것이다.

세계는 눈부시게 앞으로 미래로 달려 나가는데 희대의 풍운은 그렇듯 한반도를 스쳐 지나가고 말았으니 아직은 비운이 주도하는 세월이었다. 하나로도 벅찰 즈음의 세계사 재편과정에서 한반도는 그나마 둘로 갈렸는데다 김일성 김정일 이후 김정은까지 3대를 세습으로 이어 내려온 북한 정권은 크게 어긋난 승부수, 사용할 수도 없는 핵무기 보유에 국가의 존망을 송두리째 의존함으로서 21세기 들어 더욱 냉랭해진 분위기에 한반도는 물론 동북아시아까지 온통 지배를 받고야 만다. 안타깝게도 한반도 비운의 역사를 꺼뜨릴 운명의 시계바늘은 아직 한반도 편이 아니었던 것이다.

▼▼

우리 지극히 단명한 인간의 몸으로 잠시 화엄천국의 한 시대를 살고 있다. 하늘을 자유롭게 추론할 순 있으되 모르는 게 너무 많다는 사실 마저도 모르지 않는다. 이것이 인지의 근본이자 보편적 진리랄 때 바깥으로 향하는 원의 지평을 차차로 넓히기 위해서라도, 자신의 입지를 잊지 않기 위해서라도, 원의 중점을 지키는 컴퍼스의 중심점은 필요 절실하다. 범 우주는 중심도 외곽도 방향조차도 없다지만, 우린 의지로서 중심점이 꼭 필요한 흔들리기 쉬운 워낙 유한한 인간이기 때문이다. 그 중력의 원점을 난 합리성合理性, Rationality이라고 단언할 수 있으니, 서양세계가 우리보다 월등히 앞선 게 있다면 다만 이것인가 한다. 허니 두 눈 크게 뜨고 실질을 면밀하게 바라볼 뿐, 합리성에서 어긋난 것이라면 하루 빨리 내버려야 한다.

말하기 쉽다고 인내천人乃天이 아니다. 범 우주와 그에 속한 티끌 먼지 같은 우리가 감히 동격이자 합일로서 함께 존귀한 존재가 될 때, 인간의 탐욕과 무지에서 발생할 수 있는 지구촌의 자멸적 사태는 최소한 방비할 수 있을 것이기 때문이다.

어떻게 하는 것이 이제까지 왜곡되고 이지러진 한반도의 역사적 흐름을 바로 잡는 착실한 방법이겠는가? 그렇다, 먼저 빼내야 한다. 덧씌워진 채 밀려 들어왔던 왜곡의 증거들을 하나하나 빼내야 한다. 이지러진 풍수지리의 자취도 빼내어서 국토의 노른자위들을 비워놓아야 하고. 허례와 허식으로 가득한 외양의 거품도 과감히 걷어내야 한다. 복술과 운명론의 나약함 집요한 일제 식민사관과 함께 밀레니엄 누천년을 묵은 중국식 암수도 서둘러 제거해야 한다. 그럼으로써 어둠에 묻혀있거나 크게 왜곡된 우리네 상고사부터 어서 바로 세워야 한다.

　한걸음 먼저 실질에 눈을 뜬 서방세계에 우리민족은 그 얼마나 수모를 당해왔던가, 모두가 낭설浪說이었다. 헛된 율법과 경전으로 우리민족 원천의 신성을 가리는 무수한 편견, 외래 사조도 감연히 빼내야 한다. 그럼으로써 무겁고 어두운 베일에 두텁게 감춰졌던 존귀한 우리 원천의 천손사상, 홍익일념은 반드시 본래의 제 모습과 지고의 효용성을 드러낼 것이니, 이야말로 지구촌 모든 생명계의 안녕은 물론 세계 인류의 공존과 번영을 위한 뭣보다 확고한 수단임을 믿어도 어김은 없을 것이다.

　하긴 승자의 정복논리를 앞세워 대상의 존재가치를 함부로 또 가볍게 재단한 적이 인류역사에 어디 한두 곳이었던가, 오죽했으면 나라를 대표하는 임금이 맨발로 걸어 나가 옷자락에 피가 튀어 묻을 정도로 그들에게 머리를 조아리며 굴욕적 항복을 해야만 했던가, 아비민족을 포함해 천하에 슬기로운 자유인 북방의 노마드 이웃들을 오랑캐라 업신여김도 일반적이지 않았던가 말이다. 하지만 아메리카 인디언, 아프리카 토인이라고 간단히 무시한 존재들이 오히려 생을 통째로 관통하는 예리하고 깊은 통찰력 한방씩을 가지고 있음을 몰라서 그랬겠는가.

　'과거의 유산으로 미래를 제시하는 수단은 책과 독서뿐이란 발언과 함께.'
　'우리가 먼저 깨치지 않으면 만 가지 치방이 무효다.'

'여러 차례 소 잃고도 외양간 고치지 않는 우매함만은 제발이지 피하고 볼 일이다.'

이제 그만 깨쳐야 한다. 이제까지의 지내온 시절 양상을 봐 교언영색巧言令色하는 공자를 만나면 공자의 멱살을 틀어쥘 수 있어야 하고, 입에 발린 헛소리나 하는 예수를 만나면 그의 뺨도 후려칠 수 있어야 하고, 염불보다 잿밥이 우선인 부처를 만나면 그의 삳바도 냉큼 잡아채 땅에다 꼬나 박을 줄도 알아야 한다.

소 잃고도 외양간 고치지 않는 역사, 맞아도 깨우치지 못하는 우매한 민족은 역사로부터 오히려 준엄한 추궁이 뒤따른다는 점을 명심 또 명심해야 한다. 주변국 모두는 이미 잘 알고 있던 우리네 자화상을 막상 우리만 가장 뒤늦게 눈치 챘다면, 그동안의 역사인식이 얼마나 낙후되어있었던가 알만도 한 일이겠다.

⁙

레이저 광선이 지시하는바 방향이 수시로 변화하는 층층대기 중에도 적절한 바람 대를 찾기 위해 여러 차례 오르락내리락 갈 지 자 비행을 거친 끝에 머신은 원점신호발생기 근처에 드디어 도달할 수 있었다. 근거리 이동용 고속이온 팬을 돌려 보다 정밀하게 수직 위치를 잡은 뒤 서서히 선체를 안착시키고 정해진 엄밀한 순서대로 현신 과정에 이어 안정화 냉각과정을 거친 뒤 타임머신의 주전원을 껐다. 어제 현실계 출발로부터 30여 시간 남짓한 시간이 흘렀음을 시계는 어김없이 가리키고 있었다.

혁이는 시간 여행의 모든 일정이 기록된 타임레코더 이동용 메모리를 빼 주머니에 넣고, 착륙용 실린더도 내리고 밖으로 나와 숨 가쁜 헬멧도 벗어든 채, 의연하게 서 있는 뜨거운 머신을 돌아다봤다. 무한히 자랑스러웠다.

현상에서야 그리 길지 않은 시간이었다지만 숱한 사건사태를 한꺼번에 겪다 보니 마치 수십 년이란 시간이 찰나에 흐른 듯 세월이 그저 아득하게만 여겨졌다. 어쨌든 여러 고귀한 은덕들이 모여진 가호 아래 시간 여행을 무사히 마치고 살아서 돌아오긴 했으니 말릴 수 없는 기도 한 소절 절로 튀어나왔다.

"조상님들 보살핌 덕분에 못난 혁이 무사히 돌아왔음에 보고 드립니다."

안도의 긴 한숨 한 모금과 함께 이미 어둠이 깊어지기 시작하는 현실계 시공간의 짙푸른 비로드 빛 하늘을 올려다봤다. 때마침 동녘 하늘에선 울창한 나무들 그림자를 배경으로 정확한 모습의 보름달이 둥두렷이 떠오르고 있었다. 문득 어릿한 달님 표면에 누군가 어디선가 본 듯한 다정다감한 표정, 벌써 그리워지는 순수시대의 구릿빛 주름진 민낯 하나 떠오르고 있었다.

"인자 잘 들어가셨슈?"

"예, 할머니."

(끝)